中国当代作家研究
Studies on Chinese Contemporary Writers

马识途 卷

四川省作家协会
主编

四川文艺出版社

图书在版编目（CIP）数据

中国当代作家研究·马识途卷 / 四川省作家协会
主编. — 2版. — 成都：四川文艺出版社，2019.4
ISBN 978-7-5411-5309-9

Ⅰ. ①中… Ⅱ. ①四… Ⅲ. ①马识途—人物研究—文
集 Ⅳ. ①K825.6-53

中国版本图书馆CIP数据核字（2019）第046360号

ZHONGGUO DANGDAI ZUOJIA YANJIU MASHITU JUAN

中国当代作家研究·马识途卷

四川省作家协会　主编

责任编辑　余　岚　奉学勤
责任校对　文　诺
封面设计　张　妮
内文设计　史小燕

出版发行　四川文艺出版社（成都市槐树街2号）
网　　址　www.scwys.com
电　　话　028-86259285（发行部）　028-86259303（编辑部）
传　　真　028-86259306

邮购地址　成都市槐树街2号四川文艺出版社邮购部　610031
印　　刷　三河市华东印刷有限公司
成品尺寸　169mm×239mm　　　开　本　16开
印　　张　17.5　　　　　　　　字　数　280千
版　　次　2019年4月第二版　　　印　次　2021年4月第三次印刷
书　　号　ISBN 978-7-5411-5309-9
定　　价　48.00元

目 录

生平与创作

聚焦红色文学作品

民俗化和巴蜀风的追求

理论阐发

生平与创作

试论马识途小说创作的艺术特色

吴 野

马识途的小说创作有着鲜明的艺术特色，虽然他不愿意谈论他的作品已经形成了什么样的风格。他只是谦逊地表示，他正在努力追求为广大群众喜闻乐见的中国气派和中国作风。他甚至还曾质朴地把他的《夜谭十记》《三战华园》等作品称之为"新评书"、"新传奇"，说它们不过是"我摆的一个龙门阵"，"一个革命斗争故事"。

广大读者和文学界对他的作品的赞赏，使我们觉得有必要对他的作品进行深入的研究，剖析一下他"继承了我国的小说传统"，"用摆龙门阵的方法"写出来的小说，为什么具有强烈的艺术感染力，又是怎样使小说的艺术形式同作品所反映的新的生活内容融洽无间地凝铸在一起？

在对待文化遗产的态度上，继承与革新是辩证地统一在一起的。在这组矛盾中，占据着矛盾的主要方面，起着决定性作用的是革新。马克思在谈到历史发展的继承性时，曾经指出："每一代一方面在完全改变了的条件下继续从事先辈的活动，另一方面又通过完全改变了的活动来改变旧的条件。"（《马克思恩格斯全集》第3卷第51页）马识途对传统的文学形式的认识和继承，曾经经历了一个漫长的过程。这是一个他由天真烂漫的少年变成饱经人世沧桑、熟谙世态人情的中年的过程，是他由怀着对光明的朦胧憧憬成长为一个马克思主义者的过程，是他由涉猎民族传统文化而扩展到钻研世界文学名著，思想视野日益开阔，艺术素养日益深厚的过程。同时，这也是中国民族挣脱旧时代的镣铐，奔向新世纪，使整个社会发生了前所未有的深刻变化的过程，是文学艺术从内容到形式也随之发生着巨变的过程。这些过程的交相重叠，互相生发，铸成了马识途这个人，也铸成了他的作品的艺术特色。于是，在他自谦之为"龙门阵"的文学创作中，我们看到了这样一些鲜明的特征：

第一，白描淡写的手法，委婉有致的情节，同多层次的人物配置，多线情节的相互渗透，有机地结合在一起，构成了马识途小说创作的独特韵味。它们是对中国小说传统的继承，又是对中外近代优秀小说的借鉴，是对二者的改造，重新冶炼出了既具有时代特色，又具有作家个性特色的为中国老百姓喜闻乐见的中国作风、中国气派。

从 20 世纪 30 年代以来，中国共产党领导的人民革命斗争，产生这种斗争并在它的冲击下发生着剧烈变化的中国社会，是马识途小说创作的对象。斗争的深刻性、复杂性、剧烈性，使它同中国历史上前此的一切斗争都有了不同性质。新的人物、新的生活要求着艺术形式上的创造与发展。传统小说单一线索一贯到底的纵向发展，把一切都扭结在这单一线索的演变上，已经不再能充分适应表现现实生活斗争的需要了。于是，在马识途的小说创作中，我们看到了它们被继承但同时也在被改造，在向前发展的轨迹。从短篇小说《找红军》《接关系》和《夜谭十记》的许多篇章中，都可以看出这种趋势。

《找红军》采用了视角交错的写法，从两个人的不同视角展现了那一段可歌可泣的斗争生活。通过作品中的"我"——以"军粮督办处少尉督导员"的身份为掩护的党的地下工作者的眼光，我们看到了王天林当时的处境，隐约体察到透过他奇特的行动表现出来的不甚明确的期待与追求。在这一层生活场景的下边，又隐隐透露出王天林警惕地观察着这个"少尉军粮督导员"的目光，展现了生活的另一个层次。这使得两个人物之间有了一种戏剧性的带着某种紧张意味的关系。情节的发展最后引出了王天林的一段富有传奇色彩的往事，故事的重心由"我"身上移到了王天林身上，叙述的角度也随之发生变化。这种人物的多层配置，视角交错，双重第一人称的运用，同富于传奇性的委婉有致的情节发展有机地结合在一起，大大地增加了这个短篇小说的容量。它使遭到了挫折的农民自发斗争，同党的有组织的革命活动结合在一起了，使已经成为过去的斗争经历重新活在现实的斗争中了，使作品既拥有使人民群众喜闻乐见的传统风格，又获得了历史的纵深感，超出了单独叙述王天林自立红军的传奇故事所可能获得的艺术效果。

作为《夜谭十记》第一篇的《破城记》，似乎更能使我们看出马识途的"龙门阵"的艺术特色。刚读到头几页的时候，人们大概会以为这是一个类似果戈理的《巡按》那样的故事，但读完全篇之后，读者却不能不为作家善于把浓郁的传统风味同强烈的时代特色融合在一起而感到激动。在这篇作品中，两条情节线索在人们不知不觉之间就紧密地交织在一起了，互相影响，互为因果，演出了一幕引人入胜的戏剧。没有第一条线索——县太爷迎接真假视察委员的排场和风波，难以如此神情毕肖地再现出那一大批贪婪、反动、腐朽、昏聩的"当道人物"的面目，难以入木三分地揭示产生这些人物的那个社会的腐朽本质。如果没有第二条线索——游击队和地下党的革命斗争，就难以使作品获得鲜明的时代特色和强烈的教育意义，而降低为对旧社会常见的腐败现象的泛泛谴责。整个故事的发展就不可能像现在这样真中有假，假中有真，跌宕起伏，委婉有致，而会走上另外一条单纯得多的道路，变成另外一种面目。摆在"明场"处理的是第一条线索，它使旧时代官场的腐败习气得到了戏剧性的渲染和揭露。第二条线索则完全被放到了舞台的后面，直到整个故事快结束时，人们才恍然大悟地发现，原来在前台演出的一切，都是在它的左右和控制之下的。所有这一切，又都是从一个穷科员的时而诚惶诚恐，时而愤愤不平，时而惊骇万分，时而痛快淋漓的口吻中叙述出来的，使交错在一起的两层情节又获得了一个新的能动的因素。所有这些新的因素同中国小说传统的巧妙融合，使作品对现实生活的描绘获得了立体感与纵深感，有力地再现了具有时代特色的错综复杂的现实生活斗争，有助于揭示特定社会关系的本质。

第二，富于传奇性，是马识途的"龙门阵"——他的小说创作的一个明显的特征。情节的大起大落，变化的急剧与意外，巧合的运用，这些形式特征在他的许多作品中都是不难发现的。但事情的另一面却往往容易遭到人们的忽略，即在表现这些变生意外的事端时，作者却又在努力把传奇性淡化，或者说使传奇性现实化，使传奇性的情节发展获得现实性的品格，使人物始终活动在真实的、足以体现一定历史时期社会阶级关系本质的典型环境中，从而使富于传奇性的情节获得了高度的艺术真实。这并不是容易做到的。但作家竟然把两个明显对立着的侧面拉到一起，使它们融洽无间地结合起来，并且在许多情况下还显得从容不迫，游刃有余，似乎事情本来就是这样。从对《找红军》《接关系》《西昌行》《三战华园》和《夜谭十记》等作品的研究中，我们看到，那些大起大落、突兀陡峭的情节，虽然在它们出现的时候，是猝然而发，一来便使整个局面为之改观，人物的命运和人物之间的关系突然发生戏剧性的转折。但是，究其实，它们却不是无因无由的。它们来得突然，但却是在现实的生活运动中一点一点地积累起来的，是生活和人物性格的逻辑发展的必然结果。从理性上认清这一道理并不困难，但要在作品所创造的形象系列中，艺术地再现这一点，却是相当不容易的。有时，由于体裁的关系，由于篇幅和叙述角度的限制，就显得更加困难了。作家凭借深厚的生活功底和熟练的艺术表现能力，出色地克服了一个又一个的困难。在《接关系》中，被党组织派到大巴山来接关系的共产党员任道，却被他踏破铁鞋觅不得的地下党的同志抓了起来，准备活埋。这个变故来得那么突然，进展那么奇特，一下子把任道置于死亡的边缘，但转眼又使他绝处逢生，并使他同王家盛、王二木等人的关系突然发生了反方向的转折，使事情的面貌发生了全局性的变化。这确实具有强烈的戏剧性，但它在整个情节发展中，却又显得那么稳妥、自然，似乎不能不如此。这里边诚然有"一阵风"这个人的冒失，"心血来潮就乱整一气"的性格的因素，但作品对生活的揭示并没有停留在这里，而是通过这个传奇性的情节对特定的生活环境做了更深入的揭示。任道奉命来接关系的地方，是红军的老根据地。红军北上后，这里遭到过国民党反动派的疯狂报复。一年多前，党的地下组织又遭到了严重的破坏，几个主要的农民领袖都牺牲了。山霸王巴山虎又是"老奸巨猾，和我们斗了十几年，警觉性高，有相当多的经验"这样一个穷凶极恶的敌人。任道年轻、热诚、急于事功，而又缺乏地下工作的经验，一来就上了叛徒的当，和叛徒过从甚密。这一切，落在地下党的眼里，自然不能不引起极大的怀疑乃至于痛恨。正如陈孟光所说，地下党的阶级警觉性和对敌人的深仇大恨，不是抽象的认识，而是用"多少同志的血换来的"。在这种特定的环境里，任道险些被自己的同志活埋的传奇性情节，就获得了充分的生活依据，获得了令人信服的现实性的品格。类似的情形，在作家其他的作品中也是经常可以见到的。

第三，厚积薄发，耐人咀嚼，大巧成拙，形易实难，是马识途小说艺术的又一特色。这使得他的"新传奇"、"新评书"既有高度的思想性，浓郁的生活气息，而又具有质朴平易的形式，为人所乐见，拥有强烈的艺术感染力。

苏轼在《稼说》中，谈到治学的经验时，指出"古之人所以大过人而今之君子所以不及"的原因，在于古之人"平居所以自养，而不敢轻用，以待其成者"。他们"信于久屈之中，而用于至足之后；流于既溢之余，而发于持满之末"。所以，他对于治学提出的忠告便是："博观而约取，厚积而薄发。"把这番道理移到生活积累与创作的关系上，并以此来考察马识途的创作，也是非常恰当的。我们在前面已经说过，马识途对中国社会形形色色的人和事所进行的有意识的观察与了解，对于党领导的国统区的地下革命斗争的亲身体验，始于20世纪的30年代，而他比较能有计划地进行小说创作，则已到了60年代。其间竟然有着长达三十年的酝酿、积累时期。在这三十年中，他一直企图以小说艺术的形式再现活跃于心中的人物，甚至已经写出或发表过一些篇章，但又不断被日益严重的白色恐怖和紧张、尖锐的斗争所打断，不得不放下笔来。可见，这三十年间，他并没有真正放弃过对生活和人物的形象的思考，一直是在有意或无意地为日后可能进行的创作做着体验、积累、消化、酝酿的工作。这真是持满待发，既盈必溢。但在投入具体作品的写作时，他又总是在竭力压制着想把长期积累的东西统统倾泻出来的冲动，严格地根据塑造形象的需要，把作品浓缩了又浓缩，对材料精选了又精选，并竭力挖掘各种人物、事件相互之间的内在联系，恰当地组织将置于前景和背景的东西。这些努力使他的作品不但获得了具有典型意义的充实的情节和细节，而且获得了使人物形象自己从纸上凸现出来，活生生地站在读者面前的艺术效果。这使他的作品在当代小说艺术之园中获得了自己的位置。

马识途的小说有着丰富的具有典型意义的情节，这是久已为人所知的。如果再进一步剖析这些小说，我们就会看见，它们是用许多被浓缩、精练过的材料紧密地组织在一起的，其中许多情节本身就是可以独立成篇的，稍加生发，便可以写成一部短篇或中篇小说。例如，《破城记》中仅被作为背景的游击队的活动；《盗官记》中会计师爷的调包计和张牧之做官的经历；《老三姐》中母子两代的斗争和牺牲，等等。但作家不吝惜材料，而是把它们放在艺术构思的熔炉里，加足火力，反复熬炼，去水分，去杂质，严格以塑造人物形象为目的，重新给以组织。在这样的作品里，人物的形象、特定生活情景，既获得了鲜明的具体可感的形式，又包含着经得起思索和咀嚼的深沉的内蕴。惨淡经营，而终于采取古拙质朴的形式；思虑深沉，却赋予明白晓畅的叙述，平易近人，可又总有许多不尽之言、言外之意弥漫在字里行间，耐人寻味。

此外，幽默与讽刺是马识途小说创作中鲜明而突出的又一特色。这不仅是指他那些享有盛誉的讽刺小说，而且是指渗透在他的全部创作中的一个活跃的因素，一种突出的特有的色调。但是，限于篇幅，本文无法再详加讨论，只好候诸异日了。

（原载《社会科学研究》1985 年第 1 期）

马识途创作论

邓经武

1935 年，在叶圣陶主编的《中学生》"地方印象"专栏，马识途以对故乡风物的回忆散文《万县》参加征文活动并获奖。1938 年，首次使用"马识途"的名字在《新华日报》发表报告文学《武汉第一次空战》，并于同年入党，这三件事似乎已喻示着马识途今后人生的基本运行轨迹：加入共产党，可谓找到了正确的人生道路，是以更名为"识途"；在漫长的革命生涯中时时不忘以文艺之笔表现社会斗争和时代风云；一旦正式地进入创作，就始终注意营造一种巴蜀风。这三大基点就是马识途作为一个作家的个性所在。

一

无产阶级政党因其根本目标而树立的"工农兵文学"的权威话语，共和国建立和革命胜利的骄傲，执政党要求进行的"革命胜利来之不易"的教育任务，这都使共和国文学呈现出全新的特征。20 世纪上半叶成名的作家往往因创作思维的定势和个性手法的定型而难以完全适应这种新的要求。而作为一个职业革命家，马识途无须勉强地去"体验生活"和费力地"转变立场"，他那长时期地下斗争"九死一生"的经历，恰好使其个人的情感表达需要及文学价值观与时代主流话题模式达成了完全的契合。

1960 年，马识途发表了第一个短篇小说《老三姐》，这是根据自己革命斗争生涯中一个真实人物而塑造的农村普通党员形象，"老三姐"那坚定的斗争意志和对革命事业的无限忠诚，在对敌斗争中的英勇机智，对同志的热情关怀以及那朴实无华的为人，都给读者留下极深的印象。这段时期，马识途又连续推出《接关系》《小交通员》几个革命历史题材短篇，而《找红军》则是其代表作。

《找红军》通过革命者"我"被派往一个新地方从事革命工作的一段经历，在广泛揭示阶级压迫下民不聊生现状的同时，通过作品主人公、青年农民王天林的性格表现，反映了中国农民不堪剥削压迫，希望自发的反抗斗争改变自己命运，但由于缺乏正确的领导和斗争经验不够而陷入失败时，小说通过对王天林隐匿多年而一直执着地寻找红军的顽强意志的描写，揭示了中国农民渴望革命和接受共产党领导的热切愿望，形象地说明了中国无产阶级革命能够最终获得胜利的社会基础。

小说将人物性格置于发展变化中去展示，正是作者创作初始就体现出的可贵之处。作品主人公王天林因不堪压迫而萌发反抗意识，"川北红军"传说使他看到了希望，在"找红军"的过程中因为幼稚而历经艰险，而自立红军的方式也只是"在腰上缠条红带子，枪上吊着红坠子，还把头上缠的白帕子染红了，硬是一身都红起来了"。但主人公稍获胜利就忘乎所以，让敌人奸细混进来，导致了"全军覆没"。失败的教训使他变得聪明起来，他学会了隐蔽自己、暗中观察，以巧妙的方式进行斗争，最后终于找到了党组织，在党组织的教育帮助上，成长为一个真正的革命者。应该注意的是，这篇小说选取巴蜀大盆地社会作为背景，以当时的"川北红军"和地下党的活动为情节框架，注意营造一种巴蜀语风，大量使用蜀地方言语汇如"玩格"（享受、摆架子）、"帮长年"（干长工）、"呻唤"（呼痛）、"摆龙门阵"等，使小说具有较浓的巴蜀地域色彩。

在马识途的初期创作中，注重写普通人，即使是革命者也非完美无缺，从而使他的小说有极浓的生活真实性。如《找红军》中的王天林，在日常生活中就有着"脾气不对头，一天难免要顶几杠子"的性格缺点，但这正是他历经失败又找不到红军的内心焦急所致，刚听到关于红军传说时对"一片红色，红头发、红眉毛、红衣服"的误解，这正是一个普通农民的一种必然思维方式。而在《小交通员》中，青年交通员小丁"才那么丁点年轻，却在手里拿着一支纸烟，看那指甲，是一个老烟枪了。乍一看去，小丁是个吊儿郎当、玩世不恭，却又聪明伶俐的'小大人'"，他甚至在接受上级任务时也是一副爱听不听、满不在乎的样子，平时也喜欢逛马路、坐茶馆，但这并不妨碍他忠诚于革命事业，并且能够随机应变地完成任务。应该说，这个形象上，既体现着革命职业特殊性质（广泛的社会交往），又是旧社会大染缸给每个人烙下的特有印痕。正因为作者抓住了独特的"这一个"的性格特征，而使人物形象更加鲜明而独特。

并非立志成为作家的马识途，却因为难以忘怀那段革命斗争历史和相濡以沫的革命同志而拿起笔来。但由于生活体验的厚重和所倾注的强烈情感，他的革命历史题材短篇小说如其开篇《老三姐》刚问世就迅疾被《人民文学》转载，中国作协领导明确表示要对其生活积累"进行开采"。但他更大的成功，却在描写寻找烈士遗孤——父女团圆事件的长篇小说《清江壮歌》上。

二

长篇小说《清江壮歌》源自于马识途的真实人生。怀着对战友的深情，马识途新中国成立后一直在寻找战友何功伟的遗孤，却意外地找到了刚满月时随母入狱、失散达二十年之久的亲生女儿。父女重逢，大悲大喜，又激发起对妻子和战友刘惠馨的思念，以及对共同战斗过的被害的战友们的怀念。革命历史的缅怀，和个人情感的汹涌荡激，都使马识途难以平静，"一种负疚的感觉猛袭心头"，他要向世人展现那段可歌可泣的辉煌历史，以纪念革命先烈。

小说以 20 世纪 40 年代初革命斗争最艰难时期为背景，以一个父亲向女儿讲述妻子、战友的英勇斗争故事的序章和表现父女团圆、战友重逢的尾章为总体框架，集中于革命者柳一清、贺国威等的战斗历程，塑造了一批忠贞的革命者形象。作品情节从"特委会议"开始，初步展示主要人物的性格；干练泼辣的柳一清、老成持重的贺国威、热情温和的任远、敦实鲁莽的王东明，以及注重仪表打扮的陈醒民，又通过会议进行中突然闯进的不速之客，对在场人物的性格进行初步展示，这些都为后来故事情节的发展进行了人物性格的铺垫描写。陈醒民叛变小说情节的重要转折，敌人制造"童云生出卖陈醒民"的假象和柳一清、贺国威等被捕入狱，都使党组织陷入困境，但极富斗争经验的贺国威经过周密分析并设计"反间计"使叛徒现出原形。敌人又以伪装进步的特务易师白杀死陈醒民再设连环计，却被在斗争中日渐成熟的柳一清用计识破。敌人一方面用尽诡计破坏党组织，另一方面使用严刑拷打，仍难动摇革命者的坚强意志。挟持贺国威父亲劝降，利用幼婴威胁柳一清等情节，都以反动派的残忍狠毒来反衬着革命者的忠诚坚贞。与狱中斗争相呼应的是任远与王东明的恢复特委工作和发动武装斗争，最终以调虎离山之计成功地救出一批狱中战友。虽然柳一清、贺国威和章霞未能获救，但他们却为战友们脱险而欣慰，并含笑走向刑场英勇就义，谱写了一曲革命英雄主义的"壮歌"。

值得注意的，小说在情节安排上对相对独立的事件的安排，对一个矛盾推动又一个矛盾的情节构思，以及根据地下斗争特点和中国传统长篇对"计谋"的注重而设置"用计"情节，都使《清江壮歌》与当时众多描写地下斗争的革命历史长篇区别开来。这种取自传统古典长篇的结构艺术观，在马识途20世纪80年代以来的创作中得到更集中的体现。对此，他曾在《且说我追求的风格》一文中明确阐说过："我追求的这种风格和我怎么开始写小说的有密切关系，与我个人经历也有密切关系。"在《我追求的中国作风和中国气派》中，他回顾了幼时受到的蜀中民间文化的影响："到乡下说评书的，'讲古'、'摆龙门阵'的，他们没有说善书的那么古板，讲的故事也更其生动活泼，更其曲折复杂，更其神奇美妙，更其乐观诙谐。"正是基于这种文学价值观，《清江壮歌》成功地把革命历史题材与传统叙事文学手法融汇一体，将革命英雄"壮歌"与普通群众喜闻乐见的形式结合，既符合了时代主流文学的范式，又在普通读者层中获得巨大的欢迎。

《清江壮歌》与当时众多革命历史题材和描写党的地下斗争生活的同类作品相比，还有一个最突出的特征，就是充盈着强烈的情感。长时期萦绕胸中难以排遣的情结，如对同学、战友、妻子的多重情感的追怀和对死去的战友的怀念，都积淀为一种创作冲动，如作者所说"要写点文字纪念何功伟、刘惠馨（一清）两烈士是很多年前的事了，一直没有如愿以偿"，这甚至成为"一种负疚的感觉",这些都在离散二十年之后的父女重逢的大悲大喜情感高潮冲击下汹涌奔腾,多年的郁结一旦被激发,整个故事就喷迸而出。也就是说,特定的创作动因,使小说具真挚而强烈的情感特征。

三

在中国当代文坛上,马识途首先是作为一个职业革命家而以对中国革命历史的颂赞而成名的,但作为一个敏锐正直的党员干部,他对新社会仍然存留的丑恶现象给予了极度重视。严肃的社会责任感,使他敢于在反右运动之后,仍运用短篇小说对社会腐恶现象进行讽刺批判,《最有办法的人》《挑女婿》《两个第一》《新来的工地主任》等创作于 20 世纪 60 年代初期的作品,使马识途与当时纯粹的"颂歌"体作家有极大的差别。在这里,显示着作者追求"做社会的清洁工,历史的清道夫"的严肃态度,也显示着他敢于直面人生的胆识和勇气。

《最有办法的人》描写了一个在旧社会专事投机,新中国成立后身为工地材料员的莫达志,这个人物惯用请客送礼方法去拉拢腐蚀干部,到处套购和骗取国家物资,被一些人认为是"最有办法的人"。通过对这个形象的描写,小说思考着社会主义建设中存在的问题,莫达志的"最有办法",实际上已涉及革命胜利后一些干部的腐败问题。《挑女婿》通过一对夫妇(新中国成立前男的是资本家,女的是"交际花")为独生女挑女婿,看不起普通工人,欲选有身份的工程师这一事件,通过把工人误听为"处长"和将穿工装参加劳动的工程师误为工人的两次误会,在充满幽默谐趣的故事叙述中,讽刺了封建门第观念和世俗落后的价值观。

发表于 1982 年的讽刺短篇《学习会纪实》,是马识途在新时期文学创作中重要之作。小说以某局领导班子的一次学习会为背景,用白描勾勒法描写出几个形象:靠说空话套话、炒陈饭过日子的常书记;对改革开放以来现实满腹牢骚的雷副局长;饱食终日不干工作却极善养生之道的温副局长……一个局竟然有正副七个书记和八个局长。人浮于事必然导致互相推诿,机构的臃肿必然导致互相争斗。多年来只上不下、照顾资历和不正当关系联结而形成的干部队伍，已到了非改不可的地步。马识途关注到中国干部体制存在的诸多问题，以大无畏的态度对之进行揭示和思考，显示着一个作家对生活感受的锐敏和严肃的社会责任感。而作为高级干部的多年生活体验，使他对这类人物认识甚确，多年的创作积累又使他对人物形象勾画极准，从思想和艺术上看该篇都是马识途创作中的重要篇章。

马识途的创作视野是广阔的，一个"连芝麻官也算不上"的村委会副支书，凭着手中权力编排"吃"村民，索取贿赂，被人称为"张大嘴"（《张大嘴》）；几瓶五粮液被作为开后门行贿的"集束手榴弹"，在机关部门权力者中间转圈，正是党和国家某些权力部门不正之风的集中体现（《五粮液奇遇记》）；局长率领两个副局长以下基层检查工作为名踏青赏春，接受盛宴款待，两名副局长酒醉掉入茅厕淹死而被追认为"烈士"（《臭烈士》）等。而《钟懒王的酸甜苦辣》通过一个农民在极"左"政治中由勤变懒，又因改革大潮由懒变勤，致富后因受到官僚衙门作风压制复由勤变懒的悲喜剧，思考着党风建设和国家廉政建设对中国社会生产力发展的重要性，同时也展现了由于官僚主义和不正之风造成农民对党的方针政策的疑虑。而《钱迷的奇遇》《风声》等短篇小说，则是对近年来一些社会不良现象的讽刺描写，对道德沦丧和小市民庸俗给予展示，体现了作者对建设新型社会道德伦理的翘盼。马识途的短篇小说，带有巴蜀民俗喜好"涮坛子"的反语幽默，以民间喜好"传奇"的视角，或使用白描，让人物自身言行的矛盾去进行讽刺，或予以夸张，将丑陋事物的特征进行聚焦而突现，因而使读者在笑声中达到一种对社会的思考和批判。

四

新时期以来，马识途的创作主要表现在三个方面：讽刺短篇小说、历史类题材长篇小说和杂文。

杂文集《盛世微言》是马识途杂文创作的代表，这些杂文都立足于"表现时代精神，为新事物鸣锣开道，针砭腐朽落后的旧事物"的时代需要，作者认为："只要能及时产生社会效果，推动改革和建设前进，便是好杂文。"以《盛世微言》为代表的三百余篇杂文的价值，就建立在这个基础上。

思想文化批判，是马识途杂文最突出的特征。《中国式的聪明》对"无论什么外国的不好的东西，一传到中国来，就有人努力为之发扬光大，从中渔利。外国好的东西，一传到中国来，有一些过不多久，便走了样，把它改造成合于国情，适于谋私利的东西"进行了辛辣的嘲讽；《面子问题》以一些人结婚讲排场、绷面子而铤而走险，未进洞房却先进牢房的典型事例，剖析了国民的劣根性；《死人与活人，宽厚与严格》针对现实中各类讣告言过其实夸大死者功劳成绩，却对其生前诸般束缚等反差，揭露了世人的圆滑虚伪和互相戒备的阴暗心理；《为武大郎和潘金莲辩诬》针对文化界对历史现象任意"索隐""考证"，哗众取宠、谋取私利的丑陋现象反讽道："名人名园，于现世的人何干哉？其实说穿了，不就是为了制造轰动效应，争之随之而来的经济效益吗？"可谓一语中的；对一些报刊为诗人顾城杀人辩解、颠倒是非的行为，《为什么是非如此颠倒》给予痛斥："中国文学界、中国舆论界出现这样的怪现象，实在是文学界之耻，舆论界之羞。"

　　对"文革"的反思批判，是其杂文思想文化批判的重要内容。封建意识的遗毒，使众生拜倒在各种"指示"面前，"中国的灾难就来自这些指示，中国人的可悲就在于听从这些指示"（《指示》），因此，疗治之法就是"有些人没有脑袋，必须去寻找回来"（《寻找脑袋》）。基于此，他对巴金"讲真话"的主张给予热情赞扬，《也谈说真话》《对〈偶感〉的偶感》等，都充盈着对封建思想余毒的愤激批判。

　　一个杂文家的胆识和勇气，更在直面人生。马识途杂文更多的是立足当今社会进步的需要。《从老虎狮子领份肉想到》《孔子曰："必也正名乎"》对中国民主制度的不完善进行深入剖析，提出必须端正"官风"，让人民真正成为国家的主人，并且直截明言：政治体制改革势在必行！《我们选的县长哪里去了？》《"拥护"和"审议"》《法大还是权大》等篇，都是例举生活中的真实事例，思考着中国民主政治建设的迫切问题。而《重读〈甲申三百年祭〉》更是结合历史教训，将党风不正、权力腐败提高到党和国家生死存亡的高度进行论说。他分析道，官僚主义和诸多腐败问题症结在于：封建主义和极端个人；规章不严，纪律松弛和执法无力；民主和舆论监督不强，只有找准痼疾关键，才能对症施治（《漫说克服官僚主义》）。因此，《好，好，好》对江泽民总书记从严治党、反腐倡廉的报告，对某些部门严惩贪污的动真格实干，对中国社会渐趋民主法制化的进步反复叫好，于此体现着作者对美好未来的希望。

概言之，作为一个党的高级干部和真诚的作家，马识途的杂文思想深刻，题旨鲜明，抓住关键而一语中的，在明快畅晓的论说中体现着犀利泼辣，又因针对真实的社会现象而体现着鲜明的形象性和深刻的思想性。

新时期以来马识途的历史长篇小说，是以《夜谭十记》开始的。其第一记《破城记》初创于20世纪40年代初，60年代续作，而全部完成于80年代。故事源自作者革命生涯中感受甚深的人和事，尤其是那些贫困而正直的旧社会小职员。小说仿照文艺复兴文学时期《十日谈》和《坎特伯雷故事集》的结构方式，以十个小科员为打发时光每人讲一个故事而构成"十记"。整个小说立足于通说人间苦、世间恶、社会丑、世事怪，城市的灯红酒绿和乡村的破败荒芜，官场隐私奇案和社会闹剧丑闻，三教九流各式人物的命运遭遇，小市民的悲欢离合，都汇聚其中，构成了一幅旧中国世态风情和人生状貌画卷。需要注意的是这部长篇的风格体现着作者的巴蜀文化意识，小说以"摆龙门阵"的叙述方式，以悬念设置和跌宕起伏的情节，去展现特定时代的诸般世态，并且在叙述语风上极力营造一种传统"说评书"的特色，是以获得广大读者的热烈欢迎。

由于特殊和体验甚深的原因，马识途在新时期以来又创作了以巴蜀革命历史为题材的几部长篇小说。《巴蜀女杰》取材于从事秘密工作打入敌人机要部门的张露萍的真实经历，围绕着主人公张露萍从单纯热情的青年学生在严酷地下斗争中逐渐成长为优秀革命者的经历，从生活、爱情、理想与革命追求等方面去塑造描写，再次谱写出一曲革命英雄主义的颂歌。小说的成功，既有着作者自己类似的深切体验和感受，更有着作者对革命烈士的缅怀和赞颂情怀。《京华夜谭》以共产党员肖强从事地下斗争的传奇故事，塑造了一个聪明机智、极富斗争艺术的地下工作者形象，小说以曲折的情节和众多极富传奇色彩的事件，尤其是袭用章回体结构的艺术构架，都使小说体现着对"中国作风和中国气派"的追求。《雷神传奇》是作者对民族化和通俗化追求的进一步体现。章回体的结构，雷神"三救秋香"的高超武艺以及其传奇经历，都使小说具有极强的趣味性和欣赏性。一个贫苦农民行侠仗义的传奇，共产党领导的"天兵"

斗争，还有反动势力的残酷狠毒，纠错交结一体，使小说具有极强的思想性和艺术可读性。

这些长篇小说更鲜明地体现着马识途艺术风格，即在选材上选取巴蜀社会和历史，在描写革命历史故事时注重传奇性和趣味性，常采用传统长篇章回体形式作为艺术结构，力图在叙述上体现蜀中民俗"摆龙门阵"的叙述语风，并且更注重对巴蜀民间口语词汇的使用，从而以浓郁的区域化、通俗化努力达到民族化、大众化。

总之，马识途以一个职业革命家的独特经历而投入创作，又以对巴蜀区域人生和民俗风习等文化形态的注重，对通俗化、大众化艺术方向的努力，还有成功地处理"歌颂与暴露"关系等诸方面的综合而确立自己的艺术个性。

（原载《成都大学学报》1993 年第 3 期）

踏遍青山人未老

——马识途文学创作六十年

陈朝红

一

老作家马识途今年已八十高寿了。他是当代一位老当益壮、创作活跃的文坛老将，也是我省文艺界一位德高望重、受人尊敬的领导人。在半个多世纪的革命生涯中，他在战斗工作之余六十年如一日辛勤笔耕，呕心沥血，为繁荣社会主义文艺事业做出了卓越的贡献。

马老是与文学前辈巴老、沙老、艾老同辈的作家，然而，他的人生之路和文学之路却有着鲜明特点。记得马老曾多次说过，他首先是一个革命家，然后才是一个作家。早在 1935 年，当马识途还是一个青年学生时，就在上海《中学生》杂志上发表了第一篇散文，以后在抗战期间，马识途又在武汉《新华日报》等报刊上发表过报告文学、通讯、杂文、小说、诗歌，并曾与张光年等人共同办过文学刊物《新地》。但是，马识途自 1938 年入党后，就长期在湖北、四川、云南等地从事党的地下斗争，是一个肩负重任的职业革命家。新中国成立初期，马识途又在经济建设领导岗位上日夜操劳。后来，由于一个偶然的机遇，他才提起笔来，在 20 世纪 60 年代初写了长篇小说《清江壮歌》、短篇小说《老三姐》《找红军》等，不料却一炮打响，从此便一发不可收。马识途越来越热心于业余创作，是因为他明确意识到，把自己亲身经历的斗争生活写出来，同样是革命的需要，对时代和人民有益。马识途特殊的革命经历，使他真正跨上文学道路显得比同辈作家晚了一些，但他长期经受的革命斗争的锻炼、丰富的社会生活阅历和相当的文学修养，却在生活、思想、技巧等方面为他的创作打下了坚实的基础，使他一开始就出手不凡，显得成熟、厚实，特色鲜明，而没有某些青年作者起步时难以避免的单薄和稚气。

《清江壮歌》引起强烈社会反响，更加激发了马识途的创作热情。正当他源源不断地写出反映地下斗争生活的新作，并初涉讽刺文学创作时，"文革"的风暴突然降临，马识途被打成"黑帮"，受尽摧残凌辱，被非法监禁达数年之久。但马识途对生活和文学的信念始终未泯，因而一当粉碎"四人帮"后，沐浴着十一届三中全会的春风，他又重新焕发了艺术的青春。新时期十几年来，特别是自1980年起他担任了四川省文联和四川省作协主席后，更是以繁荣社会主义文艺创作为己任，在党的"二为"方向和"双百"方针指引下，勤于笔耕，勇于探索，坚持现实主义的文学道路，追求中国作风和中国气派，创作了许多思想深刻、风格独特的作品，取得了令人叹服的艺术成就。

综观马老六十年文学创作历程，我们看到，革命家和作家双重身份的和谐统一是贯穿其中最本质最鲜明的特征。马识途的创作，发轫于20世纪三四十年代，20世纪60年代出现了可喜的喷涌，而它真正的旺盛期、成熟期则是在新时期十余年间。马识途多达数百万字的包括小说、散文、报告文学、杂文、诗歌、电影剧本、文艺评论等各种题材、体裁、形式的作品，大部分也是在这一时期完成的。在马识途的大量作品中，以革命历史题材小说、讽刺小说和杂文最有代表性，也最引人注目。这些作品从各个方面真实生动地反映了一个革命老战士几十年来的战斗人生轨迹和心路历程，再现了历史的悲壮与辉煌，也熔铸了直面现实人生的热忱与忧思，它们像一面面镜子，折射了历史的沧桑，映现了时代的风云。马识途的创作，以其鲜明的思想倾向、深广的历史内容及对小说民族化大众化的执着追求而永葆艺术的生命活力，从而在当代文坛上独具一格。马识途的文学创作值得我们认真探讨。

二

在马识途的整个创作中，革命历史题材和反映旧社会生活的小说创作代表了马识途主要的艺术成就，也集中地体现了作家独特的艺术风格和审美追求。长期的革命斗争经历，是马识途特有的生活的"富矿"，他几十年来坚持不懈地在这一艺术领地里深入开采、冶炼，结出了累累硕果。继20世纪60年代的《清江壮歌》《老三姐》《找红军》等之后，新时期以来他又陆续创作了《夜谭十记》《三战华园》《巴蜀女杰》《京华夜谭》《雷神传奇》《秋香外传》等长、中、短篇小说。这些作品，真实深刻地再现了三四十年代地下党艰苦卓绝、可歌可泣的斗争生活，热情讴歌了革命先烈前仆后继、英勇献身的英雄业绩和高尚情操，读着这些作品，宛若眼前展开了一幅幅我国人民光辉革命征程的广阔历史画图。

马识途这些作品所以具有激动人心力量，首先来源于作家有着革命斗争的切身体验和真挚饱满的革命感情。马识途在谈他为什么写小说时，表述了他的创作初衷，他说："过去沉积在我的记忆底层的人和事，一下子被翻腾出来，像走马灯似的在我的眼前转动。有时半夜醒来，当年许多革命人物跑到我的面前，在催促我，责备我，问我为什么不把他们的斗争事迹写出来。"① 在这种激情喷涌、不能自已的情况下，作家提笔为文。马识途的这些作品，堪称丰富多彩的地下斗争生活同一个革命战士强烈饱满的革命感情的艺术结晶。

马识途的作品塑造了众多不同经历、教养、个性、命运的地下党员和革命先烈的形象，写出了活生生的有血有肉的人物性格，写出了革命者的人性人情美。既反映了革命斗争的严酷性、复杂性，又具有浓郁的抒情色彩和感人至深的人情味，这是马识途作品的一个鲜明特色。

最能体现这个特色的，首推作家的第一部长篇小说《清江壮歌》。这是作家用震颤的心灵，交织着血泪谱写出的一曲震撼人心的悲壮颂歌！

《清江壮歌》反映的是1940—1941年间，在国民党反动派掀起第二次反共

---

① 马识途：《我怎么做起小说来?》，《青年作家》1982年第9期。

高潮的险恶政治形势下，鄂西某山城的地下党组织同国民党特务所进行的一场尖锐激烈、惊心动魄的斗争。作品展开了那个时代比较广阔的社会生活面，塑造了包括革命烈士、地下工作者、知识分子、农民、叛徒、特务等各种人物形象。通过复杂的斗争和严峻的考验，不仅表现了共产党人的斗争意志和献身精神，也细腻感人地描写了革命者的夫妻之情，父子、母子之爱和战友情谊等，从各个生活侧面揭示了革命者高尚美好的道德情操。书中特委妇女部长柳一青的形象，是写得最动人的。她是一个坚强的革命者，但作家并未忘记她毕竟是个才二十几岁的热情、爽朗的青年，是温柔的妻子和慈爱的母亲。她对丈夫温柔体贴，丈夫为革命奔波，她时时担心惦念。她带着诞生才一月的女儿入狱，在极其困苦的条件下呕心沥血保护和哺育孩子。灭绝人性的敌人企图用打死孩子来逼降，骨肉连心，她以惊人的毅力忍受了对自己感情的剧烈煎熬。特别是她临刑前给丈夫任远的那封诀别信，仿佛用鲜血和生命凝成。在信中，为革命献身的坚定信念，对美好未来的热烈向往，对下一代的爱抚期望，对丈夫的爱恋体贴，斑斑血泪，缕缕情思，在字里行间水乳交融，真是侠骨柔肠，催人泪下。

特委书记贺国威，也是一个刚强不屈的硬汉子，死亡的威胁，高官厚禄的诱惑，他都对付过去了。敌人使出了最恶毒的一招，把他的老父亲从武汉找来企图软化他，这使贺国威经受了一场特殊的严峻的考验。贺国威幼年丧母，父子相依为命，如今老父已是风烛残年，怎忍心让其遭受失子之痛的残酷精神折磨。当他见到父亲"老泪横流、浑身发抖"时，他热泪盈眶，心如刀绞，"头晕目眩"，几乎"站立不稳"，见面后回到狱中，"他的眼前老是摇晃着父亲的一头白发"。贺国威有这样深沉的悲痛和复杂的感情，完全是合乎情理的；这并不是什么软弱的表现，也不会损伤其英雄形象，相反贺国威正是在这场特殊的考验中，显示了坚贞的革命气节和圣洁的人性光辉。他对慈祥正直的老父动之以情，晓之以理，把父亲争取到革命一边来，彻底粉碎了敌人的阴谋。

鲁迅有诗云："无情未必真豪杰，怜子如何不丈夫。"周总理在1962年的一次讲话中也说："共产党人是有感情的，但感情是受理智支配的。问题是要看在什么时间，什么场合，什么对象。临危的时候似乎只能说'共产党万岁'，否则就是动摇，这种说法是奇怪的。……视死如归了，还谈恋爱吗？正是因为他视死如归，所以他的爱情才是最纯真最高尚的爱情。革命者是有人情的，是革命的人性。为什么不要这样优秀的品质呢？"① 柳一青、贺国威既是无产阶级的钢铁战士，也是普通的血肉之躯，他们也和常人一样有自己的喜怒哀乐；他们纯真的夫妻爱、骨肉情中，渗透了对生活的热爱和对革命的忠诚；他们不会让个人的感情成为革命斗争的羁绊，为了党和人民的利益，不惜抛弃家庭，割舍亲人，牺牲性命。小说真实描写了无产阶级的人性人情，使得先烈们大义凛然、视死如归的英雄壮举，显得合情合理，可亲可敬。这些描写成为全书中最精彩、最动人的篇章，也显示了作家忠实于生活和艺术规律的可贵勇气。

马识途小说的又一鲜明特色，是具有比较鲜明的民族风格，具有引人入胜的传奇色彩和生动活泼、明白晓畅的语言风格，这是他的作品受人欢迎的另一重要原因。马识途说："我总特别喜爱我国的古典小说，喜欢为老百姓喜闻乐见的中国作风和中国气派。而且我在学习写作时，总想追求一种独特的民族风格。"② "我大概很难改变我写小说注意故事性和传奇色彩的爱好了。"③ 这种传奇性，当然主要是地下斗争本身的特殊性和当时错综复杂的矛盾产生的，而作家巧妙的构思和编织故事的才能也使作品更添光彩。

例如《接关系》，描写特委特派员任道同志来到大巴山地区，清理被破坏的地下党组织，开展游击战争。小说围绕接关系这个中心事件，描写了三个斗争回合：第一个回合，接关系似乎容易，却被叛徒欺骗，险中敌人圈套；第二个回合，任道轻率的行动引起自己同志的误解和警惕，将他引至林间，意欲活埋；第三个回合，任道危在旦夕，很快又绝处逢生，不仅接上关系，而且将计就计，狠狠杀了巴山虎一个回马枪，干净利落地除掉敌人心腹，给敌人严厉警告，预示着大巴山的革命风暴即将掀起。作品线索集中，故事结构紧凑，情节波澜起伏，人物命运扣人心弦。读着作品，人们仿佛觉得：一会儿山重水复，一会儿柳暗花明；一会儿奇峰突起，一会儿云遮雾障；常使人惊叹在意料之外，细想却在情理之中。几个回合之间，层次清晰，埋有伏笔，互相照应，浑

---

① 《周恩来论文艺》，人民文学出版社，1979 年版，第 117 页。
② 马识途：《学习创作的体会》，《文艺通讯》1980 年第 1 期。
③ 马识途：《说情节》，《四川文学》1980 年第 3 期。

然一体。

长篇小说《夜谭十记》在艺术结构上别具一格。在故事情节上同样具有浓厚的传奇色彩。这部作品从酝酿动笔到最后定稿，经历了四十年的风风雨雨，熔铸了作家广博的社会生活阅历，也反映出对小说民族形式的新尝试。作品以旧社会某县衙门中一群穷科员轮流讲故事的独特结构方式，从各个角度和生活层面，广泛反映了四五十年前旧中国光怪陆离的社会面貌和世态人情。在作品里，上到党国要员的钩心斗角，下到市井小民的离合悲欢；城市的灯红酒绿，农村的荒凉破败；三教九流的人物嘴脸，千奇百怪的逸闻趣事，都栩栩如生地描绘出来。作家的爱憎是鲜明的，文笔是犀利的，在具有传奇性的妙趣横生的人物故事中，渗透着火辣辣的讽刺和批判的力量。例如《盗官记》，一开始写新县长上任时落水呜呼，会计主任导演一幕由随行秘书师爷取而代之、同县长太太做真夫妻走马上任的丑剧，进而揭露省上卖官分爵、某钱庄为此专门囤积出卖各种官职的委任状的内幕。正被官府悬赏捉拿的绿林英雄张牧之由此奇闻丑事生发灵感，忽然异想天开，"老子也去买个县官来当一下"，小说由此引出一段江洋大盗当县官、整得地主老财鸡飞狗跳、为民出气解恨的奇特风趣的故事。

近些年来，商品化浪潮冲击文坛，庸俗低级读物充斥于市，而雅文学日渐萎缩，步履维艰。马识途对此深感痛心和忧虑，他呼吁"把雅文学向通俗化民族化的方向靠一靠"，甚至表示，"我就很愿意从雅文学的作家转化为通俗文学作家，以致降格为市井的说故事或者摆龙门阵的人"①。为此，他致力于创作健康向上的高品位的通俗文学，追求一种雅俗共赏的艺术效果，以满足广大群众的文化需求。他的两部革命历史题材的近作《京华夜谭》《雷神传奇》，就是有意识地创作的"传奇式的通俗文学"。《京华夜谭》描写的是打入敌特机关核心部门的地下党员在魔窟十年的传奇式经历和可歌可泣的英雄业绩；《雷神传奇》则在20世纪二三十年代大巴山的风风雨雨中，展现了农民英雄、地下党员同地主恶霸所进行的一场惊心动魄的生死搏斗。两部小说均采用类似于章回体小说的结构方式。用说评书、摆龙门阵的叙述语调和生动通俗的群众语

---

① 见马识途《京华夜谭》后记。

言，讲述了有声有色、惊险曲折的传奇故事，颇有艺术吸引力。

三

讽刺小说是马识途文学创作中另一个重要的方面，他是当代作家中一位"几十年一贯制"的讽刺文学的热心提倡者和积极实践者。众所周知，当马识途 60 年代初以《清江壮歌》《找红军》而蜚声文坛的同时，也以脍炙人口的讽刺小说《最有办法的人》《挑女婿》等而在文坛独树一帜。作家对讽刺人物莫达志的绝妙画像和"最有办法的人"一词，甚至成了当时人们对那些专搞邪门歪道的投机钻营者的蔑称，成为一种典型的"共名"。1982 年，他创作了《学习会纪实》《好事》《五粮液奇遇记》等佳作，1987 年又在《现代作家》上开辟讽刺小说专栏，一年连发十二篇。直到 1995 年，马识途还发表了《专车轶闻》《张大嘴纪事》等多篇新作。据悉，《马识途讽刺小说选》亦将于近期出版。

马识途写这些直面现实人生、针砭社会时弊的讽刺小说，是因为他认为"那些已经丧失了价值却又不肯退出历史舞台的旧思想、旧人物，总要酸出许多荒唐的笑料来"，"中国有许多惰性的文化和思想沉积，成为我们民族沉重的包袱，如不加以无情地清除，我们就不能前进"。① 他说自己创作讽刺小说，正是为了"将那无价值的撕破给人看"（鲁迅语），以期引起人们的警觉和疗救。显然，冷眼笑看芸芸众生源出于对现实的热心热肠，作家的创作初衷表现出一种严肃的社会责任感，这正是一个真正的讽刺作家所必备的可贵品格。

讽刺幽默是作家把握世界的一种特殊的艺术方式，它的基本的审美特征是以喜剧的形式对生活中陈腐荒唐的东西加以讥讽嘲笑，通过对假恶丑的否定来达到对真善美的肯定。

马识途在许多讽刺小说里，以锐敏的政治眼光和诙谐犀利的笔法，无情地揭露讽刺了普遍存在于不少机关中的种种官僚主义现象和"左"的流弊，表达了人民的义愤和愿望，这方面突出的佳作是《学习会纪实》。这篇小说以某局

---

① 见《现代作家》1987 年第 1 期。

机关领导班子（正副书记局长们竟有十五人之多）一次"学习会"的纪实，典型地展露了一幅官僚主义的百态图，各个干部的教养气质、言谈风貌和微妙心态，都写得活灵活现。有的察言观色，有的故作姿态，有的夸夸其谈，有的牢骚满腹，有的闭目入定，有的密谈交易，天南海北，东拉西扯，言不及义，应付敷衍，谈空话，炒陈饭，混日子，这样的领导班子，怎能领导人民搞"四化"！这种机构臃肿，人浮于事，松弛涣散的严重弊端，不改革怎么得了！又如《五猪能人》，针砭了一些干部头脑中的"左"倾顽症和生活中存在的轻视知识、轻视人才的可笑可悲的荒唐现象。某县农业局李农艺师是个有真才实学的能人，几十年历尽坎坷而坚持农业科学试验。这样优秀的知识分子在王局长、张科长之流的"左"视眼里一钱不值。慧眼识能人的公社吴书记巧妙地用"五条肥猪"把他调换走了，使他在农村大显身手，以"五猪能人"闻名于世。王局长一类糊涂官办糊涂事，轻易被人"戏耍"，本属意料中事，叫人忍俊不禁；可一个大能人仅值"五条猪"，中国知识分子这么不值钱，又多么使人辛酸。"左"倾路线对知识分子的践踏摧残，于此可见一斑。此外，马识途讽刺的笔锋还广泛地探索了惰性的历史文化沉积同当今开放时代某些流行观念相交汇撞击所形成的种种病态畸形的社会心理。

马识途讽刺小说的审美追求，从总的趋向上看是与他创作中一贯追求的民族风格相一致的。读马识途的讽刺小说，仿佛感到作家像摆龙门阵似的，不动声色，娓娓道来，白描的写实手法，朴实老练的文笔，字里行间隐含着深沉的意蕴，渗透了热烈的褒贬爱憎之情。作家不事特别的夸张渲染，也较少荒诞变形，但他仍然注意从生活中选择提炼富于典型性的、非同一般的、奇特有趣的情节、事件、细节，显得凡中见奇，朴中有巧。如《好事》写一退休老教授想在自己家里办一个英语补习班辅导自学青年，报告打到省教育局，层层转下来，上上下下众口一词都说是"好事"，可是公文旅行一年多，"好事"终未办成，周教授却病倒了。作品蕴含的潜台词是：办好事难，搞邪门歪道，反倒能畅行无阻。这不正是对当前社会上某些消极腐败现象的集中的典型的写照吗？又如《五粮液奇遇记》里那一束"手榴弹"经过许多人之手，用它摘了各种交易，转了一圈最后又回到穷教员的手中。这种偶然的巧合，叫人哭笑不得的"奇遇"，不无夸张色彩，带有某种惊世骇俗的尖锐性，增强了讽刺效果。

马识途有些讽刺小说也注意选择不同的视角，用不同的语调来叙述描写，作品的结构方式也有所不同。《五粮液奇遇记》用拟人化的眼光、口吻来观察叙述人间的"关系网"；《五猪能人》古今两个故事相连并列，衬托映照，以古喻今；《钱迷的奇遇》在作家第三人称的叙述语调中，不时杂以人物内心独白式的心态描绘、剖析，较为活泼。但是，在马识途的多数讽刺小说里，惯从"秘书"、"记者"、"笔杆子"、"干事"的角度，来看局长、书记、主任、科长们的形形色色。这样的定法，看得多了，总不免使人感到角度单一，缺少变化，不够活泼灵动。尤其是有的作品的叙述描写显得过于平实，缺少悬念和波澜，缺少"包袱"和笑料，难免不冲淡作品的喜剧意味和讽刺效果。

四

马识途关注时代、反映现实的创作，除了讽刺小说外，还有一个引人注目的品类，便是他的杂文。从 20 世纪 80 年代至今，他创作了大量干预生活、触及时弊的杂文，曾在有的报刊开辟杂文专栏，并于 1994 年出版了杂文集《盛世微言》。

马识途认为，改革开放的时代，为杂文的繁荣兴旺提供了丰厚的生活土壤和良好的舆论环境。新时代的杂文应当继承和发扬鲁迅杂文的战斗传统，充分发挥其作为时代"感应的神经、攻守的手足"的战斗作用。马识途正是以鲁迅先生的匕首和投枪式的杂文，作为自己孜孜以求的奋斗目标。

马识途杂文最突出的特点，是他的杂文的思想倾向和审美追求同他的革命历史题材小说和讽刺小说创作的思想倾向和审美追求是一脉相承的，就是鲜明地表现了作家强烈的历史责任感、坚定的革命信念和饱满的战斗激情。在《盛世微言》一书的序里，马识途明确表示，"作为一个满腔热忱热爱祖国，决心以血作墨，以笔作枪，甘心为改革开放鸣锣开道，俯首甘为马前卒，横眉冷对，做精神垃圾的清道夫，就要有我以我血荐杂文的勇气。"马老的杂文，真切有力地表现了一个革命老战士和文坛老将对当今新旧交替、五花八门的人间万象、社会热点的热忱关注和冷峻审视。作家的所见所阅、所思所想、所喜所忧、所爱所恨，又无不紧扣时代的脉搏。他旗帜鲜明地支持巴老"说真话"的主张，理直气壮地为改革开放鼓与呼，对阻碍改革的种种瘤疾和形形色色的精神垃圾，则予以尖锐的揭露和剖析。透过作品的字里行间，人们仿佛看到了八十高龄的马老在改革开放的时代大潮中呼啸前进的勃勃英姿。

马老具有丰富的斗争经验、深厚的理论修养和渊博的知识，因而他的杂文思想锐敏，充满哲理和智慧。作家善于从眼花缭乱的生活现象中摘取典型，由表及里，见微知著，往往能切中时弊，振聋发聩。例如《为什么是非如此颠倒?》一文，当新潮诗人顾城杀妻自缢消息传来，报刊舆论一时沸沸扬扬，几乎一边倒地同情、惋惜、美化"天才诗人"，而对受害者冷视、淡漠时，马老义愤填膺，挺身而出为受害者申冤请命，大声疾呼"天良何在? 公理何在?"痛快淋漓地驳斥了为罪犯开脱辩护的种种奇谈怪论，并直言不讳，不怕因此而招惹麻烦。吃文字官司，若有人无理打上门来，"就拼着老命奉陪吧，若为真理故，生命亦可抛"。从这些篇章，不难看出马老疾恶如仇的品格。

马老的杂文，不仅思想深刻，而且文字精练、流畅，富有激情和文采。古今中外，广征博引，随手拈来，涉笔成趣。读来益人心智，催人奋发。

去年春天，马老作《八十自寿》词以寄情抒怀，词中有云："忆少年报国，南征北战，酸甜苦辣，雪雨风霜。劲节还持，松姿尚挺，留得洁梅高树香。终无悔，任千难万险，无限沧桑。"马老六十年的创作历程，就是他无愧无悔的革命生涯最生动的写照，也是他踏遍青山人未老的壮志情怀最真实的流露。我们衷心祝愿马老，青松挺拔，贞梅双香，为社会主义文苑更添一番浓浓的春意。

（原载《当代文坛》1995 年第 6 期）

著名革命作家马识途的生平和创作

秦　川

马识途是我国当代著名作家，具有丰富的革命斗争经历，执着地追求"中国作家、中国气派"，在民族化、大众化道路上辛勤耕耘、努力探索，形成了自己独特的艺术风格。

马识途原名马千木，又名马千禾。马识途是他入党之时自认为已找到了可为之奋斗一生的革命道路，才改成的名字，一直沿用至今。此外，他还用过马质夫、马烈夫、子一、劫余、则余、兢克、任远等笔名，发表文章和作品。

1915 年 1 月，马识途出身在重庆忠县石宝乡一个书香之家。他的幼年是在军阀混战、土匪猖獗的农村度过的。兵灾匪祸、兵匪一家给乡民造成的惨景，百姓水深火热、暗无天日的生活，都给他幼小的心灵烙下了深深的印痕。

到了启蒙年纪，虽然也办有"新学"，但家人以为读那"人手足刀尺，山水田，狗牛羊"的教本既没出息又非孔孟的经书，因此要他去读私塾，学些正心、修身、齐家、治国、平天下的本领，以及忠孝仁爱的准则和进退应对的礼仪。私塾设在本族的祠堂里，有七八个本族的子弟就读。第一位塾师是坚持留着辫子的冬烘先生，终因复辟无望不久就抱恨终天去世了。接任的是一位半新半旧的夫子，所讲课目新旧杂糅，既有《四书》《幼学琼林》《古文观止》《声律启蒙》《千家诗》等蒙学读物，也有《纲鉴纪要》《方舆纪要》等中国历史地理课本。通过对中华民族优秀传统文化的学习，一种民族的自豪感和热爱祖国的感情油然而生，马识途立志发奋读书，以为泱泱中华做贡献为最大理想。

潮流所至，石宝乡办了所乡村中学，马识途的父亲是学校董事长，校长则是南京东南大学教育系毕业的新学鼓吹者。学校以"诚朴"为训，学生除课堂学习外还要从事生产劳动，学一些栽桑养蚕、植桐、养蜂等谋生技能。马识途在初中学习阶段，接触了一些新学杂志和讲富国强兵的新书籍，同时也嗜读一些《江湖大侠》《孽海情天》之类的新小说。偶尔还在个别老师房中偷看到从广州、武汉寄来的"不革命无以救中国"的宣传品。这使他读书救国的志向更加坚定了，并开始思索着人生的真谛。然而理想与现实的巨大反差，一度曾令他对生活感到悲哀和颓丧。

值此人生的第一个转折点，大革命的浪潮给少年马识途带来了打倒军阀、振兴中华、为劳动人民的解放而斗争的新鲜气息。学校新从武汉黄埔军校分校聘来几位教员，在他们的宣传教育下，最先萌发了革命的意识，参与了诸如发动农民、打倒庙里的菩萨之类的革命行动。他第一次知道"共产党"，并与秘密共产党县委书记的学校教员有过往来。马识途在万县举行的下川东十四个县中学毕业生会考中获第九名，成绩优异。石宝乡中学也是参加会考成绩最好的中学，但因它"赤化"了，最终遭了封闭。

马识途的青年时代是在内忧外患、抗日救亡的怒潮中度过的。1931 年，他怀着屈原"路漫漫其修远兮，吾将上下而求索"的心境，出川北上，考入北平大学附属高中学习。"九一八"的炮声击碎了他的"强国梦"，他卷入了抗日救亡的学生运动中。然而，何以抗日？结论是"工业救国"。1933 年日军进逼平津，在危难中他逃到上海，在浦东中学读完高中，并于 1936 年考入南京中央大学化学工程系。在上海学习期间，马识途进一步接触了《大众哲学》等社会科学读物和《新生》《生活》等进步刊物，参加过"一二·九"运动的请愿游行。同时开始了文学写作，他特别喜爱鲁迅先生的小说和杂文。1935 年，他以马质夫的笔名，在叶圣陶主编的上海《中学生》杂志"地方印象记"征文中发表散文《万县》，获该杂志征文奖。从这年算起，至 1995 年马识途八十寿辰，恰好是他的创作六十周年。

1937 年"七七"卢沟桥事变发生，马识途毅然决然地放弃了"工业救国"幻想，走出学校，参加农村服务团，在南京郊区晓庄宣传抗日。10 月，南京陷落前夕，党派人说服他放弃了到大茅山打游击的打算，撤退到武汉。此刻是听命回到四川重庆去继续学业，还是投身党所领导的革命斗争？他选择了后者。他和要好的同学、机械系的刘惠馨一道，持董必武的介绍信，步行到鄂豫皖边区中心的黄安七里坪，参加方毅主持的党训班学习，叶剑英曾去讲过《战略与战术》《论游击战》的课。之后他刚被派到湖北汤池陶铸主持的训练班时，湖北省委即调他到武汉去做工运工作。

1938 年 3 月，在武汉，马识途由湖北省委组织部长钱瑛介绍加入中国共产党。随即担任"蚁社"支部书记，做职工工作，并参加汉口职工区委。这时他曾同胡绳一道办过《大众报》，为《抗战青年》写文章，在《新华日报》上发表过保卫大武汉空战的报告文学。他曾取笔名马烈夫，意即马列主义之一夫，因马列二字太刺眼，易惹敌人注意，故在列字下加了四点。此举虽然稚气一点，但却体现出一个革命者对马列主义信仰的忠诚与执着。

同年 10 月，在武汉沦陷前夕他奉命撤退到鄂北襄樊，被派往枣阳任县委书记，同时为鄂北特委委员。后又派往南漳任宜城、南漳、保康中心县委书记，又转至老河口任光化、谷城中心县委书记，从事党的农村工作。

1939 年秋，他从鄂北转移到恩施任鄂西特委书记。党组织调刘惠馨由宜昌来恩施工作，与马识途结婚。1940 年 8 月，钱瑛由重庆到恩施，对鄂西特委做了调整，由何功伟任书记，马识途任副书记，王栋任组织部长，直属南方局领导。1941 年初，国民党制造皖南事变，掀起第二次反共高潮，鄂西一片白色恐怖。正当紧急疏散之时，因叛徒出卖，何功伟、刘惠馨被捕，不满一岁的女儿随母关进监狱，马识途只身幸免。同年 11 月 17 日，何、刘在受尽敌人折磨后壮烈牺牲。而马识途却是一年以后在昆明才知道这一消息的。

这一段农村工作对于马识途后来的文学创作至关重要。正如他在《我怎样写起小说来的？》一文中所说，他时时刻刻所面对的就是生与死的搏斗，血与火的战争。他为胜利欢歌，为失败痛苦，为敌人疯狂的镇压而切齿痛恨，为战友惨烈的牺牲而放声痛哭。他所想的就是革命，革命。他能和人民吃一样粗粝的饭，没盐味的菜羹，和他们一样滚草荐，吸一样辛辣的叶子烟，在塘边、坝上、土地庙前，摆谈奇闻怪事，诉说希望与梦想，年复一年，这些人物和事件沉落到记忆的底层，逐渐变成为思想的矿藏。他的小说《老三姐》《回来了》

《小交通员》及长篇《清江壮歌》等，都取材于这一时期的革命生活。

1941 年秋，南方局按照党中央"精干隐蔽，长期埋伏，积蓄力量，以待时机"的指示，马识途转移往云南昆明。他将高中毕业证书的马千木添一笔改名马千禾考入西南联合大学，先后在外文系、中文系学习四年，担任西南联大党支部书记，从事学生运动。他本着"勤业、勤学、勤交友"的方针，积极深入、扎实细致地做发动师生的工作，以各种不同的分散小型的组织形式和活动方式，团结了大批进步师生，把西南联大的爱国民主运动搞得很出色。他曾参加领导过昆明学生的讨孔（祥熙）运动和著名的"一二·一"运动。

西南联大是由抗战初京津两地南下的北京大学、清华大学、南开大学组建成的，集中了许多著名的专家、学者和革命进步青年。马识途以学生身份与罗常培、楚图南、李广田、吴晗等著名教授往来，以党员身份与闻一多先生联系，并得到闻先生的积极支持。此间，他与张光年、齐亮等创办文艺刊物《新地》，与张彦主编《大路周刊》，以宿莽、劫余、子一等笔名发表小说、诗歌、杂文及时事评论等。作品有三部诗集、两部长诗《路》和《钟》，反映抗战第一年形形色色的时代生活及一个农民的觉醒过程的长篇小说《第一年》，以及《夜谭十记》第一记《破城记》初稿。可惜这些作品在"文革"查抄中散佚了。

1945 年 8 月，马识途被派往滇南，负责党的领导工作，准备游击战争。1946 年 8 月，马识途又奉命调回四川任成都工委副书记。次年成都工委改为川康特委，任副书记，分管组织和群众工作。为维持一家数口的生计，同时担任华西大学先修班、华西协中的英语课教师，还任法国驻成都领事的家庭中文教师。1947 年 2 月《新华日报》被迫撤回延安，川康特委决定由马识途、王放负责，办了张小报《XNCR》（取延安新华电台呼号），传送中央声音和解放战争的捷报。同年 8 月至次年春，为牵制敌军，马识途在仁寿、荣县、大邑、冕宁组织领导了数次武装暴动。1949 年 1 月，川康特委书记叛变，供出马识途，敌人四处搜捕他，但他仍坚持战斗在成都，指挥所属组织疏散。2 月，他奉命去香港汇报工作。因特务事前已侦悉他的行踪，不能乘飞机、轮船，只得搭乘私人汽车，绕道贵阳、柳州、广州到香港。这段斗争十分险恶，环境极其复杂，经历极其曲折，但因他"相信胜利，准备牺牲"，故能急中生智，屡屡化险为夷。

1949 年 4 月，马识途奉命由香港经烟台去北平。随即随四野大军南下，接收武汉，任华中总工会副秘书长。9 月，为配合我军解放大西南，他奉命与其他几位四川地下党负责人一道去南京，向刘伯承、邓小平等二野首长汇报四川情况。接着他被派往西安，随贺龙、李井泉南下大军入川，于 12 月迎来成都和平解放。

新中国成立后，马识途肩负繁重的行政工作。曾任成都军管会委员、川西区党委委员兼组织部副部长；主管过四川省的工业办公室，任省建设厅长、建委主任；1958 年奉命筹建中国科学院四川分院，任分院党委书记、副院长；1960 年任中共中央西南局宣传部副部长，并担任科委副主任。"文革"开始，受到批判，并被投入监狱六年，后获"解放"，被任命为四川省委宣传部副部长。1980 年被选为四川和全国人大代表，四川省人大常委会副主任。同时被选为四川省文联和作家协会主席。

马识途早年投身革命，为了革命斗争的需要，不止一次地压抑了他自幼就产生的对文学的兴趣与爱好，总是把文学创作暂时搁置一边，全心全意地从事着革命的地下工作，成了一名职业的革命家。即使在新中国成立后的和平日子里，他也因担负繁重的行政领导职务，主要的精力仍放在专职的革命工作上，创作始终处于业余或次要的位置。仅仅是到了晚年，他从四川省人大常委会副主任岗位上退下来以后，才将主要的精力和时间用于文学创作，成了一名专业作家。马识途的创作道路漫长，但直到 20 世纪 60 年代初才以文名闻于世。正是"不鸣则已，一鸣惊人"，他的作品一出手即名满天下。

早在 20 世纪 20 年代鲁迅先生便指出："根本问题是作者可是一个'革命人'，……从喷泉里出来的都是水，从血管里出来的都是血。"（《革命文学》）又说："为革命起见，要有'革命人'，'革命文学'倒无须急急，革命人做出东西来，才是革命文学。"（《革命时代的文学》）马识途的创作道路恰好验证了鲁迅先生论断的真理性。他善于处理革命与文学、革命家与文学家的辩证关系，革命在先创作在后，厚积而薄发，使二者达到和谐统一的境界。这是他的文学创作和文学道路最根本的特色。

马识途六十年的创作生涯及数百万字的作品，无不具有这一根本特色。他的作品大体可分为三类：一类写革命历史题材的小说。如《老三姐》《找红军》《清江壮歌》《巴蜀女杰》《三战华园》《雷神传奇》等。一类写旧社会或社会主义建设时期城市生活的讽刺小说。如《夜谭十记》《最有办法的人》《挑女婿》《学习会纪实》等。一类是杂文。如杂文集《盛世微言》等。这些作品真实而生动地反映了一个革命老战士半个多世纪的战斗人生及其曲折复杂的心路历程，既再现了中国革命历史的悲壮与辉煌，又熔铸了一个人民作家直面现实人生的热忱与忧思，仿佛一面镜子，折射出历史的沧桑，映现出时代的风云。这些作品以鲜明的思想倾向，深广的历史内容，民族化大众化的形式，使之在艺林中独树一帜，大放异彩。

1960 年，在刘惠馨烈士牺牲二十年后的北京，马识途找到了他们的女儿，这一偶发事件成了他创作发动的契机。当年的景物就在眼前，一个个栩栩如生的革命者的形象不分白天黑夜都在向他诉说谈笑，呼吁他们复活的权利。这好比一颗火星在他心间突然迸发，一根火苗在他心中炽烈地燃烧。他强烈地意识到他负有义不容辞的责任用笔来描写当年革命斗争的历史，歌颂革命先烈英勇悲壮的战斗精神，用革命传统教育青年一代。这年 5 月，他发表了革命历史题材代表作之一的《老三姐》，其后又发表了《找红军》，并开始了长篇小说《清江壮歌》的创作。这引起了中国作协书记处邵荃麟、张光年、侯金镜及四川作协沙汀、李亚群等人的重视。邵荃麟在一次他去北京开会时借请吃饭来动员和鼓励他说：请"打开你的巨大的革命生活的宝藏吧"，"你应该把富矿拣出来，加以淘洗筛选，然后进行精心地提炼，凝结成闪光的作品来"。侯金镜也插话说："看来你那里有一个生活的富矿，你是不能拒绝让我们来开采的。"自此之后，他的创作欲越来越强烈，他感到这既是权利又是欢乐，因此一发而不可收。

1961 年，他的代表作长篇革命历史小说《清江壮歌》首次在《四川文学》等杂志、报纸连载发表，其后又几经修改于 1966 年由人民文学出版社出版。这部小说用了相当多的史料，人物都有原型做参照，因此他说："与其说是我写的长篇，还不如说是烈士们用鲜血写的。"不料"文革"中却成为罪证，遭受批判。1979 年小说得以重版，受到广大读者热烈欢迎。小说的艺术力量来自作者切身的体验，饱满的革命战斗激情。它是一曲血泪交织、心灵震颤的悲壮颂歌。主人公柳一清、贺国威都是坚强不屈的革命者，无产阶级的钢铁战士，同时也是普通的血肉之躯。同常人一样有自己的七情六欲，夫妻爱，骨肉情，父子恩；所不同的是在人生紧要关头，他们能割舍亲人，抛下家庭，为革命牺牲，大义凛然地去面对敌人的屠刀。小说的可贵处在于不神化、模式化地描绘英雄人物的形象，能大胆地揭示出英雄人物丰富的内心世界，写出无产阶级革命者的人性美人情美。斗争的残酷性复杂性，浓郁的抒情色彩，感人至深的人情味，使这部小说永葆艺术青春。

党的十一届三中全会以来，马识途创作热情高涨，连续出版了多部中长篇小说及其他大量作品。其中四川人民出版社出版的中篇小说《三战华园》，人民文学出版社出版的长篇小说《雷神传奇》，中国青年出版社出版的《巴蜀女杰》，都是写革命历史题材的优秀作品。《三战华园》写地下党同志在黎明前同国民党特务在成都华园茶厅的一场恶战，情节紧张，扣人心弦。《雷神传奇》是创作中的《风雨巴山》三部曲之第一部。这部系列小说以大巴山农民革命斗争为背景，以作者自身革命经历为题材，篇幅宏大，场面壮观，情节曲折，富于革命传奇色彩。《巴蜀女杰》写沉冤多年后得平反昭雪的张露萍等烈士，深入魔窟与敌英勇斗争的故事，其意仍在为"中国的脊梁"塑像，为后世的青年垂范。

直面人生、针砭时弊的讽刺小说，是马识途小说创作的重要组成部分，也是他的创作又一大特色。其代表作长篇小说《夜谭十记》及短篇小说《最有办法的人》《挑女婿》《两个第一》《学习会纪实》《好事》《五粮液奇遇记》等，以辛辣、犀利的笔调，"将那无价值的撕破给人看"（鲁迅语），显示出作家严肃的社会责任感和高超的讽刺才能。

1983 年由人民文学出版社出版的《夜谭十记》是继《清江壮歌》后的又一力作，历时四十年，呕心沥血所成。小说熔铸了马识途长期的革命斗争经历和广博的社会见闻，及其孜孜不倦的对现代小说民族化、大众化风格的执着追求与新的探索。小说的结构独特，在总的布局下，以旧社会某县衙门一群坐冷板凳的老科员轮流讲的十个故事，如《破城记》《盗官记》《禁烟记》《沉河记》等连缀而成。因作家有丰富的生活积累，又有四川人摆龙门阵和说书人讲故事的特殊才能与技巧，为读者展示了旧社会上至党国委员下至市井小民三教九流的一幅幅触目惊心、千奇百怪的生活画面，使之认识并感受到旧社会的腐烂丑恶与世态人情的炎凉。作品语言诙谐揶揄，又饱含着鲜明的爱憎，具有强烈的讽刺与批判的力量。虽是摆龙门阵，但语言却很简洁，且注意于人物形象的描绘。小说用白描淡写的手法，通过一个个真实的细节，使人物形象跃然纸上。

马识途的短篇讽刺小说在 60 年代即已取得突出的成就，影响广泛。《最有办法的人》主人公莫达志成了专事投机钻营者的代称，艺术典型的"共名"。80 年代以来创作的《学习会纪实》等作品，均能将幽默谐趣与严肃意蕴相统一，使读者在笑中沉思，启迪生活，而不流于单纯的滑稽与庸俗的逗笑。

马识途在《我追求中国作风和中国气派》一文中，对他数十年的创作经验做了回顾。他说对他影响最大的作家作品"是那些长年漂泊的民间说书人和中国的古典小说"；古典小说谋篇结构的技法，民间说书人驾驭故事和语言艺术的优长，是他的"良师益友"。他还将自己的创作体会归纳为下述的几句话："白描淡写，流利晓畅的语言；委婉有致，引人入胜的情节；鲜明突出，跃然纸上的形象；乐观开朗，生气蓬勃的性格。曲折而不隐晦，神奇而不古怪，幽默而不庸俗，讽刺而不谩骂，通俗而不鄙陋。"当然他也尽力吸取西方小说和我国现代小说的长处，使之熔铸一炉，创造出一种具有"中国作风、中国气派"的新形式、新小说。应该说他的这一追求是圆满地实现了的。无论他的革命历史题材的革命斗争小说，或直面人生反映现实的讽刺小说，都可见到那一以贯之又生动鲜明的独特的艺术风格特色。晚年，马识途在雅文学与俗文学相结合的创作道路上仍探索不止，努力追求着作品雅俗共赏的艺术效果。长篇小说《京华夜谭》《雷神传奇》均可称之为"传奇式的通俗文学"，尤其是《雷神传奇》更采取了中国传统章回体小说的形式，目的在于更好地满足广大人民群众对高品位艺术的需要。

马识途创作的第三部分杂文，大量是 20 世纪 80 年代以来他关注时代、干预生活、触及时弊的作品。这些作品显示了他强烈的历史责任感，坚定的革命信念，饱满的战斗激情。"位卑未敢忘忧国"，1994 年由成都出版社出版的杂文集《盛世微言》，乃是他在自命名为"未悔斋"的西窗下近十年心血的结晶，收杂文 331 篇。篇篇作品都表现出：忧国忧民，一腔正气；仗义执言，不避锋芒；旗帜鲜明说真话，颂扬改革开放的特点。这些作品还因作者生活经验丰富，知识渊博，有深厚的理论素养，因而能涉笔成趣，广征博引，催人奋发，益人心智，不愧是杂文文学园地中的一朵奇葩。

"年逾古稀，岁月不待。"这是马识途晚年特有的危机感。1984年他在《巴蜀女杰·后记》中已流露出这种危机感，次年他即主动请辞去四川省人大常委会副主任职务，专事创作。他为自己订立了最后一个"五年创作规划"。他计划在封笔之前，完成《风雨巴山》三部曲的第二、三两部，《夜谭十记》的续篇《夜谭续记》，编一部《马识途讽刺小说选》，撰写一部自述《我这八十年》，一部纪实文学《文革纪事》等一百余万字的作品。"文革"浩劫是中国现代史上沉重的一页。"文革"之初马识途即被抛出来，打成周扬"黑帮"、四川文艺黑线总头目、"三家村"的黑掌柜，公开批斗。其后又以"莫须有"的罪名被监禁，受到非人待遇、污辱与折磨。作为一个亲历者，人民的作家，有责任把这历史真实的一页记述出来。因此在"文革"过去二十年后他开始了《文革纪事》回忆录的写作。其中部分稿件已在《龙门阵》杂志上连载。

1994年马识途写的寄调《寿星明·八十自寿》词，可谓是职业革命家兼作家的马识途的自画像。词曰：

红烛高烧，笑语盈庭寿筵盛张。忆少年报国，南征北战，酸甜苦辣，雪雨风霜。劲节还持，松姿尚挺，留得洁梅高树香。终无悔，任千难万险，无限沧桑。　　何愁鬓发苍苍，却自许驱驰奔小康。幸志犹慷慨，身犹顽健，心犹耿介，笔走猖狂。检点平生，我行我素，管甚流言飞短长。孩儿们，满金杯侍候，纵饮华堂。

（原载《新文学史料》1996年第2期）

马识途小说创作风格试论

一 群

马识途为川籍作家，他的文学创作泛着一股股独特的川味，酷似"摆龙门阵"，而又在艺术上有所升华。这股川味从何而来，是四川人就具有川味使然，还是由于其他？四川人受巴蜀民情风俗浸染，他的作品带上川味，这是情理中的事。但作为马识途这个具体作家来讲，还和他的生活和文学观点分不开。

一

马识途于1915年，出身在四川省忠县石宝乡（现属重庆市）的一个书香门第之家。到1937年"七七"事变后，即以国家民族利益为重，放弃了当工程师、专家的理想，决然走到工人、农民群众中，投身党领导的革命事业。1938年初，湖北省委组织部长钱瑛介绍他加入了中国共产党，任"蚁社"支部书记，做工人工作。他自己说"与其说是我在做工人工作，还不如说是工人在做我的工作"。他从工人阶级那里学到好品德和革命精神，并成为以后舍死忘生地进行战斗的力量。

1938年底，马识途成为党的中心县委书记，从事农村工作。他从事农村工作像读了本"大书"，知道了很多：第一，知道了中国到处堆满了干柴，只要一星星火种就会燃成熊熊大火，而这熊熊大火是帝国主义和国民党反动派无法扑灭的。第二，许多普通农民，对于旧世界的蔑视和仇恨，是无法用语言来衡量的，因而对革命、对共产党充满了向往和信任的感情。这一切为他后来从事文学创作提供了取之不尽的生活源泉。

1941 年，皖南事件爆发，马识途所在的鄂西特委遭到严重破坏。他的战友何功伟（鄂西特委书记）、他的妻子刘惠馨和刚生下一个月的女儿一起被捕入狱。马识途只身脱险。同年 11 月 17 日，何、刘在受尽敌人折磨后壮烈牺牲，小女儿不知下落。新中国成立后，经过十多年的努力，在湖北省公安厅的协助下，1960 年 5 月，马识途在北京终于找到了自己的女儿，据此为契机写成长篇小说《清江壮歌》，它是我国革命历史文学的一块瑰宝。

1941 年秋在昆明西南联大、1948 年在川康特委工作时期数度化险为夷，所谓"此头十度寻阎王，而今仍然在颈项"。这是由于他"相信胜利，准备牺牲"，因此能遇事不乱，从容不迫。1949 年 4 月，马识途由香港到北京，后随"四野"南下。新中国成立后，先在川西区党委工作，后先后任四川省工业办公室主任、建设厅厅长、建委主任、中国科学院四川分院党委书记、副院长、中共中央西南局宣传部副部长等职。1966 年，受"四人帮"迫害进了昭觉寺监狱。1980 年，被选为四川和全国人大代表、四川省人大常委会副主任，同时被选为四川省文联及作协主席，后一职务一直延任至今。

马识途以小说创作为主，其主要成就也体现在长短篇小说创作上。马识途写文学作品遵循了四条原则：第一，他是先作为一个革命家而后成为一个小说家的。他说"如果不是曾经一心一意去干革命，我的这些革命华章是不可能出现的。因此我还想进一步说，正因为只想当革命家，不想当作家，结果反而当了作家，而且是革命作家。"[①] 他用鲁迅的话做了证明："为革命起见，要有'革命人'，'革命文学'倒无须急急。革命人做出东西来，才是革命文学。"就是说，作为革命家，他是先做革命人，然后再志慷慨，心耿介，检点平生，成为革命作家的。

第二，他是自觉地追求中国作风和中国气派。韦君宜同志谈到《夜谭十记》时说："这部独特的作品，未必能（甚至肯定不会）成为当代创作的普遍

---

① 陆文壁编：《马识途专集》，四川文艺出版社，1988 年版，第 37 页。

倾向，但我想读者是会欢迎它的，它有着为群众所'喜闻乐见的中国作风和中国气派'。"① 这说明马识途小说创作是在追求一种为中国老百姓所喜闻乐见的风格。他在《且说我追求的风格》一文中说："我追求的这种风格和我怎么开始写小说的有密切关系，与我个人经历也有密切关系……但我追求的是我们中国民族的风格，民族的作风，民族的气派。"他在《我追求中国作风和中国气派》一文中说到农村里看猴戏、打围鼓、讲圣谕的情形，"到乡下说评书的，'讲古'、'摆龙阵'的，他们没有说善书的那么古板，讲的故事也更其生动活泼，更其曲折复杂，更其神奇美妙，更其乐观诙谐。""他们并不照本宣读，而是针对听众，该简就简，该繁就繁，经过心裁的。"在他的小说里，尽量吸收民间艺人的长处，以形成民族风格。

第三，他在思想艺术上具有超前意识。读他的作品总感到一股清新的气息。如他的小说《清江壮歌》，主人公柳一清、贺国威都是坚强不屈的革命者，无产阶级战士，同时也是普通的血肉之躯，与常人一样有着自己的七情六欲，夫妻爱、母女情、父子恩，所不同的是在人生的紧要关头，他们能割舍亲人，抛弃家庭，为革命牺牲，大义凛然地去面对敌人的屠刀。远在60年代，马识途即不模式化地去描绘英雄形象，而能大量揭示出英雄人物丰富的内心世界，写出无产阶级的人情美人性美。再以他的讽刺刁锐为例，他的《最有办法的人》《挑女婿》《学习会纪实》等，也是在60年代即能以辛辣、讽刺的笔调，"将那无价值的东西撕破给人看"。

第四，他的语言大众化。马识途在他创作笔记本的扉页上，写了这么几句：

> 白描淡写，流利晓畅的语言；
> 委婉有致，引人入胜的情节；
> 鲜明突出，跃然纸上的形象；
> 乐观开朗，生气蓬勃的性格。
> 曲折而不隐晦；

---

① 韦君宜：《读〈夜谭十记〉随笔》，《马识途专集》，四川文艺出版社，1988年版。

神奇而不古怪；

幽默而不庸俗；

讽刺而不谩骂；

通俗而不鄙陋。

这是作者艺术追求的总纲，其中第一条即语言问题。马识途作品中的语言是经过自身的锤炼，合乎民众要求的。这首先得益于他长期所从事的事业。他和人民吃一样粗粝的饭，滚一样的草荐，吸一样辛辣的叶子烟，在塘边、坝上、土地庙前，摆奇闻怪事，谈自己的希望与梦想。他当然知道人民群众所思所想，写起作品来，当然就得心应手了。再者对他来说也是有意得之，他时常带一个本子，专门记群众语言。他认为好的，对他有意义的就记下来，到写作时，或写某类人物需要时，就打开笔记，去查找，去翻检，去核对，他把这当作起码"要求"。

二

马识途的小说创作是 1960 年开始在报刊上发表的。他的小说以长短篇为主，内容有革命历史题材和现实讽刺题材。长篇有《清江壮歌》《三战华园》《巴蜀女杰》《雷神传奇》等，这些小说都是从作家的革命生涯取材，塑造了无产阶级英雄人物，具有一定的教育意义，其中《清江壮歌》具有划时代的意义。

《清江壮歌》是一部反映中国共产党地下斗争的长篇。作品以皖南事变前后湖北恩施地下斗争为背景，浓墨重彩地描写了革命者在艰苦的地下斗争中，在反动派监狱里英勇斗争，不断成长，直至壮烈牺牲的故事。作品写于 1961 年，1979 年由人民文学出版社重新出版，二十年的时间不算长，但却经历了"文化大革命"的动乱和"四人帮"的猖狂时期，美学观念发生了翻天覆地的变化，因此今天重评《清江壮歌》具有了时代价值。

首先，"感人心莫先乎情"。《清江壮歌》可以说是一部涌动的小说，作品本身是作家马识途生命体验和情感体验的写照。小说所写的皖南事变后白色恐怖年代，党在湖北恩施进行的地下斗争，都是作家亲身经历的真实故事，作家本人则是书中特委副书记任远的原型，柳一清就是作者的妻子刘惠馨烈士的原型，贺国威就是以湖北恩施特委书记何功伟为原型的。就连书中的叛徒陈醒民也以原特委秘书郑新民为原型的。马识途带着那段血与火的斗争生活追忆，带着对战友和亲人的深情怀念，营造了《清江壮歌》这个感天动地的艺术世界。可以说是作家一腔热血凝成了《清江壮歌》的精魄，是马识途的真情和妙笔使革命者的音容笑貌和献身精神得到了艺术升华。马识途曾说："要写点文字纪念何功伟、刘惠馨（一清）两烈士是很多年前的事了，一直没有如愿以偿……去年（1960 年）'五一'国际劳动节前夕在党的关怀和湖北公安厅的努力下，我在北京与刘惠馨烈士临刑时未满一岁、下落不明的女儿团聚。'五一'狂欢节日，我们父女二人携手漫步在天安门前慈祥和庄严的毛主席像下，看红旗在蓝天迎风飘荡。广场上的人们欢呼雷动……真是百感交集，热泪横流……一种负疚的感觉猛袭心头，我是应该写一点纪念他们的文字了。"[①] 就是在这种强烈的感情冲击之下，作者急切地要把烈士的英雄事迹告诉读者，于是，提起笔来，饱蘸着血和泪，一气呵成了这部三十几万字的长篇小说。作家曾经谈到，每当他提起笔来，烈士们的形象便活生生地站在自己面前。因而，他来不及冷静地进行艺术构思，也不愿意更多地打破真人真事的局限，像对亲友讲故事一样，一任感情潮水放任奔流。以柳一清活动为中心，描绘了在反动派监狱里的一幕惊心动魄的斗争。那激情四溢的笔调，倾泻出革命者强烈而分明的爱和恨。写到革命者，他抑制不住要站出来替他们放声歌唱或挥泪痛哭；写到叛徒特务，那犀利的笔锋，漫画式的讥讽，大快人心。

第二，《清江壮歌》在着力刻画革命者对党和人民耿耿忠诚，对敌人斗争大智大勇的同时，回荡着感人肺腑的人情人性。"文化大革命"中曾用"写人情人性二人性论"的戒律来否定文艺作品中的情感描写。这种粗暴的棍子早在 20 世纪 50 年代和 60 年代初已开始挥舞于文坛了，而马识途却能冒着风险，精心营造了作品动人的人情人性，这是何等的魄力，何等的难能可贵！这正是作家真实生命的跳动使然，也是作家艺术良心使然。虽然《清江壮歌》离新时期

---

① 见马识途《告读者》。

思想解放后人们对人情人性的呼唤还有较大距离，但他在60年代初的连载稿中和"文革"前夕的初版稿上将人情人性写得如此回肠荡气，实属罕见，我们不得不对作家的正义与良知献上由衷的敬意。作品以任远和女儿见面那令人心情激荡的场面，揭开了序幕，接着就把革命者与反革命者的斗争，党内正确路线与错误思想的斗争，革命者自身的成长与改造，以及革命者的家庭关系——柳一清和女儿，贺国威和父亲，章霞和童云的关系糅合在一起，书中激动人心的篇章，出自作家从肺腑生发的对革命同志之爱，骨肉之情。《清江壮歌》的创作说明，骨肉亲情，夫妻之爱，这些情感内容既与人的本性相关，也存在阶级性的分野，高尚纯洁的人情人性对表现革命者的铁骨柔肠不仅没有丝毫的削弱，而且更能激动人们的敬仰，引起读者的强烈共鸣，把文学作品推向美的极致。

第三，《清江壮歌》富有传奇性的叙述特色。除了由于书中大部分情节是作家亲身经历，故能思如泉涌，呼之欲出外，还主要在于作家熟谙我国古典文学中的说唱文学、章回小说善讲故事的传统。另外作为川籍作家的马识途，深受巴蜀文化的熏陶，使他将四川"龙门阵"的特色巧妙地融于自己的生活矿藏之中，形成《清江壮歌》的情节曲折跌宕，故事环环紧扣，把本来就生动感人的革命斗争故事推向了更为引人入胜的佳境，从而使这部长篇小说在将现代生活题材同传统叙事手法相结合中，既具有中国民族文化色彩，又有浓郁的巴蜀地方文化色彩。

当然，如果从20世纪晚期的中国文学发展的情况来审视《清江壮歌》，它也难免有缺陷，比如小说时有概念化的描写，也不乏图解党的政策的内容，在人物形象上仍然有"英雄人物高于一切"的痕迹。在方法上，基本停留在传统之上，未能充分地体现20世纪中国文学在东西文化碰撞中所带来的发展与深化。不过，我们必须重视作家的创作年代，这就是一切。

三

马识途的短篇小说创作分为革命历史题材和现实讽刺题材两类，前者如

《老三姐》《找红军》和《夜谭十记》中的"十记"①，后者如《最有办法的人》《挑女婿》《学习会纪实》《好事》《五粮液奇遇记》。特别是现实讽刺的小说在追求反映现实的深刻性、注重内容的客观真实性与情感的主观真挚性的统一上，采用多样的讽刺手法，表现了作家的高度技能与技巧。

这里拟着重谈一谈马识途所追求的中国老百姓所喜闻乐见的风格在短篇小说创作上的体现。他在前述三篇谈论自己追求的风格的文章中，都说到自己追求的人民群众喜闻乐见的风格，就是四川人特别喜爱的"摆龙门阵"式的风格。

"摆龙门阵"，是四川人喜爱的娱乐消闲方式，它的内容以"讲古"、说善书、说评书为主，几乎每个角落都存在，三教九流、老中青少均可参与其事，这些人在文化素养、思想品行、社会阅历、审美情趣等方面都有着千差万别，因而一旦他们进入叙事状态，成为叙事主体或叙事接受者，就必然呈现出多样性。《夜谭十记》将十个叙事主体组成一个"摆龙门阵"的小群体，使其互为主体和接受者，令人们通过叙事文体的品鉴而体察出这些叙事主体的多样性。如《破城记》透出李科员的懦弱胆怯而有正义感和同情心，《报销记》仿佛还浸着王科员死里逃生的恐惧和无奈感慨，《禁烟记》体现出赵科员的快嘴俏舌，见多识广。

"摆龙门阵"同时又是四川人常见的消息传播形式所特有的"双向性"特征表现。在"摆龙门阵"这一活动中，叙事主体（传播者）所获得的接受者（受传者）的反馈主要是与该活动行为同步发生的。而在一般的叙事行为中，虽然叙事主体也要受隐含读者的制约，但文学接受者毕竟没有也不能参与干涉主体的叙事行为，而其接受者因素的影响就远远比不上前者。这一主要差别与"龙门阵"叙事接受者的多样性结合一起，从而使"龙门阵"叙事具有了与一般文学叙事迥异的独特之处，为适应各种经验和知识水平、年龄层次、心理状态的听者的需要，叙事主体（作者）常对听者的表情、举动迅速地做出反应，而在叙事故事中插入评论、说明、分析或者煽情、抒情的内容，形成自由散漫的叙事特征，增强了叙事内容的消息量，同时注意力的分散或兴趣的降低又迫

① 韦君宜：《读〈夜谭十记〉随笔》，《马识途专集》，四川文艺出版社，1988年版。

使叙事主体迅速调整叙事内容，加快叙事速度，使故事叙事更为精彩动人。《破城记》中的李科员开始时一段叙说，就有解释、评论、分析，这段内容虽然游离于故事本体，但却为听众展示出更广阔的社会背景，揭示出更多的社会现象。

讲究情节的曲折生动，是"摆龙门阵"的突出特点，它主要要求设置悬念，跌宕起伏，峰回路转，出人意料。这在马识途的《夜谭十记》中和现实讽刺小说中是运用了多种方法使故事情节变幻莫定，引人入胜的。

首先，他变传统小说单一线索一贯到底的技法，采取多条线索交织发展，使各条线索若隐若现，互为因果，互相补充，演出一幕幕扣人心弦的戏剧。

第二，在传奇性故事情节叙述中努力淡化传奇性、巧合性，使更富于现实感、真实感，达到"以平淡出奇"的审美效果。

讽刺与幽默的叙事修辞品格是"摆龙门阵"的突出特征，是四川人乐天达观的天性流露。四川作家的许多小说在这方面都具有代表性。"龙门阵"以情节为叙事结构中心的特点决定了它所采用的叙事手段必然以讲述为主体而以描述为辅，叙述话语以叙述语为主、转述语为辅，席勒曾指出："一切叙事的体裁使眼前的事情成为往事，一切戏剧的体裁又使往事成为现在的事情。"[1] 也就是说，讲述与描述具有不同的结构功能，在美学上也有不同的表现效应，讲述使对象"后退"，使叙述者与对象处于同一水平线上。距离常常伴随着一种心理方面的优势，使叙述者处于一种居高临下的位置，因而讲述常产生讽喻效果，由于距离的取消而常孕育一种悲剧感，如《夜谭十记》中的《买牛记》就是如此。

（原载《西南民族学院学报》1998 年第 8 期）

---

[1] 席勒：《论悲剧艺术》，"古典文艺理论译丛"第 6 册。

历经斧斤不老松
——记马识途

李 致

这棵"历经斧斤不老松",是马识途同志。他是老革命,又是老作家。他一生经历许多危难和坎坷,为了祖国和人民,他"宁死不屈,宁折不弯",是一个硬骨头的知识分子和真正的共产党员。《马识途文集》充分反映了他的精神和历程。我与马老有半个世纪以上的交往,是他的学生和朋友。十年前就曾有文学刊物约我写马老,我反复构思并多次和马老交谈,却一直没有动笔。近年来,因为视力严重衰退,怕有"万一",失去倾诉自己感情的机会,就抓紧时日,记下这些难以忘怀的往事。

一、戴土耳其帽的英文教员

20世纪40年代,我在成都华西协中读书。它是一所教会学校,无政府主义者吴先忧长期担任校长,学校有很浓的民主自由空气。

1946年底,地下党员贾唯英告诉我,有一个叫马千禾的先生要到华西协中教英文。贾姐姐说他政治上很好,要我关心和支持他。

我和马先生见过一面,但没交谈。马先生身材魁梧,身穿中式长袍。五十年后回忆见面的地点,我记得是在贾姐姐家里,马先生记得是在云从龙家里。

云从龙是加拿大友人，一贯支持进步学生的活动。马先生是云从龙介绍去协中教书的。可能我和马先生见过两次面，各自记住了印象较深的那一次。

1947年初，我因参加"抗暴"运动，被后任校长暗中"开除"。云从龙曾努力与校长商谈，让我继续在校读书，但未成功。我就此离开学校，失去与马先生接触的机会。

二、爱护青年的组织部部长

成都解放前夕，我在成都从事党的地下工作。

1949年底，成都和平解放。在解放军进城的前一两天，我被通知去暑袜南街开会。一到会场便见到身穿军装的地下组织领导人：王宇光、贾唯英、彭塞等同志，还有马千禾先生。王宇光介绍马先生时说：这位是老马，马识途，老马识途，我们川康特委的副书记。会上主要布置欢迎解放军入城的工作。会后，我握着马先生的手，他说："我记得你！"地下党没有官气，称呼也随意，我与其他同志一样，长期叫他为老马。他对我直呼其名，叫我爱人为小丁。

组织上分配工作，我和丁秀涓都分到青年团成都市工委。

不久，发生了这样一件事：新中国成立前约一个月，我、丁秀涓、赖均奎、范今一等几位地下党同志，住在丁秀涓的伯父丁次鹤家。丁次鹤是银行家，与刘文辉的私人关系好，曾任西康驻蓉办事处处长，帮助过民主人士和地下党员。成都解放后，丁次鹤的住宅被征用。丁次鹤当时在重庆，来信托丁秀涓代他把住宅捐给人民政府。丁次鹤无政治问题，捐住宅也是好事，何况我们在这儿住过，这样的了结很好。我陪着丁秀涓去住宅找所住的单位。没想到一位年轻的解放军同志听完我们的陈述后，竟把我们当成住宅的主人，也即"资产阶级"了，声色俱厉地横加训斥，好像我们是"阶级敌人"。我们一再解释，因为地下党同志在这儿住过，现在丁次鹤愿意捐献住宅，这并没有问题。该同志抓住我说"地下党同志在这儿住过"这句话，说地下党没有公开，质问我们"究竟是什么人"。我说你不相信可以去问川西区党委组织部副部长马识途。谈话陷入僵局，不欢而散。这件事让我们感到困惑和委屈。我们是青年学生，从《延安一月》等进步书籍中，得知解放军爱民的许多动人事迹。1945年我积极推销过《延安一月》这本书。如今解放了，解放军与地下党会师时贺龙将军是那样的和蔼可亲，而第一次接触解放军同志却是这样的遭遇。我和丁秀涓很快去区党委组织部找马识途部长，叫声"老马"，把一肚子的委屈向他倾诉，想在他面前讨个公道。老马耐心地听完，也没有责备我们，这使我们得到某种安慰。不过，老马犹豫一阵，说了一句：

"你们怎么不知道避嫌疑？"

我们丝毫不理解老马这话的含义，内心也不同意。心想那位解放军同志训斥的幸好是我们，我们是自己人，可以不介意；如果这样对老百姓，一定会造成很不好的影响。那时年轻，觉得自己没错，心里不背包袱。新中国刚成立，我们被很多新鲜事物吸引着，也淡忘了这件事。

地下党员会师时，老马曾对地下党的同志表示：若因工作负有债务，组织上可以解决。新中国成立前大约三个月，我们曾向一位地下社员借过十两黄金：一两黄金买了一部收音机，收听解放区的广播；九两黄金以备急用，但实际没用。可是在成都解放前几天，先有人在丁次鹤家"查户口"，半小时后有几名持枪的彪形大汉，借查烟毒为名，把我们暂住在丁家的几个人，包括我和燕京大学学生赖均奎、范今一关在一间小屋里，押着丁秀涓在屋里搜查，抢走了收音机、九两黄金和丁秀涓的手表。我向老马汇报此事，他表示可以解决，不久即给了我相同价值的人民币还债。老马无意中说了一句："有人说快解放了，地主子女借钱给你们，是为了转移财产。但听你说来，钱是你们主动借的，借钱还钱，要讲信用。"看来，还债的事可能受到过质疑，但老马坚持地下党要讲信用。这种信守承诺的精神，给我上了很好的一课。

尽管老区来的同志与地下党的同志会了师，但来自于不同的环境和文化背景，确实有一个相互理解和磨合的过程。当时，团市工委有个别从老区来的领导，看不惯我们这一批由地下转为地上的学生干部，认为这批人"活蹦乱跳"，"没上没下"，其中李致最难"打整"，打算调我去外地工作。我产生了逆反心理，大闹情绪，因为我在重庆工作过两年，坚决要求调回重庆。老马多次耐心说服我，我听不进去，浪费了他不少时间。老马为"照顾"我的觉悟，最后迁就了我。那时我十分幼稚，如果老马用简单粗暴的方式训我，我可能真会犯错误。现在想来，我非常内疚，更十分感激老马。以后我长期做青年工作，马老的言传身教，使我知道对青年的某些一时的偏激行为，应该耐心细致地教育，千万不要简单粗暴。

几年后，成渝铁路通车，我回成都探亲，听说组织部另一位副部长曾把我作为"典型"，在大会上点名批评。还偶然听说那位为捐赠房子对我们严加训斥的解放军同志（可惜我忘了他的名字），因别的事犯了错误，被打成"反党"分子，调离原单位。事隔半个世纪，不知他是否健在？但愿他已经得到"平反"。

三、"可用不可信"

1957年底，我奉调从重庆回成都，担任共青团四川省委主办的《红领巾》杂志社总编辑。我妻子原在重庆第二钢铁厂工作，为照顾夫妻关系，她被调回成都，拟分配在金堂钢铁厂工作。重庆到成都只须乘一晚上的火车，金堂到成都虽然近，但当时交通却很不方便。

这种"照顾"等于没照顾。

我除了向团省委领导反映外，也想找地下党老领导帮忙。当时正值反右派斗争之际，贾唯英在重庆被错划为右派，王宇光受到牵连。在成都的彭塞，也因他说某领导是"小斯大林"而受到审查。我去找时任省城市建设厅厅长的马识途。老马热情地接待了我，但对我的要求却爱莫能助。我隐约地感到：省主要领导对原地下党同志有歧视，老马首当其冲。我没有为难他。

几十年后才知道，原任川西区党委组织部副部长的老马，被调任成都市委组织部部长，不久又以他"不宜搞组织工作"为由而调省城市建设厅。当时，没有产业工人，只有城市贫民。没有工程师、技术人员，原有著名的工程师是被关押着的。经省委书记陈钢同意，弄出来几个工程师，起了作用。但有人说老马起用"坏人"，反右时因老马保护知识分子，又说他"包庇"右派。

不少问题困扰着老马。减租退押，有些党员和民主人士家庭的确没有钱，有的把钱支援革命，还得退，弄得他们没办法。土地改革，地主交出土地，为啥还要拳打脚踢？子女不是地主，一律弄来跪起，有的妇女还受侮辱，弄得一家人一辈子不能翻身。中国工业的原始积累是剥削农村，农民生活很苦……

老马有看法又不敢说，怕是"立场"问题。那时经常强调要过好"社会主义关"。老马说："这个社会主义关，真不知如何过？似乎关公、张飞像过去的门神一样，手拿大刀站在关外，谁也不能轻易过去。"省委一位书记告诉老马，省的"一把手"对老马的态度是："可用不可信。"我分析：可用，指老马能力强，能打开局面，做出成绩；不可信，则反映了省的"一把手"对地下党员的歧视，有些工作只让老马担当副职，"监督"使用。

四、《清江壮歌》

1960 年，我因眼病在四川省医院住院治疗，约半年时间。一天，偶然发现老马也住在眼科的病房。他不是眼病，而是腿疾。因为干部病房无床位，临时借住一间眼科病房。老马虽是治病，多数时候却在创作。这之前，他已发表《找红军》《老三姐》《接关系》《最有办法的人》等著名的短篇小说，引起许多读者和老作家、老编辑的注意，被他们"抓"住不放，用马老的话来说，他从此被"拉入"文坛。

这引起了我很大的兴趣。

我自幼喜爱"五四"以来的新文学。在十六岁到十八岁三年间，学习写新诗、小说、杂文等文体，在成、渝、自贡等地的报刊上发表了百余篇习作。可是为此在 1955 年肃清"胡风反革命集团"运动中，被隔离审查半年之久。从此搞乱了自己的思想，我把自己划为小资产阶级，生怕小资产阶级"总要顽强地表现自己"，再不敢提笔。虽在 1959 年与人合写《刘文学》，但那是"奉命"之作，偶尔为之。老马就他丰富的革命经历写革命题材的小说而饮誉中国文坛，我十分羡慕。

趁老马休息之际，我常去病房探望。

老马正在写一部长篇小说，故事是他自己的经历。1941 年 1 月，老马的妻子刘惠馨，在鄂西从事地下工作时，被敌人逮捕关进监狱。当年 11 月她英勇就义，不满一岁的、随她在狱中的女儿被一工人收养。新中国成立后，在公安部门的帮助下，老马终于找到失散二十年的女儿，并在北京团聚。鉴于女儿是工人抚养成人的，老马不让女儿改姓马，仍与养父养母住在一起，侍奉养父养母。这便是以后由人民文学出版社出版的、催人泪下的长篇小说《清江壮歌》。

我深为这个故事感动。我长期在共青团工作，每在一个地方总喜欢与青年人打成一片，在省医院也不例外。我先把老马的故事讲给几个青年医生和护士听，他们也很感动，于是住院部团总支举行了一次活动，请老马讲他的这段经历。我看见不少人在听讲时两眼饱含热泪。

老马在 1937 年参加中国共产党。因为他是地下党在几个地区的领导人，无论在抗日战争和解放战争，都是敌特追捕的重要对象。老马改名换姓，从事各种职业，装扮成各种人物，过着极其艰难的生活。他领导群众进行各种形式的斗争，合法的和非法的，政治的和武装的斗争，直至迎来解放。正如老马所说："我所经历的危险，只有用九死一生才能形容，然而我处之泰然。因为我们把'相信胜利，准备牺牲'作为我们的信条。虽然我们不时要为我们同志的被捕和牺牲而痛哭哀悼，却也常常为我们斗争的胜利而欢唱。人生能得几回搏？我曾享受过许多次搏斗的欢乐，也就不虚此一生了。"

老马长期在白区与敌人斗争，充满传奇故事。他的创作，源于他的革命经历。老马多次说："我不一定是作家，但我是革命家，我写的是革命文学。"

五、宁死不屈，宁折不弯

老马这位老革命、老作家，新中国成立后几乎一直挨"整"。

1958 年，中央号召向科学进军，老马被任命为中国科学院四川分院副院长。省的"一把手"凭主观臆断，提倡在四川大种棉花，主张在水利工程上以"提灌"为主，但国内和省内的科学家，则认为四川的土壤适宜种粮食，主张水利工程以"蓄"为主。老马支持科学家的意见，省的"一把手"认为老马是有意反对他，说老马这个"管科学的人'不科学'"。"文革"前，老马已被贬到南充县当县委副书记。1966 年"文革"一开始，改口说老马是"带职"下放，调回西南局机关参加运动。又莫须有地诬陷他涉及什么"间谍案"，回成都第二天即被宣布为"反革命"，隔离审查。同时，四川也抛出"三家村"，即马识途、李亚群、沙汀，公开在报纸上进行大批判。

不久，老马被造反派抓来关在一所大学里。一天夜晚，两派内战，男生参战，只有女生看管。天下大雨。老马看准时机，利用地下工作经验，设法从二楼厕所的窗户逃出来，去了北京。受"中央文革"小组支持的刘结挺、张西挺把老马"捉"回成都，关进昭觉寺（实际是监狱）。他们多次暗示，只要老马承认"错误"，问题可以解决（以后刘、张倒台，别人揭发，他俩想要"结合"老马，为其主管文化工作），老马不卖身投靠，不予理会。为了记录这场"史无前例"的、给国家给人民带来的巨大灾难，老马在狱中长时间思考和积累资料，以便将来有可能的时候写一本反映"文革"的书，即以后出版的《沧桑十年》。

1964年我调到北京共青团中央工作，有八年时间与老马没有接触。"文革"前，我在共青团中央任《辅导员》杂志社总编辑。"文革"开始，先靠边站，继而被夺权，限制人身自由，后又被冠以胡风集团"小爬虫"的名义，关进"牛棚"，再去"五七"干校劳动改造，直到1969年底被"解放"。1973年秋，我获准回到成都，在四川人民出版社工作。

由于林彪事件，在周总理的促进下，全国解放了一批干部。这时，老马已获解放。原任省委宣传部主管文艺的副部长李亚群，坚决不愿再主管文艺工作。时任省委书记的李大章请老马支持他，老马才不得不担任省委宣传部副部长主管文艺工作。此时，亚公向老马又作揖又鞠躬，说他找到"替代"了。旧时的迷信说法，吊死或溺死的鬼必须找到"替代"才能投生。

老马住在商业街五十号，我常在晚上骑自行车去看望他，谈些当时不能公诸于世的心里话。"四人帮"在台上，谈不上工作，只是混日子。老马告诉我，他写了三十多年地下工作的经验教训的书稿，要我做第一读者。我当然很有兴趣阅读老马这本书稿。不过，新中国成立后已经不做地下工作，特别是这种书根本不能出版，我又感到惋惜。老马说，也许对那些没有解放的国家有用。这使我想起1973年初我悄悄去上海看望巴金：巴老在"文革"中受了很多迫害，每天还在翻译赫尔岑的《往事与随想》。他明知书不可能出版，但说将把译文抄写好送给图书馆，可供关心当年俄国革命的人查阅。老马和巴老，身处逆境，仍勤于奉献，不忘耕耘。这种精神实在可贵！

六、在"雷区"工作

文艺工作真是布满"地雷"的重灾区。

1975 年小平同志重新主持工作，遵照毛主席的号召"繁荣文艺"，四川恢复了文艺刊物《四川文学》，作家艾芜在刊物上发表短篇小说《在高山上》，以后又被批为"黑线回潮"。四川峨眉电影制片厂拍摄了一部名为《寄托》的影片，写一个老干部犯错误后又如何改进的故事。到"反击右倾翻案风"时，宣传部领导指责老马在领导该片拍摄时，没有写"走资派还在'走'"。更好笑的是，粉碎"四人帮"以后，该领导又指责《寄托》写了"走资派还在'走'"。

1977 年初，四川人民出版社出版了怀念周总理的诗集，名为《人民的怀念》，社会反应极好。一天下午，出版社突然接到某领导秘书的电话，问《人民的怀念》是谁主编的？作者的政治情况是否都弄清楚了？我答：我是主编，作者的政治情况没问题。事后，一位知情人告诉我，该领导是怀疑李亚群和马识途有"问题"。我一笑置之。

省委书记杜心源了解老马，说有关文艺界的大事，老马都是经请示省领导决定后而做。这场风波就此结束。尽管如此，老马不愿与这位"左"派共事，他以"归队"为由，调到中国科学院成都分院工作。

七、坚持写作，用笔做武器

老马到了科分院，并没有放下作家的笔。当时，正值书荒，我们重新出版了老马的《找红军》（短篇小说集）。他随中国科学家代表团访问了英国，回国后写了《西游散记》，也由四川出版。

鉴于我与老马多年的友好关系，我表示今后要"包出"他所有的著作，"强迫"他同意。老马虽未承诺，但的确非常支持四川的出版事业。他的短篇小说《三战华园》和长篇小说《夜谭十记》等均交四川出版。

针对社会某些不良现象，马老写了不少杂文。这些针砭时弊的杂文，先发表在《成都晚报》的"盛世微言"专栏上，后结集出版，拥有很多读者。若干年后，有一次马老的生日，我买花送他。卖花人因要配花，询问买花的用途，说是给马老祝寿。身旁一位市民即打招呼说："马识途是为老百姓说话的，不能多要钱。"

八、"我要努力说真话，不管为此会付出什么代价"

1982 年底，我调省委宣传部任副部长，主管文艺工作。我不愿离开出版社，又不敢不服从省委的决定。

马老开玩笑说："我也找到'替代'了。"只是没向我又鞠躬又作揖。

我估计，省委调我去宣传部主管文艺工作，可能是因为我在出版社工作期间，与作家和文艺界相处较好。但在宣传部主管文艺工作，非我能力所及。怎么办？除了学亚公和马老与文艺界广交朋友外，就是多向任白戈、沙汀、艾芜和马识途几老请教。这时，老马已年过花甲，我早改称他为马老了。

由于请教多，我进一步知道马老非常尊重巴老。马老早年喜读巴金的"激流三部曲"，如今佩服巴老敢于直言建议党对文艺的领导要"无为而治"，赞同巴老主张讲真话。马老与巴老的接触虽不多，但可算是神交，心灵相通。1987 年 10 月，巴老返川，在家乡住了十七天。张秀熟、巴金、沙汀、艾芜、马识途五老相聚，成为文坛佳话。时年，张老九十三岁，巴、沙、艾三老八十三岁，马老七十三岁，五老相约七年后再次聚会。马老为这次聚会写了一篇纪实文章，发表在《当代》杂志上。可惜，七年以后，张老、艾老、沙老先后乘鹤西去，巴老则卧病在床，五老再不能相聚了。

巴老九十华诞时，马老曾率四川文艺代表团到上海向巴老祝寿。1995 年 6 月，我去杭州看望巴老，马老托我带一本他的杂文集《盛世微言》送巴老。马老在空页上写道："巴老：这是一本学您说真话的书。过去我说真话，有时也说假话。现在我在您面前说：从今以后，我要努力说真话，不管为此我要付出什么代价。谢谢您赠书《再思录》。马识途 1995 年 6 月 15 日。"在四川省庆祝巴金百岁华诞座谈会上，马老说："我曾经不止一次自以为是地说过，如果我们说鲁迅是中国的脊梁骨的话，那么巴金就是中国的良心。"马老还在会上重申了他在 1995 年向巴金赠书上的保证：从今以后，我要努力说真话，不管为此我要付出什么代价。

去年，巴老辞世，马老悲痛不已，本拟亲去上海向巴老的遗体告别，被家人劝阻。马老亲写祭文《告灵书》，委托女儿马万梅赶到上海巴老家，在灵堂遗像下读给巴老听。此系后话。

九、《沧桑十年》

忘记过去意味着背叛。鲁迅也谴责过国人的"健忘症"。可是，主管意识形态的高官借口"向前看"，一直反对写"文革"。

在这个问题上，马老不信邪，在 1998 年出版了反映"文革"的《沧桑十年》，季羡林先生为之作序。这本书虽在发行上受到某些限制，但在读者中产生了很大的影响。

时为中共中央委员、全国妇联副主席的黄启璪，写信给马老说：

"我在近期医院给我做的两次化疗期间，拜读了您的新作，不读则已，读起来惊心动魄。您以亲身亲历及所见所闻，将'文革'这场灾难，这场悲剧、闹剧、滑稽剧如实做了记述；将其荒唐性、危害性、反人民性揭露得淋漓尽致，还从思想上体制上及应吸取的教训上做了精辟的剖析。这样的'文革'纪实作品，很有历史价值，也有现实意义。

"正如您心中所预料到的，现在二十多岁的青年人，不了解也不愿去了解'文革'是怎么回事。我体会，您与季羡林先生写的书，就是留给下一代、两代的好教材。

"我真钦佩您，以八十高龄还完成了这样一部巨著，这只有像您对祖国对人民对党的事业有高度责任感的老革命、科学家、知名作家，才有这样坚强的意志力、洞察力和表达力。"

启璪的信，表达了许多读者的心意。

十、肩负重任的"业余"作家

马老是作家，他创作的长短篇小说、散文杂文随笔、回忆录、文论、古诗词和新诗，总数超过五百万字。在本届省委的关怀下，四川文艺出版社去年出版了《马识途文集》（十二卷十三册），中国作家协会和四川省委宣传部在北京举办了马识途创作七十周年暨《马识途文集》首发式座谈会。到会者对马老的作品给予很高的评价。

应该说明：马老并不是专业作家。

马老一直担任着各种各样的领导工作，四川省委宣传部副部长、中国科学院四川分院副院长、省人大常委会副主任、省文联和省作协主席，这些工作都很繁重。在完成本职和兼职工作后，老在业余时间创作。写《清江壮歌》时，熬了一百八十多个夜晚。

这样的"业余"作家，国内很难见到。

十一、杰出的文艺工作领导人

马老连续五届被选为四川省作家协会主席并兼任巴金文学院院长。

马老既长期从事党的地下工作，长期担任党和政府部门的领导，注意团结知识分子。"文革"以后，部分作家受"派性"影响，加上文人相轻，常有不必要的分歧。但只要马老参与会议，各种问题总是不难解决。

领导文联和作协工作，马老主要是把握"二为"方向和"双百"方针，鼓励作家贴近人民，贴近生活，贴近现实，安于寂寞，安守清贫，避免经济转型期间的金钱诱惑和浮躁不安，潜心创作。他与作家交朋友，或公开讲话，或个别交谈，或为之作序，有针对地帮助他们，其中有王火、阿来、魏明伦、裘山山等。我也是受益者之一。

马老常与我交换有关文学和文艺工作方面的意见。去年初，马老向我提出，他对当前的文艺形势，有一喜，一忧，一愁，一惧：喜，是文坛迎来宽松和谐的创作环境，新人辈出，后继有人；忧，是文学和影视创作中出现某些低俗化倾向；愁，是在一片产业化的呼声中，对作协如何产业化心中没底；惧，是雅文学的日益边缘化和文化霸权主义咄咄逼人。不久他以《文学三问》为题，发表讲话并写成文章。三问，即谁来守望我们的人文终极关怀的文学家园？谁来保卫我们文学的美学边疆？谁来坚持我们在马克思主义光照下的社会主义主流意识？《四川文艺》把马老的《文学三问》套红发在头版头条的位置上，引起了全国文联和全国作协的注意。《人民日报》为此发表了对马老的专访。其他报纸也有转载。这三问，震动了众多文艺界人士的心灵。

马老高瞻远瞩的见解，其影响远远超越四川文艺界。

十二、拒绝"死亡通知书"

2001 年初，马老得了肾癌。

这是令人揪心的事。华西医学院做了最初的诊断，主张尽快动手术。亲友的意见有三种：一是尽快动，以免延误；二是观察一段时间，根据发展的情况再说；三是马老年事已高，最好采取保守疗法，不动手术。

清华大学举办九十周年校庆，马老应邀参加。他趁机在北京医院做了检查，诊断结果与华西医学院的一样。马老在北京住在当年曾经失散的大女儿吴翠兰家，并由大女儿把马老送回成都。这是我第一次看见吴翠兰，她个头不高，性情温和。

回到成都以后，马老下决心在华西医学院动手术。我的心情很矛盾：一方面怕癌细胞扩散，赞同马老早动手术，切除一个肾；另一方面又怕马老年高，下不了手术台……

4 月 23 日下午，我去马老家。一按门铃，小狗就叫了。我很喜欢这只黄色小狗，因为马老夫人王敬祥的听力很差，小狗替我报信。马老和夫人一起来开门。

我先把最近写的一篇散文《心留巴老家》交给马老，请他有空看看。可是，马老拿着就读。我坐在沙发上，环顾书房：进门处的镜框，装有马老书写的："无愧无悔，我行我素。"对面的墙壁上有木刻的未悔斋，也是马老的书法。下面是计算机，马老是四川作家中第一个用电脑写文章的，已用电脑写了两百万字以上的作品。左边有一大堆写好的书法，过去我常去翻阅，讨马老的作品。此时，我对这熟悉的书房，感到格外亲切。

这个下午，马老和我谈了很多。

先谈我的"往事随笔"，继而谈巴老。又谈粉碎"四人帮"初期，巴老主张"无为而治"以及主管意识形态最高官员的态度等。最后才说他决心动手术，考虑到万一不能下手术台，马老留下一个"遗嘱"。大意是：一，他这一生，无愧无悔。二，丧事从简，不搞向遗体告别，不要花圈之类。最多在家里设一灵堂，只让至亲好友来告别。可以发个消息，以免别人再给他寄文稿来，浪费精力。三，骨灰与夫人的葬在一起。四，他希望《马识途文集》能出版，仍由作协负责，请李致和王火促进。五，……我表示完全理解他的"五点"，着重说了些安慰他的话。他答应为我"往事随笔"第三本集子《昔日》题写书名，我说不急。告别时，马老深情地说："知我者，李致也。"离开马老家后若干天，我极为担心。在马老进医院那天上午，马老请为他开车多年的小胡送来两张为《昔日》题写的书名。我突然想起他对我说过："只要对你好的事，我都愿意做。"马老对我的关怀，使我深受感动。现在写到这里，我的眼里再一次充满泪水。直到马老手术成功，我才放下心来。

马老以后曾说："我去年得了绝症，'死亡通知书'已在路上，但我拒绝了'死亡通知书'，还要继续奋斗。"

十三、"两头真"

再过几年，马老也将是"世纪老人"了。虽说人生苦短，但总不能混混沌沌地走过。马老的许多宝贵回顾，都包括在他的《文集》里面了。我也写了一些"往事随笔"，记下自己难忘的人和事。

为了弄清这几十年的历程，我多次向马老请教，毫无顾虑地和他讨论。我知道，马老同时也常和他的同龄人讨论这些问题。

这一代（或说这一批）知识分子，多数人有类似的经历。马老是大知识分子，我是小知识分子，我比他小十五岁。但毕竟是他的战友贾唯英引导我参加革命的，姑且算是"这一代"人吧。我们反对帝国主义压迫和侵略、反对蒋介石的法西斯专政，渴望民主、平等、自由，向往"山那边呀，好地方"。最近，偶然听见播放田汉（国歌的词作者）作词的歌曲《热血》："谁愿意做奴隶/谁愿意做马牛/人道的烽火已燃遍整个的欧洲/为着博爱、平等、自由/愿付任何代价/甚至我们的头颅……"我恍然大悟，这就是我当年的觉悟和追求。马老在革命的途中被敌特追捕，九死一生。我也被学校暗中"开除"，被宪兵抓去关了几天。好不容易等到解放，换了人间。可是，新中国成立不久，不是以建设为中心，而是"以阶级斗争为纲"，连续不断的各种政治运动伤害了成千上万的人。首任省的"一把手"，一贯歧视地下党人（特别是知识分子），他主观唯心、独断专行，更不能容忍像马老这样实事求是、平等待人的知识分子领导干部。马老在十七年中总是挨整，他几次对我说："我一生中，最不愉快的就是这十七年。"这批满怀理想的知识分子，从向往到投奔，从怀疑到顺从，从独立思考到个人迷信，以致尾巴早已退化的人，还要夹着"尾巴"做驯服工具……"文革"是一次摧毁文化、摧残人性的总爆发。但在吃尽苦头以后，它促使人们反思，重新认识到人性、人权、民主的重要。在经济改革取得重大成就的同时，还需逐步进行相应的政治改革。

1945年，在地下党的领导下，成都市的一批中学生，成立了"誓与法西斯强盗斗争到底"的破晓社。去年，是破晓社第六十个生日。马老为破晓社的第六十个生日写了祝词。对联是"风雨如晦盼天明，鸡鸣不已迎破晓"。条幅是"只有度过沉沉黑夜的人，才配享受天将破晓的欢乐"。马老希望我们这批人，能保持"两头真"：前头的"真"，是我们早期的理想和信念；后头的"真"，是回归人的本性和天真，继续追求民主、自由、平等的人类共同理想。生命的中间一段，被泼污水，被搞糊涂了。直到近二十年特别是近十年，才逐渐清醒。清醒后不能失去信仰，做到后一个"真"，才是保持晚节。

无论经历再多的曲折，马老仍能找到前进的路。

我又想起王宇光在解放军入城前的介绍："老马，马识途。老马识途。"真是老马识途。

（原载《四川文学》2009 年第 8 期）

马识途：太阳照常升起

孙建军

2011 年，马老步入九十六岁高龄，实在有些不忍心打扰。但为朋友允诺，笔者依旧轻轻叩开了马老的房门。开门见山之后，精神矍铄的马老粲然一笑，笔者自然心领神会：与老人家同在四川作协工作二十四年了，大可不必从正儿八经的采访开始。正如马老所言：1995 年出版的十二卷《马识途文集》是赠了你的呀！马识途的那些事，大约都在里面了。于是，笔者亦天马行空，记下这些非访谈、非侧记的文字。

子弹横飞，方显赤子之心

谈及电影《让子弹飞》，姜文说，他是看到了马老书中这样一句话——"无论发生什么事，什么时候太阳都照常升起"，才产生了将《夜谭十记》中《盗官记》搬上银幕的想法。笔者想，他是从这句话中深深地汲取到了艺术风格革命式转换中最需要的人生力量和事业决心吧。

作为文坛后学，笔者对此言感触颇深。其看似言辞淡泊平静，深嚼即俱历史风烟兼人生浮沉之五味，而又示以日晖夜星般的清晰哲思，非历经大风雨、走过大坎坷之人无以言之。《马识途文集》的《自拟小传》中有如是记述："马识途，四川忠县石宝寨人，生于穷僻之乡，长于战乱之中。少年负笈出峡，寻找立身救国之道，游学京沪，考入南京中央大学学工程，期有以报国。但寇深国危，爆发'一二·九'学生救亡运动，我的工业救国迷梦被日寇铁蹄踏碎，于是卷入救国大潮，顺理成章地加入了中国共产党，决心为自己真诚信仰而未必透彻理解的人类美好理想而献身，做了职业革命家。从事地下革命活动十余年，九死一生，终于战斗到天明。新中国成立后从政，在摸索建国的风雨泥泞道路上跋涉了四十余年，虽载沉载浮，历经艰险，而初志不改，我行我素，无愧无悔，犹在漫漫其修远的人生长途中，上下求索、尽心尽力，洁来洁去。"

就在那些灾难深重、子弹横飞的年月，不仅马老九死一生，他的至爱亲人更为革命而献身。这个故事至今鲜为人知：现今成都市温江区（原温江县），20世纪40年代始为行政专区治所，辖川西十七县，在1948年间，温江中学成为地下中共四川省委川西工委的主要活动点之一，领导人为教导主任齐亮和他的爱妻语文教师马帕。马帕本名马秀英，正是马识途的亲妹妹。新中国成立前夕，由于叛徒告密，齐亮和马秀英双双被捕，分别牺牲在重庆白公馆和渣滓洞。在家喻户晓的长篇小说《红岩》中，战友齐晓轩，其生活原型正是齐亮烈士。而面对这一切苦难，马老从未有过一丝对于信仰和信念的丧失，他相信，"无论发生什么事，什么时候太阳都照常升起"。

笔者在温江出生长大，少时为温江中学学生，重温马老"九死一生，终于战斗到天明"之言，不仅以该校学子为荣，更以后来缘分所至，作为文坛后学受马老教诲滋养二十余年为幸。马老之精神即是终生信仰光明之精神，马老之风骨就是上下求索、矢志不渝追求光明之风骨。

是该封笔了，却偏不

此时联想到的还是《马识途文集》中的《自拟小传》："虽然我毕业于西南联大中文系，曾在众大师门下受过科班训练，并早在1935年就在上海开始发表作品，但见文坛风云变幻，完全是偶然地被强拉入文坛，成为作家。从此经风雨见世面，先是被动后是主动，一发而不可收地发表了几百万字的革命文学作品，为此招来意想不到的遭遇，'文革'中几乎送了性命。现在我已年逾九十，日薄西山，回归大地的通知书或已在途中，是该封笔了，却偏不，还想趁这个清平世界余霞满天之际，老马奋蹄，鼓其余勇，把回忆录《我这八十年》余下三卷写完。人生不自知，以至于此，不亦悲夫！"

好一句刑天舞干戚般的"却偏不"！笔者第一次为马老的精神所感染，便与这"却偏不"相关。那还是1988年春，是笔者到四川作协工作的第二年，第一次登门向马老求教，映入眼帘的景象着实让人不得不吃惊：时年已七十三岁的马老竟然熟练地敲击着键盘，正在写他的新作！当时五笔输入法只在试验推广中，而家用286型电脑还是极为昂贵的产品。但马老却使用四通公司一款"仓颉"牌的电子打字机，熟练地掌握了键盘写作。后来才知，当时中国作家中率先换笔电子键盘的只有邵华、徐迟和马老，而他是其中年龄最长者。为此，笔者与四川作协阿来、叶延滨、高旭帆等几个得知此情的年轻人，在不约而同地感到惭愧时又不约而同地血拼了电脑。

乃真文士，是曰作家

1993年春，笔者曾陪护马老去广州，会晤毛泽东的前秘书李锐、全国人大常委会副委员长孙犁青等同志，共商中国散文词学会事宜。闲暇浏览于虎门炮台时，马老曾问起笔者对于文学写作的理解。许是所答甚为肤浅之故吧，马老即口占一联教诲："敢为天下言，乃真文士；能耐大寂寞，是好作家。"

此番肺腑之言，不仅使笔者终身受益，更是马老身体力行的准则。《马识途文集》第十卷，辑录有马老"盛世微言"和"盛世放言"四十余万字，是他以杂文痛批贪腐、呼唤公义的总汇。为这类写作，其间还有一场当时看似"领导很生气，后果很严重"的风波。是时马老在《四川党建》杂志上发表了《官太太搬家记》的杂文，批评个别领导家属在丈夫工作升任中借搬家大占公家便宜的现象。文章一出，便被其他省级与中央的多家党建报刊转载。影响一出，风波亦生。有人也不论文体乃是杂文，竟以"新闻报道不实、诬陷攻击领导"之名告了上去，一时惊动了中央书记处，便有了后来的立案调查，又有了后来的不了了之。访谈中马老说，事情过去二三十年了，提及时宜粗不宜细，只是想借此特别告诉读者朋友，他一生痛恨以权谋私，痛恨领导干部搞特殊化、搞腐化；尤其是对位高权重者，更要对其高标准严要求。马老还说，他一生只服从真理，即便是再有像"文革"中子女被扫地出门、自己险些丧命那样的高压，他也决不屈从于错误，特别是挥舞着权力的错误。这就是马老的精神风骨：宁忍大屈辱，宁耐大寂寞，认准真理，我行我素——"偏就不！"

告别文坛，不告别文学

2008 年，在四川省作协七届一次全委会上，九十三岁高龄的马识途被推举为四川省作协名誉主席，不再担任省作协主席的职务。马老从 20 世纪 30 年代开始文学创作，80 年代初便担任四川省作协主席。几十年来，无论在什么岗位工作，他始终不忘文学创作，秉持作家良知，与时代同行，与人民同心，说真话吐真情，以自己的人品和文品赢得了文学界的尊敬和赞誉。马老说，"我从作协主席的位置退下来，告别了文坛，但并不告别文学，我还要写作，完成没有完成的作品。"同时，马老对四川文学寄予厚望：好作品能否传下来还有待时间考验，我们还缺乏像鲁迅、巴金、老舍等人那样的作品、那样的传世之作；我们的创作离那个高度还有很大距离，还有很多工作要做。他希望四川的作家珍惜现在来之不易的文学创作环境和条件，继续努力创作，同时也指出作家们读书少了点，学习中国传统优秀文化少，思想有时浅薄了一些：要多读书，读好书，以作为作家的基本修养，一生要坚持。另外，写作的基本功要好好训练。他以自己在西南联大求学为例现身说法：当年我们写作训练很扎实，小说怎么开头、怎么展开、怎么结尾、怎么选词，都拿名作来分析，训练我们来写，是现场作文。

"枪换肩"：以创作向马老致敬

如果笔者说，现今温文尔雅的寿星作家马识途，六十多年前曾也是指挥千军万马的大将军，"80 后""90 后"的年轻人有几人相信？

四川温江作家邹廷清 2008 年出版了长篇小说《金马河》，作品是以川西和平解放为大背景的，构思中原想把成都平原上的一支共产党地下武装——岷江纵队——写进小说里。但当他写完《金马河》的最后一个字时，才发现故事情节被一只无形的手摆弄着，最终偏离了最初的构思，岷江纵队的故事没有在小说中得到展示。于是，岷江纵队的故事成了作者心中的一个结。由于《金马河》取材于一段真实的历史背景，故事钩沉了笔者母亲的命运，笔者与邹廷清便有了深度交往，常相约聚首，回顾共同的母亲河之下各自记忆的水土故事。不料也是六十多年前，在大军南下和川西和平解放背景下，两个家族曾有过既如缘分又似宿命的纠结。于是，我们合作了长篇小说《白塔子》。《白塔子》也是以川西和平解放为大背景的，最初讨论构思时，又是不约而同地要把岷江纵队的故事写进小说的，但同样因文本的走势和两个家族命运的纠缠，小说写完了，岷江纵队的故事仍然没有得到展示。于是，岷江纵队故事的心结变成了一种无法抚慰的遗憾，更是一种深重的煎熬。

2010年8月底，我们设法联系上了分散在都江堰、崇州、大邑、双流、新津等县还健在的岷江纵队的老战士召开座谈会。会上，老人们不但以自己的亲身经历，讲述了一个又一个真实感人的对敌斗争故事，还赠予我们一百多万字的文字资料。从他们的讲述中，我们才得知，当年惊天动地的岷江纵队的最高领导人，竟然是四川文艺界的老领导马识途和李维嘉同志。而在这些故事和史料中，老人们提得最多并引以为自豪的是："枪换肩"。即怎样利用特殊身份，把国民党反动派企图用于西南决战的武器调换到共产党领导下的地下武装肩上。

出于对马识途和李维嘉老前辈革命功绩的崇敬，加之马识途老前辈又是巴金文学院的创建人，在小说动笔之前，作为巴金文学院创作员的邹廷清提议先行拜望马老，将即将创作并定名为《枪》的长篇小说构思与马老进行沟通，期望能得到马老指点。令我们万万没有想到的是，马老不但对《枪》的创作构思十分赞赏，而且还为它题写了书名与扉句。由此我们深感这是另一种形式的"枪换肩"——是川西这一代作家对于水土和历史的担当，是一次生命中的使命。

金马河水土、温江中学、齐亮和马秀英烈士、寿星作家马识途和我们两个文坛后学，一切仿佛都在冥冥之中注定着，是缘分，是宿命，更是文学。余下，笔者相信邹廷清老弟会不懈怠地努力，用每一行字句，向为川西和平解放做出巨大贡献的岷江纵队的先辈们，向心壮云天样崇高的马识途老前辈致以最崇高的敬意！

（原载《青年作家》2011 年第 5 期）

锦城访马识途

张隆溪

今年 8 月暑假到成都，约好去拜见了百岁老人、作家马识途先生。马老为重庆忠县人，1915 年 1 月出身于一个书香门第之家，已近百岁高寿。他的人生经历充满了传奇色彩，又雅善文辞，著有《清江壮歌》《沧桑百年》等长篇小说，与巴金、张秀熟、沙汀、艾芜交善，有"蜀中五老"之称。数年前有一部电影《让子弹飞》很受观众喜爱，由姜文导演，周润发、姜文、葛优、刘嘉玲等主演，就是根据马老《夜谭十记》中一个故事《盗官记》改编而成。这个故事描绘民国初年官场买爵贩官之腐败，同时也写地头蛇之豪强霸道，草莽英雄之江湖义气，故事情节滑稽突兀、匪夷所思，新奇而幽默，极富喜剧色彩，很能见出马老文笔的风格特点。

马老壮年时，正值日寇侵华，神州大地满目疮痍。作为一个满腔热血的爱国青年，他在 1938 年加入了中国共产党，并一直做地下工作。1941 年，他在昆明考入西南联大中文系，1945 年毕业，同时也一直担任地下工作要职，曾任中共川康特委副书记。1949 年后，曾任中共中央西南局宣传部副部长、四川省人大常委会副主任、四川省文联主席、四川省作协主席、中国作协顾问等职。虽然马老是中共老党员，曾冒着生命危险引领地下工作，但作为一个喜好文学、性格倔强、有独立见解和思想的知识分子，在新中国成立之后的"仕途"却并不坦荡，他不仅没有受重用，而且被目为右倾，尤其在"文革"十年，不仅遭受红卫兵批斗，而且锒铛入狱，备受摧残。这些经历在他心中形成的郁闷和哀怨发而为诗，在马老的旧体诗词中，成为极深切感人的篇章。

我有缘与马老结识，是三十多年前"文革"刚刚结束之后。那时中国科学院四川分院生物研究所制造了一种新药，需要把说明书翻译成英文，他们一直没有找到合适的译者，最后因为一个偶然的机缘，经朋友介绍，由我把这说明书译成了英文。生物所几经周折，终于在"文革"结束的1977年，把我从成都市汽车运输公司修理队一个工人，转调至科分院生物所做科技翻译。那时马识途先生正好担任科分院副院长，我虽然在生物所做科技翻译工作，自己的兴趣爱好却在文学，于是完全出于自己兴趣，我利用业余时间，翻译了法国历史家泰纳（Hippolyte Taine）名著《英国文学史》论莎士比亚的一章，手写在一个笔记本上。在生物所，我和马识途先生的儿子马建生是同事，也是好友，建生把我的译文拿去，让他父亲读过，马老颇为赞赏。

恰好那时发生了改革开放之初极为重要的一件大事，那就是在"文革"中停滞了十年的教育得到新生，中国的大学重新开始通过高考招生。我作为中学毕业生，可以参加本科生考试，但我觉得自己已经丧失了整整十年的光阴，而且对自己当时的英文水平也很有自信，于是决定以"同等学力"直接参加研究生考试。我先报考了四川大学，可是那年川大招收的研究生专攻英语语法和教学，我并不感兴趣，而我看到只有北京大学西语系招收英美文学研究生。但以我中学毕业的背景，直接跳过大学本科考研究生已非寻常，还要报考中国最有名望的北京大学，实在使我犹豫不决。这时马识途先生告诉我说，他当年在西南联大读书时认识的朋友，有几位就在北大任教。他答应把我用英文写的论文寄到北大去，请他们看看我够不够资格考北大。我因为一直喜爱中国古典诗词，也读过一点外国人翻译的唐诗，当时灵机一动，就用英文写了一篇文章，专论外国人翻译李白、杜甫诗的错误。我用打字机把文章打印出来，交给马老，由他寄给他在北大的朋友。

一段时间过去，一直没有音信，我以为这篇文章如石沉大海，不会有什么人去理会了，我也就按照川大指定的参考书，准备参加川大的研究生考试。可是就在报名期就要结束之前几天，突然收到北大历史系许师谦教授发来的电报，上面赫然是"改考北大"四个字。我正在犹疑间，又收到许教授写来的信，信上说，抗战时期在西南联大，许先生曾经听过李赋宁教授的课，算是李先生的学生，1952 年院系调整后，许先生在北大历史系任教，成为李先生的同事。但他们平时在北大校园里见面，李先生也不过点头寒暄而已，从未到许先生家里去过。许师谦正是马老在西南联大读书时的好友，他这次收到马老寄去我那篇文章，就交到北大西语系，后来转到西语系主任李赋宁教授手里。许先生说，李先生看过我的文章之后，在几十年里第一次亲自到他家，对许先生说"让这个四川的学生考北大！"我读完信后，十分欣喜，立即到报名处去改报北大。后来在成都参加初试，又到北大参加复试，最后以总分第一名成绩考入"文革"后西语系第一届研究生，1978 年到北大学习了三年，毕业后又留校工作了两年。那的确是我生命中一个重大的转折点，而当年能成功考北大的研究生，实在要感谢马老，感谢许师谦教授，感谢李赋宁教授，感谢当年曾经爱护、赏识并帮助过我所有的前辈和朋友们。他们的关爱我铭感于心，永世不忘！

我在北大西语系留校任教两年后，1983 年获哈佛燕京奖学金，到哈佛比较文学系继续学习，1989 年获得博士学位后去加州大学任教十年。由于我长期在国外，与国内联系较少，直到 1998 年到香港城市大学工作后，才逐渐与国内学界恢复了联系。但很多年里，我与马老却没有见面。虽然我心中一直感激他对我的赏识，更感激他当年帮助我与北大取得联系，但因为他是党的高级干部，是科分院领导，我当时不过一个刚刚开始工作的普通翻译，我怕去打搅他，更不愿给人造成攀附的误解。但去年回成都，知道马老早已退休，已是九十九岁高龄，却仍然笔耕不已，便决定去拜望他老人家。我们三十年未见，一见面却亲切如故，谈起往事，仿佛就在昨日。马老一家人都长寿，他有一位兄长已一百多岁，一位弟弟也已九十好几，所以他那时已满九十九岁，却精神矍铄，思想活跃，十分健谈。马老对我说，他许多年来一直关注我，也大概知道我的情形，并且说，以后每次到成都，一定要去看他。谈话间马老送我他的诗集，题为《马识途诗词钞》，为"岷峨诗丛"第四卷，天地出版社 2000 年版。读到他写得极有功力的旧体诗，我对马老的生平才有了更多了解，也才知道他在生活中曾经遭受了不少冤屈和挫折，使我深为感动。

如前所述，马老诗集中最感人的，都是他失意受迫害时所作。如《初遇彭德怀于南充》："彭大将军谁复识，灯前白发老衰翁。为民请命千秋范，立马横刀百代功。皎皎易污随处是，峣峣必折古今同。任他朔北霜风劲，岂撼长城铁甲松？"彭德怀为共和国开国元勋，在朱德之后，于十大元帅中居第二位，并任国防部长。他为人直率豪爽，敢说敢做。1959年"庐山会议"上遭受厄运。1965年被调出北京，流落四川，1966年底"文革"开始后，又被押回北京，屡遭批斗，1974年终于在迫害中病死。毛泽东1935年曾写诗赞颂彭德怀的军事才能，说"谁敢横刀立马？惟我彭大将军！"三十余年后，马老引此语写惨遭迫害的彭德怀，道出世态炎凉、沧桑变化，讽意颇深。"皎皎易污，峣峣必折"，语本《后汉书·黄琼传》而略有变通，说明历代忠贞高洁之士，往往命乖运蹇。

马老有《山中》诗，语气悲凉而又表现出自信："山中风雨几时休，大树飘零我白头。古庙霜钟沉百感，荒林夜雾凝千愁。屠龙盛事成陈迹，描凤壮怀获罪尤。自古文章经国事，是非功罪待千秋。"以文字和言论获罪，是"文革"中所有知识人的厄运。这时候马老被流放峨眉山中，风雨如晦，木叶尽脱，自顾苍苍白发，不尽感慨万千。第二联化用鲁迅《亥残秋偶作》诗句："尘海苍茫沉百感，金风萧瑟走千官。"二诗于世事沉浮之叹，颇可相通。"屠龙盛事"当指过去做地下党工作，艰难惊险，"描凤壮怀"则指从事文学创作，抒写胸襟怀抱，然而前者已为陈迹，后者却成为获罪的缘由。但马老用曹丕《典论·论文》语句"盖文章经国之大业，不朽之盛事"，抗议"文革"中视文艺为毒草、摧残所有创造力的野蛮行径，并坚信文学自有价值，是非自有公论。

马老有许多诗篇显出他性格之倔强独立。如《书愿》："顽石生成不补天，自甘沦落大荒间。耻居上苑香千代，愿共山荆臭万年。何畏风波生墨海，敢驱辟雾上毫颠。是非不惧生前论，功罪盖棺待后贤。"此诗开头化用《红楼梦》开篇偈云："无才可去补苍天，枉入红尘若许年"，就以特立独行、不愿与追求仕途者同流合污的贾宝玉自勉，坦言"自甘沦落"，宁愿不合时宜，如"遗臭万年"之山荆，也耻与"苑"吃香者为伍。"文革"中红卫兵批斗时，往往狂呼要把被斗者打倒在地，再踏上一只脚，使之遗臭万年。马老反其意而用此语，表现出不屈不挠的精神。下面用鲁迅《亥年残秋偶作》诗句"曾惊秋肃临天下，敢遣春温上笔端"，表明不惧怕以文字获罪之墨海风波，而敢以万钧笔力谴责奸诈邪恶。至于是非功罪，作者胸襟坦然，只待后辈评说。又如《净水溪行》："流人殊不惬，晚径独踟蹰。霞散归鸦尽，寒林古木疏。清泉鸣乱石，小瀑泻飞珠。落日山更远，无心得赦书。"这首诗情景交融，写山林溪流之美，凄婉动人，而结句以四川话所谓"山高皇帝远"之意，表现出作者独立自傲的性格。这样的诗还有很多，再录三首。《囚中自嘲》："亲朋无字一身孤，寂寞檐前数滴珠。半世空磨三尺剑，一生尽误五车书。宁沦穷巷师屠罟，耻向朱门乞唾余。老朽惶惶何为者，驰车竟日在歧途。"《凝眸》："嶙骨生成自倔强，苦杯细啜当佳酿。文章奉命皆'修正'，'赤匪'翻新变'黑帮'。高帽人夸冲斗汉，黑牌自顾笑荒唐。开心最是凝眸处，几树红梅过狱墙。"诗中谴责"文革"之荒唐，本来是忠诚的党员，"奉命"写的文章转眼被批评为"修正"主义，原来在国民党统治时期做地下工作，身为"赤匪"，现在共产党当政，自己却成了"黑帮"，时常被斗，头戴纸糊的高帽，颈上还挂一块黑牌。但马老毫不屈服，见几树红梅越过狱墙，在严寒风雪中盛开，借以表现自己倔强的精神。《狱中春》："草绿墙头迟见春，不惭茧足落风尘。曾从虎口惊前梦，愧对丰碑怀故人。'指示'无穷随俯仰，文章有罪合沉沦。兼天风雪从容卧，喜共骚人作比邻。""文革"中国家法规都被打破，由《人民日报》等随时发布"最高指示"指导一切，乱象丛生。末句所谓"骚人"指同囚狱中的作家沙汀和艾芜。

"文革"以"文字狱"开始，除批判吴晗《海瑞罢官》之外，又批邓拓、吴晗、廖沫沙之《燕山夜话》，定为"三家村"反革命集团。在成都，马识途、李亚群、沙汀被诬为四川"三家村"，以马老为"黑掌柜"而获罪入狱。"文革"结束后，马老有《重读邓拓〈燕山夜话〉》诗，读来人感叹："《燕山夜话》重新读，我亦三家一小民。岂料杂文兴大狱，无端凡世造天神。跳梁小丑承恩泽，开国元戎坠孽尘。自古文章憎命达，巴山后死哭斯人。"诗中明确批判了"文革"中个人崇拜之造神运动，谴责了投机取巧的跳梁小丑们，最后用杜甫《天末怀李白》诗句"文章憎命达，魑魅喜人过"，对含冤而死的邓拓表示哀悼之情。马老的诗能打动人，全在有真情实感，再加上古典文学深厚的修养。他有一首《与传弗论诗》，可谓夫子自道："漫道清辞费剪裁，浇完心血待花开。华章有骨直须写，诗赋无情究可哀。沙里藏金淘始出，石中蓄火击方来。芙蓉出水香千古，吟到无声似默雷。"他感人的诗作都有他的真情实感，再加以文字的反复锤炼，而以他一生经历之丰富，尤其"文革"中受许多苦，写出的诗也就特别能引发读者的共鸣。北宋文坛领袖欧阳修为其朋友梅圣俞诗集作序，说过这样一段很有名的话："予闻世谓诗人少达而多穷，夫岂然哉？"稍后他自己提供了回答："非诗之能穷人，殆穷者而后工也。"马老的诗作就是欧阳修提出这一原理很好的证明。

与马老久违了三十年之后，去年年底才第一次与他重逢，使我深感早应该去探望他，也更觉得今后只要有机会到成都，一定要去拜见他。在拜望马老当天，我也写了一首七律，表示景仰之情。诗曰："卅年久别喜重逢，矍铄精神九九翁。物换星移观世变，横眉冷眼看穷通。毫颠敢谴千秋罪，墨海终成百代功。锦里相期谈燕乐，南山仰止岁寒松。"所谓"毫颠"、"墨海"，皆用马老《书愿》诗中语句："何畏风波生墨海，敢驱辟雳上毫颠。"今年暑假在成都果然拜望了马老，他身体精神都很好，同样关心世事，同样健谈如故，毫无疑问还会更长寿。我看长寿之秘诀，除生就的好基因、好体质之外，还必须有心态之开阔旷达。我就再引马老《秋日登楼自嘲》诗，既为旷达作注，亦为拙文作结："叶自飘零水自流，登楼无意强言愁。分明人目失途马，何竟自矜孺子牛。不识花言多巧语，误将铁铐作金镏。老而不死斯为贼，却道天凉好个秋。"

（原载《书屋》2013 年第 12 期）

再论马识途的文学生涯和人生追求

邓经武

一

作为一个研究四川作家和从事中国现当代文学教学的教师，我时常在想，随着文学发展历程的拉长和文学积淀的日益丰富，尤其是"重写文学史"浪潮的荡涤，文学审美理念的不断变化，时间流程带来的"大浪淘沙"和审美评判标准变化引发的"披沙炼金"，许多红极一时的作家，将会逐渐退隐并淡出我们的视线。同时，由于社会飞跃发展带来的知识快速更新，中文系传统课程遭到挤压，一个作家会得到多大程度的讲授，也成为教师备课时颇费踌躇的难题。

我认为，马识途先生还是会在 20 世纪中国文学史上占有一席之地的。

马识途在文坛崛起是 20 世纪的 60 年代。20 世纪 60 年代肇始，革命家马识途开拓了自己的另一条人生实现途径，以短篇小说集《找红军》为代表，作家马识途的声誉，逐渐盖过了他的政治影响。1960 年，他在《四川文学》上发表短篇小说《老三姐》，以鲜明的人物形象和细腻的笔触引起了文坛的注意。接着在《人民文学》等刊物上连续发表了《找红军》《接关系》《小交通员》等短篇。1961 年完成长篇小说《清江壮歌》，叙述了在白色恐怖年代，一个革命家庭悲欢离合的故事。这是作者根据亲身经历创作的一部自传体小说。这些，都引起当时的中国文学领导层的高度关注，视其为应该大力开采的红色文学资源。

毋庸讳言，在"共和国十七年文学"的红色话语大一统体系建构过程中，马识途自己的创作贡献极大。用今天极为流行的一个词语来概括，他的作品多属于"唱红"。在那个独霸天下的红色颂歌与战歌的文学大潮中，马识途的作品因为尽可能真实地表现自己"过去做地下党时的工作和生活积累起来的东西"，从而具有较强的真实性和情绪感染力；同时，也因为真实，马识途的小说与"三红"（《红旗谱》《红日》《红岩》）以及《林海雪原》等"红色神话"形成一定差异。换句话说，正因为注意突出"真实性"而"神性"稍弱，所以在当时的文学史教材中排名稍后。

马识途作为一个职业革命者，他无须经过"脱胎换骨""转变立场"这样一个中国当代文化人所必须有的痛苦历程，对自己过去革命斗争生涯的追怀，对一同出生入死的战友、爱人的怀念和敬仰，尤其是为寻找烈士遗孤却找到自己女儿的大悲大喜，催生出他的《清江壮歌》。这正是时代文学"战歌"和"颂歌"的主流话语体现，而"写自己"则使他的作品充盈着强烈的情绪感染力。

在经历了"后文革"以来多年对"瞒和骗的文学"的深刻反思之后，我们不难看到，马识途的"唱红"之作，因为真实、感人，不刻意编造"神话"，从而凸显出特有的价值意义。

二

马识途的人生，经历了一个圆圈，以革命开始，转向文学，然后又再专注政治。

初涉人生，他开始政治与文学的双重寻觅，1935年，马识途在叶圣陶主编的《中学生》"地方印象"专栏，以对故乡风物的回忆散文《万县》参加征文活动并获奖。这似乎预设了他的文学创作，将始终执着于巴蜀人生的书写。并注意营造一种巴蜀语风，大量使用蜀地方言语汇，作品因而具有较浓的巴蜀地域色彩。

1938 年，他首次使用"马识途"的名字在《新华日报》发表报告文学《武汉第一次空战》，并于同年入党，这三件事似乎已喻示着马识途今后人生的基本运行轨迹：加入共产党，可谓找到了正确的人生道路；更名为"识途"，是确信自己人生道路选择的准确；不忘以文艺之笔表现社会斗争和时代风云。这三大基点就是马识途作为一个作家的个性所在。

"识途"应该体现在对社会发展趋势的清醒认识，也包括对自己社会职责的清醒认识，他敢于在反右运动之后，尤其是"探索者文学"遭受灭顶之灾之后，仍运用小说形式对社会腐恶现象进行讽刺批判，《最有办法的人》《挑女婿》《两个第一》《新来的工地主任》等创作于 20 世纪 60 年代初期的作品，使马识途与当时纯粹的"颂歌体"作家形成极大的差别。这显示着作者追求"做社会的清洁工，历史的清道夫"的严肃态度，也流露着他敢于直面人生的胆识和勇气。一个老革命家与"少共"探索者文学的共舞，却能安然无恙，在那个年代实为怪事。

20 世纪 80 年代初，在全国人民热情高涨地"一心奔四化"热潮中，马识途发表了讽刺短篇《学习会纪实》（1982），小说以某局领导班子的一次学习会为背景，用白描勾勒法描写出几个形象：靠说空话套话、炒陈饭过日子的常书记，对改革开放以来现实满腹牢骚的雷副局长，饱食终日不干工作却极善养生之道的温副局长。一个局竟然有正副七个书记和八个局长，人浮于事必然导致互相推诿，机构的臃肿必然导致互相争斗……看看今天的官场，我们不得不佩服作者的深刻和远见。此现象的"奇"之所在还在于，这是当时重返文坛的"老右"们和文坛少壮"愤青"们热衷的题材，一个老革命"高干"居然也与之同声相应？

其实，他的一首七律《九十自寿诗》，可以解答以上现象的深层原因，其曰："满头霜雪一龙钟，阅尽斧斤不老松。近瞎渐聋唯未傻，崇廉恶诡拒盲从。心存魏阙常忧国，身老江湖永矢忠。若得十年天假我，挥毫泼墨写兴隆。"我曾经在拙作《20 世纪巴蜀文学》（1999）中有专章论述马识途的创作，发表过论文《马识途创作论》以及评论过专著《马识途的生平与创作》，自认为对他还有着一定了解。于今看来，马识途的文学创作意义，还需要有更深入的认识。

三

在一百岁高龄的今天，马识途为社会奉献出两本著述：《党校笔记》《没有硝烟的战线》，这倒是一件人间奇事。

此前，我曾经有幸地在"中国（成都）口述历史未来之路论坛暨第三届全国口述历史研讨会"（2010）会议文件中，读到节选《党校笔记》的部分内容，当时很是震动。现在，又得以通读全书，感慨良多。我认为，他是以一个知识分子去感悟人类发展历程规律性问题，又通过多年的自身革命经历来反思百年中国的风云激荡，也同所有的高干们一样思考共产党的未来与中国社会发展走向。皇皇二十万字的笔记，选择性的记录、讨论过程的主要见解介绍，尤其是自己的感受和看法，直到现在仍然有强烈现实意义。鲁迅先生当年曾经不无悲愤地说到，他的杂文是针对具体的社会现象而发，希望那些杂文和针对的现象一起"速朽"，但很不幸的是所针砭的现象依然存在，所以那些杂文还有"重印一次的价值"。可以说，《党校笔记》记录作者当年的忧虑，今天似乎愈演愈烈。这点，我们可以参见原国务院总理温家宝过去一系列关于健全民主法制的重要讲话。至少，该书可以作为中国当代思想史的重要例证材料，也可以视为最新的政治解密材料（此前的出版审查未能通过，即可证明）。

鉴于近年来盛行的谍战剧那种虚假编造，马识途欲以自己当年的地下工作（特工）生涯经历催生的电视剧本《没有硝烟的战线》，来对之进行"纠偏"。他希望影视剧应该真实地表现社会生活，尤其是不能扭曲中共地下工作的形象。其实，作者是多虑了。在市场经济背景下的当下，影视剧的全部环节都只能立足于"一个中心点"，那就是票房和收视率，一个"钱"字，是"压倒一切的重中之重"。因此编剧导演们是"姑妄言之"，受众也大多明知那是"编的故事"而"姑妄听之"，双方都不当真，一方得钱，一方觉得好玩，这就行了。

最后，还有一个故事细节，《没有硝烟的战线》把剧中主人公的悲剧命运，指向"一个女人的背影"，似乎有些简单化。"白区地下党"在新中国成立后的命运，尤其是"四川地下党"在新中国成立后的境遇，是一个极为复杂的问题，作者自己在1949年中共建政以来，多年游走在同一个职级不同岗位且主要是"副"的官场经历，对此应该有着极为刻骨铭心的体验和远较他人更为深刻的认识。确实，"文革"中的那位"旗手"曾经发表过有关"华蓥山叛徒集团"的讲话，从而加重了西南地区一批地下党出身老干部命运悲剧的程度。但是，1949年以后对地下党员的任职和待遇，早在"文革"前就已经形成。50年代中期的上海公安局长"杨帆案"就是一个明证……因此，作者2002年在《沧桑十年·前言》就说得很好："正如把历史上一个封建王朝的覆灭归罪于几个宦官、内戚和佞幸之臣，以至把一切罪过归于一个妇人一样的荒谬，这是违反历史唯物主义的。"《党校笔记》《没有硝烟的战线》将一个革命家的政治情结，与一个作家努力创新进取和一种特殊人生的咀嚼回眸，扭成一个完整的"结"。

这似乎成为马识途先生一个标准的"百年总结"：一个老革命家、一个技艺高超的特工、一个著述等身特色鲜明的作家，于此定格！一人来到这个世界，应该留下自己或明或暗的痕迹，也就是说，要通过自己的勤奋努力为人类文明的进程，做出自己的贡献。短短百年在漫长人类生命史中几乎可以忽略不计，在中共省部级高级干部庞大的数量中，许多人常常在各类文件中被"等"所省略，马识途先生却能够找到一条合适的人生道路，从而无怨无悔地傲然于天地之间，实为可喜可贺。

（原载《郭沫若学刊》2014年第3期）

瞻焉在前，仰之弥高
——《马识途文集》序

王　火

为百岁马老祝寿

　　下面这序是十年前《马识途文集》出版时，遵马老之嘱写的。现在一晃十年；马老百岁了！这十年来，马老始终未停在电脑前写作，也始终未停止书写墨宝。马老百岁了！但马老仍年轻，他是文坛一株开放着火红鲜花的万年青。古人诗说："勿言年离暮，寻途尚不迷。"马老可敬可爱，现在为马老祝寿，特将此序编入专辑，祝马老"寿源无量，以介景福"！

王火 2014 年 1 月

　　《马识途文集》由四川文艺出版社出版发行了。文集十二卷，洋洋大观，看了令人高兴。

　　《马识途文集》的出版对国家文化积累来说，是一件好事；对一位有成就的著名作家的作品汇聚展示提供一个标准的文本，也是一件好事；对向国内外介绍马识途这样一位经历独特、作品独特、类型独特，有中国特色的革命老作家及其作品来说，同样是一件好事。我在此谨向马老致以衷心的祝贺。

今年九十高龄的马老，早在20世纪30年代就已和文学发生关系，但因从事革命地下活动，又与文学告别。1941年，他考进著名学府昆明西南联大中文系后，才又办文学杂志《新地》并化名发表小说和杂文。但1945年毕业时，接受任务，要到滇南准备开展游击战，第二年，党的南方局把他从滇南调到川康特委做地下党的领导工作。他既然完全转入地下，只好与文学分手。新中国成立后，他一直担任着行政领导工作，十分繁忙，当然无从动笔，到1959年才又发表作品，用他自己的话说是："那些一同战斗过的烈士……我们常常在梦中相见，他们和我谈笑风生。一种感情一种责任，常在催促我，欲罢不能。"于是，在那时候，我记得文坛纷纷谈论并推崇着他先后发表并引起极大关注的小说《老三姐》《找红军》《清江壮歌》……从那时开始，文学界响亮着马识途的名字。他开始了业余的文学生涯，虽有坎坷，但矢忠矢勇、攻书走笔。以后，在告老政坛，由职业革命家转为革命作家后，就意气风发地阔步走在文学大道上的著名作家队伍中了。

许多年来，马老在小说、纪实文学、杂文、散文、随笔、游记、诗词等文学创作各个领域发奋著作，以多面手的姿态，取得了突出成绩，体现了一种高度的使命感、责任感及奉献精神。他的作品受到读者的重视与喜爱。这些年，每年基本都有书出版。新完成的回忆录《风雨人生》有七十万字之多，未成书已引起刊物关注，要求连载，令人看到他"壮心不已，晚霞满天"的情景。

文坛尊敬、重视马老，并不因为他是正省部级待遇的干部，也不是因为他已九十高龄，而是因为，他是党员老作家中一位有代表性的人物，一位名副其实的从不停笔的著名作家。他是一位经历过生死搏斗，在大时代的激流中从风雨雷霆、霜雪霹雳中锻炼出来的文学耕者。他曾在三个广阔的平台上施展身手与抱负，体现了人生价值，做出了可贵的成绩：一是他在地下隐蔽活动时，刀光剑影、九死一生；二是新中国成立后他在行政领导工作岗位上呕心沥血、拓路披荆；三是他在作家平台上辛勤耕耘，硕果累累。他的生活源泉丰富多彩，中文外文根基雄厚，"科班"出身，毕业于名校，博览群书，才高识广，传统经典、中西文化、史学哲学、马列主义……属于融贯、通释之士，不是一般作家所能望其项背者。所以他的那些好的作品，既不因年岁大而泥古保守，也不因片面性而抱残守缺。他在创作中充满青春气息，有推陈出新、与时俱进的态度，确有可以传世之作，令人钦羡。

马老比我年长十岁。二十一年前，初见马老，先为他的文采与博学明智所折服。结识马老后，慢慢才知道他 1935 年 "一二·九" 运动时即参加了学生运动。1938 年在武汉任汉口职工区委委员做工运工作时，曾发展一位名叫祝华的同志入党。而祝华是我参加革命的引路人之一。我 1946 年在重庆认识了中共南方局的祝华，与他同到沪宁一带活动。1947 年，祝华是上海马思南路 107 号中共办事处处长（也即 "周恩来将军公馆" 的管家馆长）。知道这以后，虽平日交往不多，思想感情上却与马老接近了许多。

与人相交，我习惯于爱看朋友的长处以便学习。马老前辈风范，对信仰有壁立千仞之态度而又能不断深化，不以时俗为转移，不俯仰随人。他始终爱党爱人民，始终为祖国的命运、社会的进步在思考、写作。他的作品求真务实，是智慧与良心的结晶。小说中塑造的人物、安排的情节极富魅力。我也欣赏他的文风。他思想敏锐、笔触潇洒，行文简、朴、老、辣而又鲜、活，常显示出犀利性或幽默感。《清江壮歌》中的龙腾虎跃、壮怀激烈；《夜谭十记》中的浓郁川味、深远寓意；《沧桑十年》中的忧国忧民、善恶美丑；《盛世二言》中的贴近现实、耿耿激情；《京华夜谭》中的惊心动魄、传奇色彩……均是我欢喜并认为在创作上应当学的。当然，他有许多长处，我无法都去学习：例如他是书法家，我则本来字就写不好，左眼失明后，更无法挥毫泼墨；例如他不但会写新诗，旧体诗词更是写得声调铿锵、气魄雄伟，我也学不了；例如他是中国作家中用电脑写作的先行者，我则至今仍是 "手工业者"。我还发现马老担任多年四川省作家协会主席至今，开会从不迟到，在会上每次讲话，虽并不照稿宣读，但总是自己先写稿做好准备。讲话时，每每都有新意，不老套、不草率，足见其严谨。他对新苗新人的重视，对老作家的尊重，对后进者的放手，诸如此类，耳濡目染，与之亲近，有春风润怀之感。

马老皓首丹心，写作的书斋起名为 "未悔斋"。他说过："写了几百万字的所谓作品，非想以传世，但求自己的良心得安而已。也就是屈原说的那两句诗 '亦余心之所善兮，虽九死其犹未悔'。屈原的这两句诗，是我一生信守的，我是带着自己的良知良能，才从事写作的。" 他也说过："一个人一生如果没有在风雨中行走，没有在危难中经受考验，那只能算是白来这多姿多彩的世界上走了一遭。"这位在地下工作、行政岗位、作家天地三个平台上前后风云际会、笑对沧桑的马老饱含深情地说过:"我对于中国人民奋斗百年,包括我的许多战友曾为之流血牺牲才赢得的新中国,总希望它很快富强起来,立于永远不败之地,在世界上扬眉吐气。"

马识途其人其文,从他的经历、行动,从他的掷地有声的言论、作品中,"亮"给我们的就是这样一个铮铮铁骨、年高德劭、儒雅而又坚忍的高大形象。马老有《九十自寿诗》七律一首:"满头霜雪一龙钟,阅尽斧斤不老松。近瞎渐聋唯未傻,崇廉恶诒拒盲从。心存魏阙常忧国,身老江湖永矢忠。若得十年天假我,挥毫泼墨写兴隆。"诗中充满乐观精神,读后使我动容,如闻天风海涛之声。

本来,人届高龄,闲适的条件具备无缺,完全可以弃笔休养了,但马老还要奋笔写下去,如同战斗。我理解他,也敬重他。这是出乎对文学的一腔眷爱,别无所图;这是对于祖国、人民的两肩责任,不愿冷漠。当今文苑虽然热闹,名家如云,佳作无数,但不良作品也仍存在,而且有的还受到恶炒,侵占市场。作为一员老将,他不愿彷徨,有话要说,岂能不为信念及初衷之贯彻而披甲上阵、纵马横戟耶!这部十二卷的文集,还不是马老作品之全部。他过去的作品,散见各处报章杂志者极多,有的早已散失,一时难以觅齐;有的尚待整理,也需假以时日。好在马老继续会有新作问世。看来,文集嗣后继续有补遗卷出版,也是可能的。

写序至此,附词一首,祝福马老,作为结尾。

水调歌头

赠马老(识途)

马老涵雅量,心中自刚强。投身革命,怒发冲冠勇对死亡。惊涛视为屏障,狂飙笑隐地下,令德有遗芳,识途明向背,青云志无疆。 雄心在,终未悔,老益壮。驰骋文坛名将,众口皆尊仰。喜庆高龄九十,依然松柏风华,龙马精神爽。翰墨挥华章,寿比蜀水长。

(原载《郭沫若学刊》2014 年第 3 期)

马识途，先生百岁不老

梁　平

　　成都指挥街8号院，在闹市里一份难得的清静。这是四川省人大老干部住宅院，一个有故事的院子。这里的老人都曾经辉煌、曾经沧桑，六七十岁、七八十岁之后，他们的故事有的被岁月带走了，有的被新居带走了，而最年长的马识途先生在这里一住就是数十年，依然鹤发童颜，依然有浑厚、爽朗的笑声时常飞出窗外，从这个院子飞向城市的上空，让这个城市充满了活力与激情。这个带有标志性的笑声，已经成为先生一个很特别的符号，在中国文坛尤其在四川作家的列阵里成为号角、成为骄傲。

　　马识途先生被称作马老也是几十年了，其实内心我更愿意称他为先生，因为先生不老。20世纪80年代末，马识途先生从省部级领导岗位退下来之后，与众不同的是，他没有丝毫的停顿和休整，反而觉得时间更紧迫了。在很多人还不知道计算机为何物的那个时候，先生的第一件事就是去买了台家用的286型计算机，并且很快就学会了正在试验推广中的五笔输入法，成为同时代最早使用计算机写作的作家之一。用现在的话说就是：先生很潮。

　　前两年，他孙女又给他买了ipad2，现在一直在"玩"，手指在屏幕上迅速滑动，玩得很熟练。先生的玩还玩的都是正事，看新闻、看电影、收发电子邮件等。有人问及，先生总是乐呵呵地说："现在身体不好不去电影院了，就在平板电脑上看电影，很方便。"这样的"潮"，是先生自己也引以为骄傲的事情："我从 1988 年就开始用电脑写作，当时像我这样'换笔'的作家，全国也没有几个呢。"

在计算机前，马识途先生已经修订、创作了《沧桑十年》《在地下》《党校笔记》《没有硝烟的战场》等多部长篇巨著。从他计算机文档文字数字的统计上，已经有超出两百万字的作品，这其中涵盖了长、短篇小说以及散文杂文随笔、回忆录、文论、古诗词和新诗。

马识途先生具有革命家、文学家双重身份，自己就是一本大书，一本百年巨著。

我们从最近他刚填写的《寿星明·百岁述怀》一阕词里看到的他，不能不为之敬仰：

> 过隙白驹，逝者如斯，转眼百年。忆少年出峡，燕京磨剑，国仇誓报，豪气万千。学浅才疏，难酬壮志，美梦一朝化幻烟。只赢得了，一腔义愤，两鬓萧然。　幸逢革命真传，愿听令驰驱奔马前，看红旗怒卷，铁骑狂啸，穿山越海，揭地翻天。周折几番，复归正道，整顿乾坤展新颜。终亲见，我中华崛起，美梦成圆。

这首词，在我辈读来，对先生这样的老一辈革命家以及他们所信仰的共产主义信念，又加深了理解。我相信，一个人有没有信仰，能不能坚持自己的信仰，这是衡量一个人品质最基本的东西，也是一个人能否终有成就的关键。

革命家马识途先生，少年立志，历经腥风血雨、戎马生涯，矢志不渝。刚满十六岁的马识途，就从重庆忠县出发，远去千里之外的北平大学附属高中就读。1936 年，面对倭寇践踏的国土，怀揣工业报国强我中华的他，报考了南京中央大学工学院化工系。他说，"因为那个系有制造弹药的专业，制造炸弹，这正合我意。"

在大学里，马识途的进步政治倾向与革命意志日益坚定，积极参加抗日进步活动，成为党组织的重点培养对象。1938 年 3 月，马识途由老一辈无产阶级革命家钱瑛介绍加入了中国共产党。在入党仪式上，他把自己"马千木"的本名郑重改成"马识途"，对钱瑛大姐说："从今天起，我有了前进的方向，识途了！"

从此，马识途投身于中国人民的解放事业，长期在国统区从事党的地下工作，与国民党特务斗智斗勇，九死一生。马识途曾先后担任过县委、中心县委书记、鄂西特委书记、滇南工委书记、川康特委副书记。1941年，鄂西地下党组织遭到严重破坏，马识途妻子被捕杀，自己身份已经暴露，党组织安排他立即转移，报考了西南联大中文系，在昆明潜伏下来发动和组织学生，在昆明领导了著名的"一二·一"运动。

马识途先生在谈到这些往事的时候，已经非常轻松和淡然。他说："我有一顶罗宋帽，可以翻转过来戴，一面灰色一面黑色。我还有件可以翻过来穿的两用风雨衣。眼镜也是两副，黑框眼镜和假金架子眼镜，那时我嘴唇上蓄留的两撇胡子也是为了紧急时刮掉。"在长期的地下工作中，多次历险的他积累了丰富的斗争经验。在湖北、昆明、重庆、成都，为摆脱特务跟踪，马识途总是不停地变换身份，当过流浪汉、小摊贩、学校教员、生意人，还当过县政府科员。无论是在旧时重庆或者成都的闹市街头、茶肆商铺，马识途被特务无数次跟踪盯梢，都能机智甩掉尾巴脱离险境，那些惊险，在先生看来就是家常便饭。

新中国成立前夕，白色恐怖下的川东地下党几乎全部被破坏，也影响到成都的地下党组织。根据组织安排，担任川康特委副书记的马识途化装成一个做猪鬃生意的老板辗转至贵州，借道广州抵达香港，与在那里的同志们会合。

1949年3月下旬，中央通知钱瑛立刻带领马识途等一众地下党北上北平，准备南下参加接管工作。在北平见到了不少长期在隐蔽战线上只知其代号未见其人的同志，大家都特别兴奋："终于要回家了！"随即，马识途先随钱瑛南下接收武汉，后又奉命赶赴刚刚解放的南京，与即将进军四川的第二野战军会合。在南京，邓小平同志见到这些为解放事业出生入死的老地下党，第一句话就是："你们辛苦了！欢迎你们，地上地下，我们会师了。"

马识途先生现在还记得解放成都时的那个冬日。他说，成都的冬天常常是雾蒙蒙的，我们解放大军进入川西平原后，却一直是晴朗的日子。早上，太阳出来晒在军棉衣上暖烘烘的，加之心里很热和，觉得棉衣简直穿不住了。过了天回镇、驷马桥，来到了成都北门口。他回想几个月前，敌人在四门设岗要捉拿他，他费了好多周折才混出城，如今却坐在吉普车上大模大样回来了。先生形容当时的心情时说："我的心简直要跳出来了！"

　　文学家马识途先生，著作等身，大家风范，人品文品皆为楷模。
　　"我从西南联大中文系毕业，曾师从朱自清、沈从文、闻一多等，是他们把我训练成一个能写作的人。"马识途先生对影响自己文学路上的引路人一往情深。包括周扬、邵荃麟、张光年、沙汀、韦君宜给他的鼓励和扶持。由四川文艺出版社出版的十二卷本《马识途文集》共四百八十多万字，汇集了马识途七十年文学生涯各个时期的主要作品，系统地展示了其创作成就和艺术特色。
　　"我第一篇见诸报端的文章名叫《万县》，发表在叶圣陶主编的《中学生》杂志，当时我还在读高中。在西南联大文学院读书时，写小说更成了我的必修课，当时我创作了《视察委员来了》的短篇小说，后来它成为《夜谭十记》的第一篇，改名成为《破城记》，写这篇小说时，我很喜欢俄国讽刺作家果戈理的作品，《破城记》受到了他代表作《钦差大臣》的影响。"马识途先生20世纪30年代就开始文学创作，从北平转到上海浦东中学以后，他就如饥似渴地阅读鲁迅、茅盾、巴金等伟大文学家的作品，这些作品也成为照耀他革命之路的一盏盏明灯。
　　马识途先生说："鲁迅是中国的脊梁，巴金是中国的良心。"鲁迅和巴金一直都是马识途文学创作上的"精神导师"。至今，先生的书桌上还摆着鲁迅和巴金的两尊铜像，任何时候，这两尊铜像都擦拭得一尘不染。
　　在先生浩瀚逾五百万字的著作里，《清江壮歌》和《夜谭十记》可以堪称经典。
　　《清江壮歌》以当时中共鄂西特委书记何功伟、妇女部长刘惠馨两位烈士为原型，刻骨铭心地记录了20世纪30年代的知识分子走上革命道路，在清江河畔的鄂西恩施开展地下党秘密工作的艰苦卓绝。刘惠馨就是马识途的妻子，后来遭叛徒出卖牺牲了，女儿下落不明。新中国成立后，依靠组织和公安部门找了二十年，历经坎坷，最后找到女儿是在武汉一对工人夫妇家。当时妻子牺牲以后，女儿被一对工人夫妇偷偷收养，长大成人。马识途找到女儿后，不让女儿改回姓马，让她仍与养父养母住在一起，侍奉养父养母。这一传奇经历，被马识途先生创作成长篇小说《清江壮歌》。该书自 1966 年人民文学出版社出版后，多次再版，已发行了数十万册。书中的英雄传奇与故事感动过一代又一代的中国读者，更感动了清江两岸的恩施人民。

《夜谭十记》收录了《破城记》《报销记》《盗官记》《娶妾记》《禁烟记》《沉河记》《亲仇记》《观花记》《买牛记》《踢踏记》等，由十个篇幅不等的故事组成。马识途先生以旧中国官场里的十位穷科员为主人公，通过十人轮流讲故事的独特叙述方式，真实再现了 20 世纪三四十年代的社会百态。其形象生动灵活，情节跌宕起伏，语言通俗幽默，一段段奇闻趣事演绎的人间世相，或令人忍俊不禁，或令人玩味思索，痛快淋漓。其中《盗官记》被姜文以《让子弹飞》搬上银幕。《盗官记》讲述的是 20 世纪三四十年代的川西，胆大包天而又疾恶如仇的土匪头子王大麻子，机缘凑巧了解到了国民政府卖官的潜规则，突发奇想决定买个县太爷的官过过瘾，同时利用这个机会向害得自己家破人亡的大地主黄天棒复仇。为了能顺利改头换面，他找来了在衙门混迹多年的陈师爷。在后者的帮助下，王大麻子改名为张牧之，大摇大摆地提着几大箱银圆上省城买官，随之发生的故事寓意深邃，让人浮想联翩。

电影集结了姜文、周润发、葛优、刘嘉玲、陈坤、姜武、周韵等当下华语电影的顶级阵容，公映期间制造了久违的万人空巷。

马识途先生已经著作等身，出版单行本二十多部，文集十二大卷，洋洋逾五百万字。他的作品以生动的形象、跌宕的情节、通俗的语言，表现人民群众的革命和建设生活，行文简朴老辣而又生动鲜活，或犀利或幽默，字里行间，呈现的是一个人民作家的良知与独特的个性。《清江壮歌》的壮怀激烈，《夜谭十记》的深邃机锋，《沧桑十年》的沉重忧伤，《在地下》的惊心动魄……然而，马识途先生自己却说，我只是一个业余作家。"一纪沧桑谁共历，平生忧乐我心知"，任何时候，马识途先生都能宠辱不惊，总有一个健康、乐观、平和的心态。

世纪老人，依然思维清晰、精神矍铄，心系社会与文坛。

新中国成立以后，马识途先生历任川西区党委组织部副部长、四川省建设委员会主任、建设厅厅长及中国科学院西南分院党委书记和副院长、中共中央西南局宣传部副部长、四川省委宣传部副部长、四川省科委副主任、四川省人大常委会副主任、四川省文联主席、四川省作协主席。

从省领导岗位退下来的马识途先生，连续担任了五届四川省作协主席。四川省第八届作代会之前，他主动提出卸下主席职务，极力举荐小说家阿来接过了他的担子。他说，四川文学有很深厚的积淀，巴金、郭沫若、李劼人、沙汀、艾芜，还有王火、周克芹等一大批优秀作家，这构成了四川的文学传统，是四川的骄傲。直到今天，马识途先生丝毫不减对作协充满的感情，关心四川文学事业的发展。前不久他还坦诚告诫，"作协要在服务作家、繁荣创作方面下功夫，要把人力、物力、财力用在繁荣创作上。作协工作也要创新，改变计划经济时期的老思路老办法，探索符合市场经济发展要求和专业性人民团体特点的组织体制、运行机制、活动方式，为解放、发展文艺生产力多做工作。"马识途先生已经百年诞辰了，即使是现在，只要有幸聆听先生一次讲话，你会惊讶和感慨这位世纪老人清醒的头脑、缜密的思维和严谨的逻辑。

"若得十年天假我，挥毫泼墨写兴隆"，这是马识途先生九十诞辰的一首自寿诗里的两句。瞬间十年过去了，现在先生正在家里积极筹备1月3日在四川博物院举办的"马识途百岁书法展"。先生近三百幅书法作品将在这次展后举行义卖，所有义卖款全部捐献给四川大学文学与新闻学院，用于资助贫困大学生。马识途先生表示："我练了一辈子书法，虽不足以登上书坛，但能以书法作品做一件小事，足慰平生了。"

现在马识途先生人到百岁，能走、能读、能写、能说，尤其是他那嗓音的浑厚与爽朗，具有一种穿透力，余音绕梁。他的生活简单而有规律，早上一般都是喝木耳煲汤或牛奶，再来一两个馒头。如果有社会活动出来参加，在外吃饭的时候，他会像小孩一样不顾随行陪护的阻扰，执意要吃几坨红烧肉，吃得很香很惬意。每当看着先生这样的情形，心里不但没有觉得意外，反而愿意和先生一起享受那种愉悦，美滋滋的。早起锻炼，然后读报、看书、练书法和写作，成了先生的例行功课。闲得下来，先生还偶尔上网和看电视，一直保持对时事和文化建设的高度热情，关心、细心，诸事了如指掌。

冬日的成都，再多的雾总遮不住满大街依然葱郁的绿。

最近，成都市文联把马识途先生搁置了九年的《清江壮歌》影视改编权，通过往返斡旋、律师跟进，已经从湖北一个文化公司收回，成都市文联正积极筹拍电视连续剧《清江壮歌》。中国作协副主席高洪波、成都市文联党组书记叶浪登门拜访，把改编权的法律文书送到先生手里，先生喜出望外，一连几个"好好好"，笑得满屋热气腾腾。这一纸法律文书，就当是给先生最好的生日贺礼了。

（原载《青年作家》2014 年第 10 期）

马识途：那些硝烟里的"战争与和平"

李晓晨

过隙白驹，逝者如斯，转眼百年。忆少年出峡，燕京磨剑，国仇誓报，豪气万千。学浅才疏，难酬壮志，美梦一朝幻云烟。只赢得了，一腔义愤，两鬓萧然。　　幸逢革命圣卷，愿听令驰驱奔马前，看红旗怒卷，铁骑狂啸，风雷滚滚，揭地翻天。周折几番，复归正道，整顿乾坤展新颜。终亲见，我中华崛起，美梦成圆。

一年前，在马识途百岁书法展上，这首由他创作、书写的《百岁述怀》悬于展厅之中，吸引众多参观者驻足。寥寥几笔，一个革命家的雄心壮志、戎马生涯跃然眼前，而他本人早已与那些沧桑世事一起大隐隐于市了。犹记得，展览现场，他坚持站着说完每一句话；也还能记得的，是那句"人无信仰生不如死"；是他九十岁时题写的"若得十年天假我，挥毫泼墨写兴隆"；是他捐赠给中国现代文学馆的书法作品——"为天下立言是真名士，能耐大寂寞是好作家"；此外，还有他给自己制订的"五年计划"：再多写几部作品。

今年5月，在四川成都，我再次见到马识途老人。他思路清晰，开口前先问，你大概想谈些什么？此后，围绕话题不曾偏离半点，年月、人物、事件均记得清楚。在他的叙述里，那场旷日持久的战争是复杂而艰难的。有很多次，我都想问问，经历过至亲牺牲的他如何看待生死，话到嘴边还是咽下了。说起自己，马识途总是很谨慎，他说，自己没有终身成就，只有终身遗憾，就是没能写出可以传世的作品，因此，自己是"职业革命家"，文学却只能算是个"革命文学家"。说着，他一扬手指向书房，"我的座右铭就挂在里面，八个字——无愧无悔，我行我素。"

革命家马识途："抗战是我一生的转折点"

革命家马识途，少年立志，投身革命，矢志不渝。十六岁那年，他自重庆出发，辗转北平、南京、上海、武汉、昆明……寻找救国救民之路，用他的话说，"抗战是我一生的转折点"。也因此，1938 年他加入中国共产党时，郑重将本名"马千木"改为"马识途"，意为识得正途，找到前进的方向。少小离家的马识途本是赴北平读高中，不料，才在北平大学附属高中学习了一年多，1933 年日军进驻北平近郊，城中不得安宁，马识途不得不前往上海，考入浦东中学。

1935 年，马识途在上海参加了抗日救亡学生运动。1936 年，他考入南京中央大学化学工程系，觉得自己"工业救国"的理想大有实现的希望，但系里的一次庆典活动，却打碎了他"工业救国"的梦幻。当时，中央大学化工系举办庆典活动，很多早已毕业的学长返校和学弟学妹们谈毕业后工作的感受，没有想到的是，他们的处境和马识途想象的完全不同，"他们都和我一样，想着把科学搞好，要实业救国，但结果发现根本不可能。他们毕业以后，有的到国民党开的工厂里，有的在国民党机关上班，实际上完全起不了任何作用。"尤其当他们说起生活现状，马识途更觉失望，"在工厂里的，每天就是把日本货、走私货拿过来，贴上标签，改成国货，然后到市场上去卖，实际上是推销日本货。到机关上班的，都是花瓶、陪衬，这对我打击很大，这怎么救国啊？我一心想的是工业救国，结果他们学了一身本事，国家也不用他们，只能到街上摆个摊摊，卖雪花膏、擦脸油求生活"。听了学长们说的这一切，马识途感到非常失望和迷茫。难道真的就报国无门了？他觉得，工业救国的幻梦破灭了，必须寻找新的道路。他更加积极地参加进步学生的活动，并加入了共产党的外围组织——南京秘密学联小组。

1937 年 7 月，抗战全面爆发，马识途随"中央大学农村服务团"到南京晓庄地区宣传抗战，准备发动群众打游击。可他发现，农民们根本不买账，"光是去念一些文章，演一些节目，农民看了觉得很可笑。后来才知道，要发动农民，必须要真正和农民活到一起，给他们办好事情"。于是，宣传开始集中在两个主要方面，怎样躲日本人的飞机，还有就是帮农民治病、上药，他们很快取得当地农民的信任。

"我们要带着他们去大茅山打游击"，共产党派人来了解情况时，马识途和另外一些人满怀信心，青年人对革命的想象充满浪漫主义和理想主义，却遭到当头棒喝。"他们说，你们简直是幼稚，青年学生打什么游击啊，日本人肯定把你们全都杀掉，赶快走！"听从劝告，马识途和同学们远赴安徽、湖北，在鄂豫皖边区参加了党宣办为预备党员举办的培训班。大家特别兴奋，总想着去后方打游击，"当时很多人都是武汉大学、北京大学的大学生，很多人参加过'一二·九'学生运动，大家都想去敌后打游击，认为打游击是一种最理想、最直接的抗战方式"。今天看来，马识途自己也说，青年知识分子对战争的认识太简单和理想化了。

马识途没能如愿去打游击，他在武汉被时任湖北省委组织部部长的钱瑛调去做工人工作。后来，钱瑛介绍他入党，并在入党时说，你是可以做"职业革命家"的。我问马老，职业革命家是什么意思？他说："就是地下党嘛，是最危险的职业，钱瑛看我老实可靠，觉得我可以做地下党，我就一直做到新中国成立前，好多好朋友都牺牲了，包括我的妻子刘惠馨，一个月大的女儿也找不着了，二十多年后才找到。"这些经历后来被他写入长篇小说《清江壮歌》，更令人唏嘘的是，他多年后历尽艰辛找到女儿，却坚持让女儿留在养父母身边侍奉终老。

1941 年，皖南事变爆发后，马识途考入西南联大中文系，继续开展党的工作。1945 年，他毕业后被派到滇南做地下党工作，1946 年任地下党川康特委副书记直至新中国成立。此后，他在建筑、科学、宣传等部门担任行政领导职务，并兼任四川省文联主席、省作协主席等职务。他与文学的缘分自中学开始，在西南联大中文系得到启发，战争岁月里成为宣传革命的重要方式，终于在退休后成为自己口中的"专业作家"。

文学家马识途："抗战作品要反映战争的复杂性"

在马识途写战争的那些作品中，每一个人物都鲜活、有力，他们活生生立在书页中，诉说着硝烟里的"战争与和平"，这些在《夜谭十记》《老三姐》《清江壮歌》里都有体现。在马识途的小说里，你会看到，害怕上战场的农民战士自残躲进医院，几个月里一直心事重重，待重上战场真的失掉胳膊，却发自肺腑地高兴——再也没有人知道他的过去；受汉奸唆使拿着手电筒照亮的农民压根儿不明白，日军的飞机就是靠着他指引的方向轰炸了村庄，而他最终死在参加抗日的弟弟手里……这样的故事太多了，马老随口讲出几个，都让人心头一阵酸涩，战争的主题无比宏大、沉重，却由这样一个个和你我一样平凡的肉体去承担、支撑，他们英勇、坚强、无私、伟大，却也胆怯、无奈、思乡、软弱。马识途说，现在很多人其实不明白，抗日战争对中国来说，是多么伟大、复杂、艰难的一场战争，反映抗战的文艺作品不好看，是因为他们没法了解这其中的复杂性。

马识途的文学创作早在中学时就开始了，后来在西南联大中文系读书时，他从闻一多、朱自清、沈从文等文学大家那里习得了受益终生的教诲，文学素养不断提升。为了抗日，他和从延安来的张光年一起办杂志，写抗日题材的小说，"写了一点东西后，就有信心了，人家也觉得，你还可以写点东西嘛"。根据地下党工作安排，他曾以《湖北日报》记者身份赴前线采访，天天跟着战士们摸爬滚打，那时才知道真打起仗来是怎么一回事，"炮弹就在你眼前爆炸，咣咣的，到处飞，吓得我哟。但战士们不害怕，还教给我怎么躲炮弹，说炸过的地方是最安全的，因为敌人不会再炸那里了。"

后来，师部派人找他，一听跑到战壕里去了，立马急了，"怎么回事？记者怎么跑到前线去了？出了问题怎么办？"马识途说，我就那么稀里糊涂地到前线去了。晚上，趴在战壕里能听到对面日本人在唱歌，咿咿呀呀的，听调子很悲伤，他们好像很思念家乡的样子。我们的战士也很有意思，有个战士拿炮弹壳当花盆，栽了一棵不知道名字的植物，还开着花，"在炸弹里开花，这不就是《战争与和平》嘛"。他说着，爽朗地笑起来，好像那些生死攸关的瞬间都是别人的故事。离开昆明时，为了遵守组织纪律，马识途把之前的全部作品付之一炬，这其中就有后来出版的《夜谭十记》。2010 年，导演姜文把其中的《盗官记》改编成电影《让子弹飞》，引起轰动。但当初那时候，马识途是不愿意去写小说的。

1959 年，《老三姐》在《人民文学》发表后，邵荃麟、张光年找到他，认为革命老同志能写作品的人不多，希望他能写下去，并动员他加入中国作家协会。马识途不乐意，他愿意做的依然是革命工作。是邵荃麟说动了他，"你写革命文学作品，对青年很有教育作用，你多做一份工作，等于你的生命延长一倍，贡献更大，何乐不为？"此后，《找红军》《小交通员》《接关系》等革命题材文学作品相继发表，长篇小说《清江壮歌》中对人性的挖掘和书写还让他一度遭受批判。不过，就像他自己说的，在离休之后，他才成了"专业作家"，有了大把的时间搞创作。说到这儿，马识途总觉得遗憾，觉得没有可以传世的作品。

文学作品终究还是要留给历史去评说，同行者或许很难给出真正客观的评价。对自己的作品，马识途说一本都不满意，他总是说自己没有终身成就，只有终身遗憾。"我所经历过的 20 世纪，所看到的、经历过的故事非常多，都可以变成很好的作品，许多作家都没有这么丰富的经历。而且我在西南联大学了四年如何写小说，也有写东西的本事了。但因为工作忙，没办法写。一直到后来，年纪大了，现在虽然有时间写，但创作高峰已经过去了。虽然脑子里还有大量的故事和素材，但拿不出来。本来我应该写一本传世之作，但是我一本传世之作也没有。不惭愧地说，我是个革命家，要说文学家只能算是革命文学家，为宣传革命写了一些东西。"

智者马识途："我们的文学假若没有一种很高的思想，这是有问题的"

如今，这位已逾百岁的老人安居成都家中，院子里绿树葱茏，太阳再大也只透下丝缕，看得出是有些年岁的。每天，他作息规律，时间大都用在阅读和创作上，说起现在的文学并不陌生。我提到的报刊、人物，甚至文章题目，他都基本知晓，有些还知道是在哪家报纸上刊发的。他用 iPad，用电脑打字，对网络文学也有自己的看法。这让我有点儿吃惊，便会想，如果自己能活到一百岁，是不大可能像他这样与时俱进了。

马老拿起书桌上的一份报纸，指着副刊上的一篇文章说，这个就还可以嘛，有真感情嘛。谈起当下的文学，他觉得的确存在一些问题，比如文学的低俗化、媚俗化倾向就不太好，金钱似乎成了衡量文学作品的标尺。文学评论文章也不少，是在评论作品，但好像没人敢真正谈问题，谈问题的也说不透彻。马识途还很关注网络文学，他希望文学界积极发展、引导网络文学，因为有些网络文学的内容被金钱所裹挟，很难写出真正的好的文学。"网络文学不是这个路子啊，可惜那些青年了，本来能写出好的东西的。我们要引导他们往好的路上走，多写点儿好的作品。批评也要敢于发出声音。"

今年是抗战胜利暨世界反法西斯战争胜利七十周年，作为那场战争的亲历者和记录者，马识途对抗战题材的文艺作品也有自己独特的思考。他觉得，现在这类题材还没有特别经典伟大的作品，挖掘战争的复杂性和战争中的人性，在他看来至关重要。他说，我深深感受到，现在有些东西写的是假的，根本没有那回事，（他们）根本不知道抗战对中国人民多么重要。所以才会出现戏说抗战的雷剧、神剧，抗战不是简单地说我要抗战，就胜利了。内外部的矛盾、斗争都非常复杂，激烈。现在的抗战文艺作品没有真正反映抗战的复杂，作家没有真正经历、研究过抗战，知之太少，所以才写不好。在他眼中，当代中国有许多需要表现、描写的人物，好的作品应该从思想上推动人类进步，影响世道人心。"我们的文学假若没有一种很高的思想，这是有问题的。"

历经风云，却不忘初心，终归于极简与至真。在他回忆起出生入死、起起落落的往昔时，我看到的是历史、是信仰，却不单单是对历史和历史中自己的追溯。那是一个人走过整个 20 世纪后的记录和思考，其中，深藏着一个国家百年来的挣扎与奋起。问起他去年制订的"五年计划"进行得怎样，老人认真地告诉我，没有食言，正在写《那样的时代那样的人》，写了五类人，分别是家人、名人、洋人、文人和凡人，都是这辈子怎么也忘不掉的人。是呵，历史、方向、胜利，这些无法称量的关键词，也终究是要由每个时代的那些人去承担和推动吧。

（原载中国作家网 http://www.chinawriter.com.cn/news/2015/2015－07－03/247122.html）

聚焦红色文学作品

光辉动人的革命母亲形象

——读马识途同志的《老三姐》

唐正序

马识途同志的《老三姐》是一篇文学性很强的革命斗争回忆录。它写的是真人真事，但却和一篇优秀的小说一样，有着光辉的思想，鲜明的人物形象，丰富的情节和生动的语言。

《老三姐》的突出成就是作者通过平凡的生活事件表现了不平凡的性格，用质朴而生动的语言塑造了一个光辉的革命母亲的形象。革命母亲的形象，在我国的社会主义文学中不是第一次出现。但老三姐的形象并不是其他革命母亲形象的简单重复，她有自己独特的生活、遭遇、性格和思想，因而也就有着新的思想意义和美学意义。

老三姐是一个普通的农村妇女，从外表上看，她并没有什么特别的地方：

> ……看来她有五十几岁的年纪，大概由于忧虑过多，头发全白了，牙齿却出奇的白净整齐。衣服虽然很破，补丁压补丁，却是洗得干干净净。大概由于劳动的需要，没有缠过脚，甚至那双脚大得有些和身体不相称。眼睛转动起来十分精神，老带着笑脸，好似在她面前展现着无限美好的前程，只待她走向前去。但是脸上的皱纹和压弯的背，说明她和其他受过苦难的老太婆一样，几十年来心酸的生活挨过来，是很不容易的。

她所从事的革命工作也是很平凡的：做一些"煮饭洗衣服"之类的事情，掩护和服侍党的地下工作者，然而就在这些极其普通的工作中表现出了她伟大的思想情感和高贵的革命品质：对革命事业倾心热爱，对阶级敌人切齿痛恨，对美好生活殷切盼望，对革命前途满怀信心。

作品中突出地描绘和热情地歌颂了老三姐的伟大的阶级友爱精神。作者说：老三姐对革命者"倾注着全部的爱"。这是千真万确的。作品的每一个细节都表现着这种爱的伟大，全部作品的字里行间都洋溢着这种伟大的爱。老三姐心爱的儿子被反动派杀害了，但是她对儿子的爱永远在心里沸腾；当党给她送来了革命的"干儿子"的时候，她便把这种爱毫无保留地倾泻出来。事实上，老三姐对革命者的爱远远胜过亲子之爱：衣食住行，体贴入微；生疮害病，关怀备至；生命安全，更是无时无刻不放在心上。为了使"干儿子""少花钱"而又"吃得好"，她花了"不少的心血"；为了医好"干儿子"的疥疮，她饱尝了采草药的辛苦和嚼草药的苦味；为了"干儿子"的安全，她忍受了焦虑和痛苦，甚至最后牺牲了自己的生命。这种爱是伟大的，是没有任何自私之心的。作者还进一步深刻地挖掘老三姐的爱的本质。老三姐对革命者的爱实际上就是对阶级的爱，对革命的爱：

"老三姐，只要吃得就算了，不要为我太操心。"

"嗯，我才不是光为你一个人操心咧，我这也是为大家的事操心。"

这一句说得我的眼睛起眼泪花花了。

这一句话深刻地感动了作者，也深刻地感动了读者。这一句话照亮了人物的内心世界，也增强了作品的思想光辉。

爱和恨是对立统一的，它总是具体的，有阶级基础的。抽象的"人类爱"在阶级社会里是根本不存在的。老三姐对革命和革命者的爱就是和对反动派的恨紧密地联系在一起的。提起恶霸和叛徒，她就咬牙切齿，恨不得马上去咬死他们。反动派使她和千千万万的阶级弟兄生活不下去，反动派杀害了她唯一的儿子和无数的"大好人"，她怎么不恨呢？唯其恨反对派，她才爱革命，因为革命就是为了打垮反动派，建设幸福美好的新生活。所以老三姐有很高的革命警惕性。这种警惕性是用革命鲜血换来的宝贵经验，也是爱和恨相结合的产物。她说：

"这就一点大意不得。不要把赛阎王那些人想得那样瘟，他们和我们斗了几十年，也凶得很，不能不小心。我的儿子给他们整死了，我不能看见你又落到他们的手里去。"

作为革命的母亲，老三姐还有着旺盛的革命朝气和充沛的革命乐观主义精神。生活的重压，只能压弯她的背，只能在她脸上多增加几条皱纹，在她头上多增加一些白发，然而永远也压不垮她的志气，压抑不了她身上无穷的活力。反动派整死了她的独生儿子，这可以说是她一生中所受的最沉重的打击，但是她并没有因此而一蹶不振。相反的，她要顽强地生活下去，战斗下去。她虽然已经五十多岁了，但始终不服老。她说："快不要叫我老婆婆咒我吧，我还要多活几年哩。"她永远都是那么乐观，"很少愁眉苦脸"。当然，在偶然提到她儿子的时候，也会引起她内心的痛苦，但是她能马上抖擞精神，"镇定下来，不愿表露"。的确，"从来也没有见过这样的女人，对于痛苦能够负担得这么重"。更使人感动的是她在文化学习和政治学习上的那种勤学苦钻的精神。她那样大的年纪，不过一个月就把拉丁化新文字学会了。她读党课教材是那么专心："真是把什么都忘了，老坐在厨房里一个字一个字、一个句子一个句子，吃力地读下去。"在今天，老太婆学文化已是普遍现象，可是在旧社会，在痛苦生活压得喘不过气来的时候，老三姐刻苦学习的精神就令人可敬了。

这里发生了一个问题：老三姐的乐观向上的精神，和永不枯竭的活力是从哪里来的呢？作品告诉我们：崇高的革命理想是老三姐一切精神力量的源泉。你听：

"是呀，我也想，我不相信这么多干人，就扳不倒几个恶霸，"老三姐说，"将来扳倒他们，我们见了天日，你说的苏联那种好日子是不是就快来了？那种好日子能看上一眼，也不枉活了这一辈子。"

"你一定看得到的。"我说。

"恶霸扳得倒，你说这虱子疥疮臭虫也除得掉吧？这也是我们这山里的祸害。"

这一段对话还很富于表现力的。连除害灭虫也想到了，这说明老三姐是多么顽强地希望着将来，对未来美好生活设想得多么细致。这种设想是非常实际的，是完全符合老三姐的性格的。老三姐不仅渴望着美好的生活，而且坚信这种生活必定会到来。直到临终时，她还带着微笑，吃力地说："老陈说的那种日子，我多想挨到，看上一眼……我挨不到了……你们会看到的……"正是这种革命必然胜利的信念鼓舞着老三姐永远前进。

可见，老三姐是一个体现了无产阶级的革命理想的人物，是一个富有革命浪漫主义精神的人物。不过，在这个人物身上，革命浪漫主义是和革命现实主义结合在一起的，这倒不是因为这篇作品写的是真人真事，而是因为作者写出了形成人物性格的典型环境（如果没有写出人物性格赖以形成的典型环境，即使是写的真人真事，也不合乎革命现实主义的要求）。这篇作品的故事发生在川北的一个穷山区。作者用一首民歌概况地介绍了当地农民的贫苦生活：

> 山高水险石桠桠，
> 红苕洋芋苞谷粑。
> 要想吃碗大米饭，
> 除非坐月生娃娃，
> 等到大米找回来，
> 娃娃已经遍地呱。

不仅如此，由于地主、恶霸的残酷剥削，甚至使广大农民"穷得揭不开锅""活不下去了"。这是一方面。另一方面，这里又是红军长征经过的地区，有党的地下组织，群众的觉悟也比较高，曾经发生过暴动。老三姐的性格就是从这样的革命土壤中生长出来的。作者不但写出了人物性格产生的条件，而且展示了人物性格形成的历史。老三姐是在这一带有名的农民领袖、共产党员的母亲。这里的暴动是她儿子领导的，暴动的准备工作是在她家里进行的。她也参加了暴动，而且亲眼看见了儿子被反动派杀害。这次暴动，对老三姐的性格的形成有着决定性的作用。因此，老三姐这个革命母亲的形象，就有巨大的说服力。

（原载《四川日报》1961 年 4 月 6 日）

试谈《找红军》的思想意义

石化金　杨兴发　吴道勤　张晓云

马识途同志的《找红军》是篇好小说。

作者通过在党影响下的一群灾难深重的农民找寻红军的觉醒、成长过程，真实地反映了 20 世纪 30 年代四川农村的社会面貌，揭露了尖锐的阶级矛盾，显示了农民群众革命的必然性和坚定性，歌颂了中国农民坚决的反抗意志、不屈不挠的斗争精神和伟大的革命潜力，指出了只有在党的领导下，农民革命才能取得胜利的真理。

一

农民在半殖民地半封建的中国社会里为什么必然起来革命？《找红军》对这个问题做了形象的回答，作者不仅看到了特定历史环境中农民和剥削阶级间尖锐的阶级矛盾，还看到了特定环境中党的革命运动在广大农村的深远影响，这就使得《找红军》有反映生活的独到的深度。

作者用朴素、明朗的笔调，在作品中较成功地塑造了一个带有四川农民气息和 20 世纪 30 年代时代特色的先进农民王天林的形象，通过他的遭遇和经历，我们看到了一幅尖锐的阶级矛盾的图画。王天林的祖祖辈辈受地主剥削，到了他这一代仅租了"王大老爷"三亩地，可是利息像滚雪球一样，几年间就滚成了"老租老利加新租一共是二十三石八"。单身汉王天林的生活就如此惨痛，那么其他有家小的农民，他们的痛苦生活更可想而知了。可是农民受的压迫又何止这点？"来了督粮官，天高三尺三"，正是国民党官僚吸尽农民血汗的具体写照；营长的沉甸甸的挑子正是从民间搜刮来的财产；至于捉拿王天林于森林中的中央军，则是一批凶残、横蛮的野兽。这些兵、匪、官、绅就像压在农民头上的一块块石板，使农民挣扎在死亡的边沿，农民除了起来反抗，别无出路。这就是农民革命也是王天林他们出走的根本原因。

重要的是《找红军》的作者并未就此止步，他还以敏锐的眼光看到了20世纪30年代的时代特征，以及它在特定历史环境中的具体表现，因此作者又深入一步地揭示了促使农民起来革命的重要因素——红军在当时的深远影响。王天林所处的时代，中国共产党领导的农民运动正风起云涌，在许多地方建立了农民革命根据地，因此，受了红军影响的"干人"对革命的要求愈加迫切。不是么？当王天林正想着"这种生活要到哪年才能么台"时，红军"打土豪，分田地"的声音就传到了他的耳中："川北出了红军，出了共产党，专门给穷人撑腰，打土豪，分田地，那里的干人见了天日了！"这个直憨、朴实、不信神认命的青年农民顿时兴奋起来，白天做活无心思，晚上做梦也梦见自己当了红军。"打土豪，分田地"对受尽苦难的王天林是何等称心的事呀！"那里的干人见了天日了"，就告诉他称心事已在有些地方成为现实了，这又是多么大的鼓舞！听听王天林要求革命的强烈呼声吧："只要找到了红军就是死了也甘心！"强烈的革命要求，必定产生坚决的行动，于是王天林等带着追求解放的心情，奔上了找红军的道路。

王天林等的出走行动是他们革命的第一步，是他们和封建剥削阶级间本质矛盾尖锐化的结果。这种行为是自发的，但又不全是自发的；而是在浓厚的自发性中兼有自觉革命的因素。因此，他们的出走行动就与历史的农民革命不同了。这就是"找红军"反映20世纪30年代四川农村生活的独到之处，它深刻地揭示了农民在这个时期必然起来革命的根本动力和直接动力。

二

　　作者提出这个问题后，紧接着在王天林觉醒后的革命行动——找红军中，笔力强劲、一丝不苟地表现了中国农民宝贵的品质——坚决的反抗意志和不屈不挠的斗争精神。

　　中国农民在三座大山的压榨下，长期和反动统治者与剥削阶级展开着反复的复杂尖锐的斗争，这种斗争锻炼了他们的反抗意志和斗争精神，并且随着历史的发展，斗争经验日积月累，这种品质就愈加鲜明和光彩耀目。《找红军》中的王天林等一伙干人正是20世纪30年代四川农民这种优秀品质在文艺作品中的再现。我们看看王天林他们在《找红军》中经历的两件事吧：当他们打死了匪排长处于进退两难时，怎么办呢？王天林说："莫非这样大的世界就容不下我们这几条汉子，红军也是人干的，他们能干红军，我们就干不得红军?!"就这样，七条汉子两条枪，他们立起了"红军"，立即就向地主开火。人虽少，他们不后退；没有多的武器，他们仍然要坚决革命。这是多么富于英雄主义的行动！后来王天林立的"红军"因为没有党的领导而失败了，是继续斗争还是退步抽身？这是摆在王天林面前的严重问题。历来有不少这样的人：革命轰轰烈烈时热情高扬；革命受到严重挫折便唉声叹气，再也不能振作起来。但王天林没后退半步，仍然在残酷的斗争中，坚持不懈地继续找红军找党，相信中国革命必定胜利。请听听他对黑暗势力的挑战和对前途充满信心的誓言："看着吧，我王天林这个根还在，总有一天要翻梢。""我们自己立红军虽然失败了，但是我硬是不相信他们的江山是铁打的，就砸不垮！我一定要把他们这个摊摊打得稀烂！我一定要去找真红军，找到共产党，总有一天要找到。"一个捶不烂、砸不垮的钢铁汉子形象不是站立在我们面前了么？

　　这条钢铁汉子不仅"钢"而且"韧"，他在血腥的斗争中学会思谋问题了。他和作品中的"我"下乡收粮时，同情阶级弟兄，帮他们出点子，有机会就把地主收拾一顿；地主用钱收买他，他报之以更狠的枪托；不时掏出贴身汗裤口袋中贴有保存多年的红军传单的"小本本"来哼着。显然，阶级的深仇大恨、斗争意志和对红军的向往、追求一丝未减。他打地主不仅背着"我"干，而且与"我"结识、谈论、共事时，都显得非常谨慎小心。比如他得出"我"这个人是个好人的结论，就是他不断暗中侦察"我"的结果。一个火气蓬勃的人变得更深沉、老练，日趋成熟了，把这时的王天林与刚出走时要放火烧掉草棚的王天林对照一下，不是可以看出人物性格鲜明的成长过程吗？这种成长，正说明了中国人民在长期的革命的斗争中蕴藏着巨大的革命潜在力量。只要落下一颗火星，就将燃起熊熊烈焰。

但是作者的笔并未停止在王天林一人身上，还塑造了另外几个干人的形象。虽然这些人物着笔不多，但他们的性格也是比较鲜明的。他们出身于同一阶级或阶层，受着相同的剥削和压迫，他们都要求革命，但是又以不同方式走上了革命道路。这样，就使《找红军》在反映生活和阐述主题思想上面显得更加广阔和深刻。

在这些人当中，王天泰是个重要人物。他与王天林一样有着坚决反抗和顽强革命的特征，然而他又有独具的个性：比王天林机智、冷静，富于谋略些。如果王天林的勇猛、刚强是一种农民类型，那么王天泰又是另一类型农民的代表。坚决拥护红军的冯老爹一家，是具有中国革命农民的特色的：大儿子早随红军北上，小儿子为王天林的"游击队"而牺牲，冯老爹年迈不衰，慷慨、爽朗，对革命充满了信心。这一家人表现了他们坚决革命，为革命忘我牺牲的高尚品质。其他如干人出身的起义士兵，也是具有特点的。通过这些人的刻画，我们看到走上革命道路的有先进的农民、一般的干人、贫苦的士兵、年迈的老人、年幼的儿童；有的早就参加了红军，有的正在找寻，革命群众的队伍不断在壮大着。这不仅使王天林他们的出走有雄厚的群众基础和现实基础，而且还向读者指出了红军的道路就是千百万群众的道路，农民革命必须在党领导下，才能取得胜利的真理。

如前所述，王天林他们走向革命虽然有自觉的因素，在拾着红军的传单后，这种因素又有增加，然而从总的倾向看，他们的自发性还是很浓厚的。特别是他们还没想到，在党领导下有马克思列宁主义的革命理论做指导，才有方向明确，目标远大，步骤分明，组织严密的无产阶级革命斗争。所以尽管他们敢于革命，敢于斗争，但失败的结局终不可免，这是农民革命在未找到党以前的必然的历史发展规律。王天林找党的过程，是一个农民从自发的革命逐渐成为自觉的革命的过程。最后，王天林终于找到了党，并经过党的教育成为工人阶级的战士。只有这样，他才成为"一颗不会熄灭的火星"。

三

"找红军"歌颂了农民的革命性，歌颂了农民追求革命的决心与意志，同时又指出了在农民革命中党的领导的决定作用。充分认识农民的革命品质及其坚强的革命意志，认识农民问题在无产阶级革命事业中的地位，在中国革命中的地位，这不仅在民主革命时期有其深刻的指导意义，就是在进行社会主义革命和社会主义建设的今天，同样有它巨大的现实教育作用。

如果说，在民主革命中，农民是反帝反封建的主力军的话，那么，在我们今天的社会主义革命和社会主义建设事业中，农民仍然是一支伟大的革命力量，农民永远是无产阶级的最忠实、最可靠的同盟军。

（选自陆文壁编《马识途专集》，四川文艺出版社，1988 年版；原载《四川日报》1961 年 5 月 25 日，有删节）

识得春风非等闲

——读《小交通员》《路遇》随记

杨垦夫

　　在生活中，对人和事物的了解总很少是一眼看去就什么都透彻了的。人是各式各样的，在具体的人身上，外在与内在、外表与内心、次要的与主要的东西等的结合也会是多样的，因而，认识人不能简单化。艺术作品在刻画形象、在引导读者了解生活上也不能简单化。新近读了两个短篇小说，一篇是马识途的《小交通员》（《人民文学》8 月号），一篇是雷萌的《路遇》（《人民文学》1 月号）；这两篇作品在这方面都有值得称许的地方。

　　《小交通员》写做地下工作的党员老冯和新找来的小交通员小丁（丁宗平）从初相识、不了解到了解的故事。小丁刚出现时，他给老冯的印象是个调皮、满不在乎甚至有点流气的靠顶壮丁混饭吃的小家伙。瞧他的样子：眼睛透着机谋，是"会说话的眼睛"；嘴角翘着，还不时地鄙夷地抿抿嘴；特别刺眼的是嘴皮上还玩弄着纸烟。在介绍人未来之前，老冯和他在客栈里半夜不期而遇，他躲避抓逃跑壮丁的人跳窗而进，已有一个不好的印象。老冯心想怎能让这样的人做交通员呢？介绍人的交底，说明了小丁是烈士子弟，政治上可靠，人又聪明，至于顶壮丁是替穷兄弟解危扶困等，这才打消了一些误解。但是紧接着又发现他听交代工作"满不在乎"，看来是工作不当心的人，还发现他爱压马路、逛茶馆。但有一件紧急事又只好交他去办：送信给一个可能会被叛徒出卖的同志。急人的是交代时他似乎不着急，更急人的是两天没回来。老冯进城去看被盯了梢，小丁倒安逸地过来打招呼，这不益发使人生气么？其实，在小丁设法使二人摆脱盯梢以后说清了情况，才知道他那些似乎叫人急的地方正联系着他的可贵之处。似乎是调皮，实在是机智；似乎是乱逛，其实是为了熟悉人和熟悉环境，像他对茶馆的熟悉在摆脱盯梢时就见了分晓；似乎是漫不经心，其实是胸有成竹；似乎只是不好的玩烟的习惯也包含着他少年的顽皮。在认真、负责、机智、勇敢的实际行动中，小丁的可亲可爱感动得老冯直说："好同志，好兄弟！"同刚在老冯面前出现的样子相比，小丁的形象逐步展开并深化了，原来被不招人喜欢的外表所掩盖着的光彩终于显露出来了。作品临结尾时，交通站被包围了，小丁舍身打先冲出去，又机智地带着同志们脱了险，这又为已显露的光彩添了浓重的一笔。

《路遇》所写的和上篇有类似之处。不过这里是解放区的一个老农民对"我"——过路的八路军干部的误会，因而"我"也对老农民先没有好感，后来才了解到老人的误会出自对革命的关切。这里写的是战争年代常有的事，行军转移和同志们走散了，这个干部就顺河走着去找自己的队伍。由于沙子一次次捣乱，"我"发火了，就脱鞋在地上狠拍，不料却被当作坏人使暗号。旁边庄稼地里跳出来个老农民对这过路陌生人加以严厉的盘问，老人是自觉地尽保卫解放区的责任。一个问得严厉而毫不放松，一个要保密，不免支支吾吾，似乎有点辩解不清。只是在"我"确乎流露出那种"坚决的革命意志"后，老农民才把"我"当作自家人。这时分，共同的革命感情使两人一霎时亲切起来，严厉的老人突然变得温厚、慈祥，要被误解的"我"把鞋穿上。这里老人的可敬可亲也渐渐展开来。接下去，老人问"我"年纪，问毛主席身体如何，直到知道了毛主席身体是壮实的，才更进一步揭示了老人的内心丰富、深厚的美好感情。"这就好啦，这就好啦……！"老人说着这句话，"两眼眯成一条缝，脸上露出开朗的笑容，这笑容盖过了他外形的丑陋，我觉得他很美很美"。他要捎信给在我们部队的小子，要他好好干，也劝"我"好好干，还嘱托要像锄草务尽一样除尽反动派。到这时，老人对"我"不是引起反感的外形丑陋而又严厉得怕人的老头，确实是好得感人肺腑的与革命生息相通的老人。

说起来，这写法有点像所谓艺术手段上的欲扬先抑了。但这篇作品确也能从解开一些问号和结子里，逐步打破了原来不怎么可亲可爱的印象，凸现出两个使人越来越觉得可亲可爱的形象。这里人物形象的展开是由相反的方面向要赞扬的方面的推移，是从表面的丑陋、态度不可亲、一些次要缺点向人物更本质的东西，人物的美好的基本品质的推移。这两个人物的刻画不能说是十分丰满的，但的确可以看出写得不是简单化的，是写得真实可信的。就具体作品所反映的生活内容来看，作者在描绘人物上是单纯、自然的，而对人物从外在到内在、从外貌到内心的刻画上，给人的感觉是比较丰富的。作者不仅写出了人物在做什么事，而且力求写出做这些事和人物的心理和性格的联系，可以叫人感觉到人物活生生的气息。

从展开人物讲，长篇小说和短篇小说可以而且应当有不同的要求。这两篇小说在刻画与描写人物上也是从短篇小说的容量、选材等特殊性做了考虑，所以写人物比较集中，笔墨还算经济。《路遇》选材和提炼都下了功夫，很有简练、明晰的好处。一场路遇，自然写来，颇有趣味。在烘托气氛、点染人物上简洁有力，夹便交代"我"的情形，也应孔下楔，错落有致。全篇结构得体，文笔流畅；写老人从庄稼地跳出始，又从走进庄稼地收了笔，不仅前后呼应，而且末尾老人在苞谷林里还喊了一声，人去声在，富有余味。在短短六千字上下的篇幅里，借解放区路上一件平常事，能写出人物面貌，又处处觉得与当时局势联系很紧，虽是小篇幅，读来却有大气势。《小交通员》篇幅比《路遇》长一倍，但就谋篇、剪裁讲也是颇费心思的。看得出，作者对小丁这样人物有更多的了解，但在作品里面只着重写了两件事，一件是客栈夜遇，一件是交代送信任务直到共同脱险。开篇从小丁被介绍来写起，夹着回叙客栈那一段，引起读者对老冯反感的小丁究竟是什么样的人的兴趣；接下去，解决了些疑惑，新问题又出来，一波未平，一波又起，引人读到底。特别在后一件事上，作者对小丁的认真、负责、机智、勇敢等将要展示的品格总是欲露先隐，引人寻求答案。这个人物虽然内心世界写得还不够细，但他以自己的行动的说服力，说服了老冯，也说服了读者。《小交通员》能在现在这样篇幅里从曲折、生动的生活故事里写出这个人物，应该说是不容易的。

如果说到这两篇有类似处，那么也都各有特色。比较起来，《小交通员》的作者更善于讲故事，情节的引入、扣子的运用都使人觉得作者吸收了传统的说部作品的长处，写人物的行动很有吸引力。《路遇》里却是更多一些优美的散文抒情气息。这篇作品给人突出的感觉是色彩明净、自然，仿佛在讲述中也含着诗情画意。通过作品里的"我"的讲述，不但有热情洋溢的调子，和回忆趣事喜悦与幽默，而且写"我"与老人的感情交流也是自然而感人的。当读到老人向"我"坦述心志，倾吐对毛主席的热爱、对胜利的信心，直到喊着打反动派要"不、打、完、不止"的时候，我们不禁要随着讲述人一起满身热流，感情激荡。作品前面写的黄乎乎平静的河和惹起事故的沙子，在后来又被拿来引发一段感人的抒情描写。老人最后的话振奋着"我"，于是景物的画面在眼前也出现了新的意境；那河"它不仅在动，而且动得很快。现在我才晓得，是河总得流啊，世界上没有不流的河啊"！这里写老人形象的感人，写了讲述人的内心世界，也写了这个老人身上所体现的群众对革命的感情，使人更增加了胜利的信念，更加感到了人民那深厚的永不停息的前进的力量。就在结尾，奋力步行的讲述人又紧呼应着前边交代道：鞋里的沙子不会没有，可是，心里的沙子已经没有了，没有了。由于这里的抒情，那像写意画一样简练、苍劲的老人形象就显得更加余韵悠然。

另外，也可以看到这两篇作品在刻画人物上还有个共同的现象，都是在人物间存在有这样那样的误会或误解，而后来人物真实的好品质打消了另一方的误会或误解。记得曾有人因为那种简单化的作品中也有一类是常套用误会，因而认为似乎写到误会、误解就会联系着简单化。其实，写误会、误解并不一定都是简单化。但是任何艺术手法如果违背生活真实去任意套用，那才是简单化的病根。在生活中，人物会产生误会、误解，在艺术中也就可以写，问题是要写得自然，要符合所反映的生活内容和人物本身的性格。如果说，艺术中那种运用得好的巧合是能从整个艺术形象的必然出发，以偶然的形式来表现人物在新的际遇中的思想、言语、行动，从而有助于揭示人物的性格或性格的新的方面；那么误会、误解也常常与巧合的际遇联系着，在这时人物由种种原因而产生认识上的差误、错觉，并且引起或加强了一些暂时的矛盾。这里也可以是揭示形象、刻画性格、描写人物的天地。既然艺术形象的展开所运用的手法有无生命力在于它是否植根于生活真实，是否是从艺术形象本身所生发的需要，因而，巧合与误会在艺术中的成败，也就在于是否运用适当，是否真实可信；滥用或硬套巧合和误会所造成的艺术上的失败，咎责不在艺术手法本身。这里两篇小说也许在运用上不是无瑕可指的，但的确并没有因为写了误会、误解而使人物减色。这里不是生硬的套用，而是人物形象的展开所自然需要的形式，在这具体的情形下是突出了人物，突出了主题思想。看来这里也说明了艺术形象的刻画，可以有多样的手法，但这些手法总应该是对生活的认识、选材和提炼，与人物的形成交织一起而自然生发出来的，它不是勉强外加上的，而是适合于具体作品的具体的艺术表现途径。

这两篇作品也许并不是近来短篇中最出色的，但至少在写革命历史题材的短篇小说中，算得上是有特色和引人注意的好作品。从其具体内容看，作者能引导读者逐步深入人物，透过一些障碍而看到人物的美好品质，这样去把人物写得有厚度而不简单化的努力，是可贵的。这形象展开的不简单化的过程使人更加深了对人物的喜爱。就说《路遇》里的老农民，在对"我"一番严厉得可怕的盘问之后，又那样淳朴地流露了对革命的感情、对胜利的信念，他的可敬可爱也更是活生生的了。这时老人在讲述者眼里不复是严厉得可怕的人，也不复是丑陋，而觉得他很美，很美。由暂时矛盾的解决，他们有了更深刻的了解，才产生了新的感情。这是讲述者识得了老人那可贵的春风吗？识得春风非等闲，我想，这样的作品从思想内容和艺术感染力来说，都确实值得一读。

（原载《人民日报》1962 年 9 月 30 日）

谈《清江壮歌》

谭兴国

这是一个革命家庭的悲欢离合的故事，也是一个革命者在反动派监狱里斗争、成长、壮烈牺牲的故事。

二十年前，国民党反动派把任远的妻子柳一清连同刚刚满月的女儿抓进了监狱，不久，柳一清被杀害了，女儿被一个工人从刑场上救出来，当成亲生女儿一样抚养成人，直到1960年"五一"节前夕，在党和政府的帮助下，任远才实现了多年梦寐以求的愿望，和他的女儿在人民的首都北京欢聚了；于是，父亲以无限关切和热爱的心情，向女儿，也向每个读者，诉说了自己的妻子、同志所走过的光荣的战斗道路。

这本书，是以1940年冬到1941年，皖南事变后白色恐怖的年代，湖北恩施党的地下斗争为背景，以作者亲身经历的真实故事为线索写成的。书中的贺国威，原型是当时湖北省特委书记何功伟；柳一清，则是作者的妻子、特委妇女部长刘惠馨烈士。马识途同志在今年5月湖北《恩施日报》上写的《告读者》中说："要写点文字纪念何功伟、刘惠馨（一清）两烈士是很多年前的事了，一直没有如愿以偿。……去年（1960年）'五一'国际劳动节前夕在党的关怀和湖北省公安厅的努力下，我在北京与刘惠馨烈士临刑时未满一岁、下落不明的女儿团聚。'五一'狂欢节日，我们父女二人携手漫步在天安门前慈祥和庄严的毛主席像下，看红旗在蓝天迎风飘荡。广场上的人们欢呼雷动……真是百感交集，热泪横流……一种负疚的感觉猛袭心头，我是应该写一点纪念他们的文字了。"就是在这种怀念烈士的强烈的感情冲击之下，作者急切地要把烈士们的英雄事迹告诉读者，于是，提起笔来，饱蘸着血和泪，一气呵成了这部二十几万字的长篇小说。作者曾经谈到，每当提起笔来，烈士们的形象便活生生地站立在自己面前。因而，他来不及冷静地进行艺术构思，也不愿意更多地打破真人真事的局限，像对亲友讲故事一样，以柳一清的活动为中心，描写了在反动派监狱里革命与反革命的一场斗争。那激情四溢的笔调，倾诉出当事人强烈而分明的爱和恨。写到革命者，他抑制不住要站出来替他们放声歌唱或者挥泪痛哭；写到叛徒特务，那犀利的笔锋，漫画式的讽刺，大快人心。这些，都使这部作品，带有较强的政论色彩，具有更多革命回忆录的性质。这部作品在《成都晚报》《四川文学》连载后，受到广大读者热烈的欢迎，书中人物的事迹为他们所景仰、学习。同时，由于作者善于讲述故事，学习了中国古典小说的白描手法，线索单纯，具有章回小说的特点，因而容易为广大读者接受。

自然，发表出来的，还是初稿，在许多方面还显得粗糙。如议论太多，太露，主观性太强，用恩格斯的说法是太"席勒化"了，人物的性格，没有更好地通过人物自身的、带有特征性的动作、细节、语言等充分展示出来。作为长篇小说，它在内容上也还单薄了些，整个斗争没能更广阔地展开。……这是不是由于作者生活不足或者技巧不够呢，我想不是的，主要恐怕是如前所说，作者写作时激情洋溢，不能自已，未能冷静进行艺术构思，拘泥于真人真事而缺少概括加工的缘故。

总之，我感到在这部长篇中，马识途同志在短篇小说中那种娓娓动听地组织故事的才能，细腻、传神地描写人物的手法，幽默讽刺的风格，都还没有得到充分的发挥。但可贵的是，它已经露出成为一部成功之作的征兆了，我们对它未来的命运充满了希望和信心。

全面论述它的优点、缺点，似乎为时尚早，也非笔者力所能及，这里我只打算谈谈它在思想内容上使我感受最深的一点，向我敬爱的前辈马识途同志和读者请教。

一部长篇小说，要能够吸引人，打动人，教育人，经受住时间和群众的考验，必须有自己独特的动向，给人以新的感受和启示：或者题材新，或者表现手法新，或者对生活有新的感受，并通过艺术形象，感染读者，引起共鸣。

写革命狱中斗争的《清江壮歌》，题材是并不新鲜的。长期曲折的中国革命，使多少革命者曾经在反动派的监狱里经受了严酷的考验。狱中斗争的题材，过去的文学作品是经常写到的。如何才能使这个老而又老的题材具有新意呢？别林斯基在谈到艺术家"真正才能的必备条件"——创造性的时候说："两个人可能在一件指定的工作上面不谋而合，但是创作中绝不可能如此。因为如果一个灵感不会在同一个人身上发生两次，那么，同一个灵感更不会在两个人身上发生。这便是创作世界为什么这样无边无际永无穷竭的缘故。""灵感"来自生活，也来自作家对生活的认识和感受。

《清江壮歌》的作者对生活感受最深的是什么？作者写到柳一清为女儿做满月酒时，一个同志对着孩子说："你这个小布尔什维克，看你早早赶来，是要和我们一起革命的样子。"贺国威却说："不，但愿我们这一代把革命的担子挑到头，让他们好好去建设共产主义吧！""把革命的担子挑到头，让他们好好去建设共产主义"，这正是柳一清、贺国威，以及千万革命前辈斗争的目的和意愿。作为他们的后代儿孙，我们应该牢牢记住他们走过的艰难困苦的道路，肩负起他们留下的重担来。我想，这是《清江壮歌》的中心思想，也是作者感受最深的地方。作品通过革命者同志之间，上下级之间，以及夫妻、父（母）子之间的关系，写了他们对党的事业的忠诚，对同志的爱和对敌人的恨；也写了他们情深意笃的骨肉之情，夫妻之爱。两者交织在一起，表现了他们多方面的细微的感情世界，揭示了革命者内在的人性美和人情美。

作品以任远和女儿见面那使人心潮激荡的场面，揭开了长篇小说的序幕；接着，就把革命与反革命的斗争，党内正确路线与错误思想的斗争，革命者自身的成长与改造，和革命者的家庭关系：柳一清和女儿、贺国威和父亲、章霞和童云的关系，糅合在一起。激动人心的篇章，常常出自作者肺腑里发出的对革命者同志之爱骨肉之情的描写。下面我想从几个主要人物的分析，来说明这一点。

先谈柳一清。伟大的革命战士和母亲，这是作者对她总的评价。作为一个知识青年出身的革命战士，她和《青春之歌》里的林道静走过相同的道路：经历了"工业救国论"的转变；也有过和工农群众相结合的思想改造过程。只不过，她出现在我们面前，已经是一个坚强的革命者了。但作为党的领导干部，从不成熟到比较成熟，却是在故事发生的时间内完成的。入狱前，她对陈醒民的斗争，说明她有敏锐的政治嗅觉，一丝不苟的原则精神，但不够老练，不善于斗争，没有摆脱学生时代的幼稚和热情冲动。入狱后，贺国威被隔离开了，领导狱中党的工作便落在她的肩上。开始，她渴望斗争却不知道如何着手，经贺国威提示，她组织狱中支部，开展绝食斗争。尽管在复杂的斗争面前，她有过困难、苦恼，但她能从同志们身上汲取力量，正确领会上级指示，使自己得到提高。例如，当狱外的同志为了她和贺国威决定劫狱，她当时同意了，可是一听到贺国威指示不能劫狱时，一种自责的情绪涌上心头。她不是为自己不能出狱而遗憾，而是检查自己一时冲动，对于党的利益，同志的安危考虑不够。通过狱中的斗争，她慢慢意识到与国民党争夺青年的严重意义，对"青年训练班"采取正确斗争策略，鼓励同志们加强学习，并倾力培养自己的接班人……监狱是战场，也是革命者锻炼自己、提高自己的学校，在这里，柳一清学会了斗争的本领，开始能够独当一面地进行工作了。

柳一清，一个可敬可爱的同志，她对贺国威的敬重，对章霞呕心沥血的培养，对乐以明等的关心和对黄中经的了解，那是何等诚挚的同志之情！然而，如果说，作为革命同志的柳一清，是可敬可爱的话，作为一个多情的妻子和慈爱的母亲，柳一清的形象就更加感人至深了。当作品写到她在危险的地下工作中叮咛嘱咐即将外出的丈夫注意安全、爱护身体的时候；写到她暗暗思念出巡工作的丈夫："现在在哪里呢？他正背着一个小斗笠，穿着草鞋，在那大山的小路上奔走吧？"我们看到了她内心的美丽，一股温暖的泉流，沁满了我们的心田，她牺牲之前写给丈夫的诀别信，那一往情深的爱，更使人回肠荡气："亲爱的人，我们相处不长，却相处得很好，总算不枉聚一场了。现在我们隔着生和死的门限，可是我总觉得你就在我的身边。我晚上睡下，好像仍然听到你的鼾声和梦话，我想推醒你，一伸手，却只摸到冰冷的床板，亲爱的，你现在在哪里呢？我再也不能来问寒问暖了，你要好好保重自己。我希望你抛弃陈腐的道德观念，找到比我更好的女同志和你并肩前进，照顾你，并且和你战斗到胜利。……"看起来好像仅仅是谈两个人间的私事，然而想想他们充满战斗的一生，想想他们是怎样在紧张工作后对"那个日子"的向往，这不明明是建立在共同理想、信念，在生死与共的斗争中，融合着欢笑、悲哀，渗透了相互的血和泪的爱情么?! 它给我们以勇气、力量，去仇恨敌人，推翻吃人的旧世界，缔造幸福的未来。

尤其是柳一清对女儿的爱，更使人肝肠欲裂。那"苦命"的孩子，在这"错误的时刻来到这个错误的世界上"，除了父母的爱，还能向这个残酷的世界要求什么呢？在狱外，紧张的地下斗争没有使柳一清一刻忘掉女儿。在狱中，几次被毒刑折磨昏死过去，醒来，一听见女儿的哭声，便挣扎起精疲力竭的身子，抱起小女，拉开带血的上衣，把干瘪的乳头塞到孩子嘴里去，"孩子每吸一下奶，就像刀子在她的胸口上扎了一下"，真到又一次昏过去，也不愿把奶头从孩子嘴里取出来。

后来，春天来了，一些同志出狱了。"春天，这是多么好的时光，什么鸟儿都要出巢展翅高飞，什么花儿都要把自己最体面的东西展示出来，哪怕一株小草，也要用自己新鲜的绿色，给世界添一点颜色"。柳一清抱着女儿，望着铁窗外枯藤发出的新枝，想着被释出外的同志，也想着女儿，她也要替女儿做一件"漂亮"的衣裳，可是，已经来不及了，当她在敌人的法庭上看到贺国威被五花大绑，知道最后的时刻已经到来了，她不顾一切地摔开特务跑回谷仓，她要最后看一看自己的孩子呵！

柳一清匆匆走进谷仓，看见小女儿正在床上伸腿伸手地玩呢。柳一清轻轻地把小女儿抱起来，亲了一下，叫一声："我的女儿……"她感到自己的热泪就要涌出眼眶来了。她有很久很久没有流过眼泪了，她在被捕的时候，她在受酷刑的时候，她在听到同志牺牲的时候，甚至她被五花大绑起来走上刑场的时候，她都没有流过眼泪。但是现在，她抱着她的女儿来告别的时候，却忍不住了。

难道柳一清不爱自己的同志？不，一个人面对饱经风霜的松柏，不必担心它被风雪摧折，而面对这完全不能保护自己的幼小生命，处在这鬼蜮似的地牢之中，等待她的将是什么样的"命运"呢？谁能不替她担心，谁又能不为柳一清，为天下千千万万英雄的母亲，为人类崇高的、富有自我牺牲精神的母爱，痛洒一掬同情之泪呢？何况柳一清对自己的女儿，早已不只是一般的"生儿养女人之常情"了，她把女儿看成一颗苦难岁月中诞生的革命种子，愿意用自己的血做成肥料，使它发芽、滋长、开花、结果，让这个"小共产党"长大成人跟着爸爸去革命，去完成自己没有完成的事业。这是一个做母亲的责任，也是一个革命者的责任。在这母爱之中，渗透了她对党对革命的无限忠心，寄托了自己的革命理想。作品开始写任远找女儿，也是怀着这种心情，因而他说："假如真的死了（指女儿——笔者注），也就罢了；假如被好心人收养了，倒也好了。但是假如被特务抱去养大，一个革命烈士的后代变成一个反革命家属……这却太糟糕了。"难道这仅仅是"骨肉之情"么?!

因此，当敌人以杀死女儿威胁柳一清写"悔过书"的时候，她经历过失女的痛苦，却毅然做出了抉择："在做一个革命战士和慈爱的母亲之间两不相容的时候，她坚定地做一个革命战士，宁肯牺牲自己心疼的孩子来保持革命气节。"失女的痛苦，只能加深她对敌人的仇恨。最后，她抱着心爱的孩子，昂首走向刑场，代表了所有正直的母亲，向惨无人性的法西斯匪徒做出了强烈的控诉。

贺国威，作为党的一个高级干部，作品对他的描写是比较概念的、失败的。被捕前，他对已经相当露骨的坏蛋陈醒民没有及时处理；被捕后，在敌人的法庭上，在死亡威胁下，在对说客的斗争中，他给人的印象是豪言壮语多于果敢的行动，缺少党的高级干部应有的斗争智谋和领导才能。可是，当作者描写到他和父亲的关系，写这两代人的性格冲突的时候，生活的真实代替了设定的概念，内心的激情，流露笔尖，人物也就栩栩如生了。

敌人千里迢迢从日占区把他父亲接来，企图用父爱去"感化"他变节自首。贺国威坚信自己能闯过这一关，但他绝不愿意自己热爱的老父，风烛残年还为爱儿饱受折磨而痛苦，为自己的安危操心。为阻止父亲到来，他焦灼不安地写了那封慷慨悲歌、壮怀激烈的信；可是，父亲突然出现了，见着那一头白发，听见那撕裂人心的"我的儿呀，看你给折磨成什么样子了"的声音，这个久经革命风霜的坚强战士，在父爱的温情中，几乎失去控制自己的力量了。然而，阶级斗争的残酷现实提醒他：任何一点感情上的软弱都是敌人高兴利用的。于是他清醒过来，揭穿敌人的阴谋，毅然离开了父亲。回到牢里，眼前却老是晃着父亲那一头白发，"儿呀，我的儿呀"的声音，像锥子一般锥着他的心……

　　贺国威幼年丧母，在长期清贫的生活中，父亲肩负了做父母的双重责任，一手把他养大。他从正直、善良的父亲身上，承继了中国进步知识分子的优秀品德，立志做一个有益于世的人。但一个是儒家的"安贫乐道"思想，一个却是马克思主义所武装起来的革命思想，这就是父子两代人在世界观上的矛盾。父亲希望儿子成为一个"安分守己、治病救人"的医生，儿子却走着一条更伟大也是更危险的道路：不是拯救这个那个病人，而要拯救中国甚至"把整个世界放在自己肩上托起来"。老人不理解儿子从事的事业，可依然让他远走高飞，相信他不会做什么坏事。为儿子，他劳苦奔波，磨白了满头青丝；为儿子，他提心吊胆，熬过多少不眠之夜；为儿子，他现在迢迢千里赶来，卷进了阶级斗争的旋涡。他幻想在保全名节的前提下，替儿子找出一条脱身之道。贺国威却清楚地知道阶级斗争是你死我活的，不能有任何幻想。他爱自己的父亲，更爱千千万万劳动人民的父亲，当传统的"孝"的观念和革命利益冲突时，他克制了感情上的痛苦，告诉父亲："爸爸，我对不起您老人家，我是一个不肖子。但是我以身许革命，为了尽大孝于天下人的父母，不得不牺牲对您一个人的孝道。为了忠于国家，不能孝于父母，这就是家国不能兼顾，忠孝不能两全呀。但愿您移爱儿子的心去爱天下的子女……"因此最后，他不是按父亲的愿望，而是按照革命需要，选择了自己的道路。

　　《清江壮歌》大胆地描写了党的领导干部对父亲的情感，写了在"忠孝不能两全"时，他内心的矛盾和痛苦，当他最后说服了父亲，从老人口中说出："我还能替你做点什么事？"共产主义精神不可战胜的力量，得到了有力的高扬，他们父子的爱也在新的思想基础上更加发扬光大了。如果说，作品中贺国威的形象还没有很好地站起来，那不是因为在这些方面写强了，写多了，主要是对于他作为党的领导人的方面写弱了。相反，当作者写到章霞由一个旧社会遭受不幸的普通家庭妇女，成长为一个革命战士的时候，这两方面就结合得很好；章霞的形象，也就显得更真实、丰满、动人。

　　章霞前半生的遭遇，和鲁迅笔下的祥林嫂相似。她出身贫穷的佃农家庭，几岁就被卖给人做童养媳。她最初的愿望只是等丈夫长大后成亲，以为"掌了斗把子"就不再受公婆和社会的歧视了。偏偏丈夫死得过早，这可怜的希望也破灭了，落得一个"扫帚星"的下场，用去给人"冲喜"。封建迷信思想给她精神上以摧残，几十年来牛马不如的奴隶生活给她肉体上以折磨，她憎恨起自己的"命"来。然而，章霞毕竟处在几经革命风暴的三四十年代，当她遇到进步知识青年童云后，新生活的曙光，给了她黑暗人生中一线光明，她对"命运"产生了怀疑、反抗，顽强地学习文化，追求新知识。柳一清的教育，更使她那点启蒙的新思想的火花，炽烈地燃烧起来。她由一个被侮辱被损害的家庭妇女，转变为革命战士，是在狱中完成的。在那里，章霞清楚地看到了革命与反革命的斗争，认识了敌人的残暴，革命者的坚贞，开始觉悟到：妇女要解放，只有起来革命。最后，她光荣地参加了中国共产党，成了柳一清的得力助手和接替人。

作品对章霞入狱前后的思想发展，是写得相当生动、真实的。

被捕前，章霞冒险报信，使任远逃脱特务的追捕，更多还是从个人感情出发的，因为任远是自己丈夫的朋友；被捕后，她并不悔恨，甚至想到能和丈夫经常见面而高兴。她爱丈夫，崇拜丈夫，把他当成自己的救命恩人。最初看见丈夫在狱中表现消沉，她只是从一个妻子的角度替丈夫的健康担心；从党外人的角度，设想"这也许是党的规矩，坐牢只能有这样的态度"。贺国威第一次叫她交给柳一清一封信，她卷起来，放在贴身的汗衣小口袋里，不愿给两位同室的女友看，因为"从丈夫那里知道这个常识，她无权把这种秘密文件给别人看，连自己也不能看"。这些都符合她那善良、朴质、敦厚而缺乏政治斗争经验的家庭妇女的心理。不幸的一生，使她对党有一种自然亲近的感情，一当得到党的教育，便以崭新的共产主义战士姿态出现了。这，从狱中两次单独与童云的见面，可以清楚地看出来。

第一次单独和童云见面，她怀着欣喜若狂的心情，像一个孩子迫不及待要把自己内心的喜悦告诉母亲，她向自己最亲爱的人说："我入党了，我做柳一清的同志了。"多么希望从对方那里得到鼓励、帮助，哪怕一句赞扬的话也是好的。呵！她怎么能设想，自己曾经那么崇拜的英雄，竟是一个向敌人自首的懦夫呢！童云是怀着又渴望、又惶愧的心情去与她见面的。他也不曾想到，那曾埋怨命运的"扫帚星"，居然"在这个时刻"入了党。"时穷节乃见"，在严重的考验关头，他们思想上分野了。尽管章霞仍像以前一样爱童云，童云也像从前一样爱章霞，这思想的分野却像无形的壁障，使他们再也不能拥抱在一起，不能赤诚相见，共同走完曾经相许的道路了。在这场矛盾冲突中，共产党员的章霞已初露锋芒，从精神上压倒了对方。

最后一次见面，童云在章霞的鼓励、帮助、爱护之下，开始了回头的第一步，向章霞说出了自首的真相。可是，童云毕竟是童云，一个软弱的知识分子，他曾经用理想的火把照耀别人前进的道路，而自己却在中途倒了下来。他没有勇气更进一步认识自己的错误，没有走完回头的路，就凭着个人的复仇心理，与特务私自拼了。通过这次见面，作品最后完成了章霞由一个普通家庭妇女到革命战士的成长。知道童云叛变，她没有一点感情上的牵连，狠狠地打了童云一耳光，断然否认童云是自己的丈夫，并且事后主动向柳一清汇报了童云叛变的事实。这是她坚强的党性、原则性的表现。而当他听说了童云自首的经过，自首后并没有做过对党不利的事，听到童云和特务拼命、被害的消息，她痛哭了。这一哭，有多少复杂的内心活动呵！是心酸、痛苦、同情、自责……童云既已自首，就不再是一个共产党员，章霞也不再要这样的丈夫；然而，童云毕竟不是敌人，不是坏人，最后还有初步的觉醒。童云是令人同情的，他的悲剧，在于他世界观的不坚定，懦弱的性格；何况对章霞来说，他们还是共过患难的，还是她步入社会的第一个引路人！作品没有把章霞的思想感情简单化，而是深深地挖进了她感情深处，揭示出它所包含的深刻的革命人性和人情来。

《清江壮歌》说明：骨肉之情，夫妻之爱，这些所谓"人之常情"，并不是什么出乎"人的本性"的，超阶级的，永恒不变的东西，它不过是人与人之间的一种关系在意识形态上的反映而已。在阶级社会里，它总是被打上阶级烙印的。资产阶级有资产阶级的骨肉之情、夫妻之爱，无产阶级有无产阶级的骨肉之情、夫妻之爱。想柳一清对任远、对女儿的感情，贺国威对父亲的感情，章霞对童云的感情，不也是他们对革命事业的感情的一种表现形式吗？"人性论"者抹杀它们的阶级内容，把它们强调到至高无上的境地，取消阶级斗争；无产阶级肯定它们的阶级内容，使它们服从于无产阶级的事业。

现在是应该更好地区别革命的人性、人情和资产阶级的"人性论"、"人情味"的时候了。我们反对后者，却提倡前者。无产阶级是最有人性的、最懂得人情的，他们代表了最大多数人的利益，为了人类最终能够消灭阶级，消灭人吃人的社会制度，可以牺牲个人的一切。他们也最能爱自己的妻子、丈夫、父母、子女，因为这种爱，有崇高的目的；因为这种爱，和无产阶级的事业交融在一起。封建统治者提倡"养儿防老"、"为子报恩"，为了生儿育女接续香火后代而服从"前世姻缘"；资产阶级"使人和人之间除了赤裸裸的利害关系即冷酷无情的'现金交易'之外，再也找不到任何别的联系了"（《共产党宣言》）。只有无产阶级才能把这种爱建立在大公无私的基础之上，是最崇高、最博大的爱。

社会主义的文艺创作，应该教育人民懂得资产阶级所宣扬的人性人情和无产阶级的人性人情的区别；教育人们懂得爱，善于爱，懂得恨，也善于恨；懂得如何把对自己亲人的爱和对人民的爱结合起来，把对人民的爱和对敌人的恨结合起来。这对于培养人民新的道德品质，不但是应该的，而且是必须的。

《清江壮歌》是一首对无产阶级人性和人情的赞歌。

（原载《四川文学》1962 年第 11 期）

《清江壮歌》漫评

——兼谈小说修改本的得失

林亚光

　　马识途同志的长篇小说《清江壮歌》重印出版了。这部小说最初在《四川文学》1961年7月号至1962年7月号连载发表，受到广大读者和文艺界的热烈欢迎。后来，经作者修改，于1966年4月由人民文学出版社出版。可是，谁也没想到，这部发行刚一个来月的小说，就与其他许多优秀作品一样，在"文艺黑线专政"论的大棒下，被打成"大毒草"，作家马识途同志也受到重重"围剿"和迫害。因此，修改后出版的《清江壮歌》，广大读者实际还来不及看到，就被打入冷宫。时间一过十三年。《清江壮歌》如今得以重见天日，这实在是一件令人高兴的事。

　　《清江壮歌》描写了1904年冬至1941年间，在国民党反共逆流高涨的情势下，湖北某地区我地下党组织遭到破坏，被捕入狱的革命者与反动派展开惊心动魄、坚韧不拔的斗争的故事。作家怀着强烈的爱憎，深刻地暴露了敌人的凶残愚蠢，热情地颂扬了共产党人的大智大勇，为革命先烈雕塑了一块闪烁着光芒的艺术纪念碑。

　　《清江壮歌》塑造了几个革命者栩栩如生的艺术形象，其中给人印象最深的是柳一清。柳一清是地下党特委的妇女部长。她既不同于《红岩》中的江姐、孙明霞，更有别于《青春之歌》中的林道静，而有着自己独特的经历、命运和个性。作者从生活出发，严格地按照人物和生活本身的逻辑，从不断的发展变化中展示人物性格和思想感情。作者始终没有忘记柳一清既是坚强的革命英雄，但同时又是一个充满青春活力，不断成长中的二十多岁的青年和年轻的母亲。书中通过她对丈夫、孩子情深意笃的爱恋体贴，以及在不同场合对公开和隐蔽的敌人进行斗争的表现，比较真实鲜明地刻画了她的性格特征和音容笑貌。此外，特委负责人贺国威和童养媳出身的女战士章霞的形象，也较为生动感人，注意了写人物性格的发展变化。

《清江壮歌》情节曲折生动，有较强的故事性，许多章节具有传奇色彩。这是小说的一个显著的艺术特色。

小说开卷任远寻女的事，本来只是开场引子，但作者也不是走过场地做个交代了事，中间插入假相识，又碰上特务陆胜英化名潜伏，不知去向。好容易找到了，他又突然自杀断线，这样就使本来就有趣的父女重逢的故事更具诱人力量。小说进入正式回叙后，从贺国威当机立断布置疏散，陈醒民自投陷阱出卖灵魂，贺及柳与敌周旋不幸被捕，到陈醒民披"红"上阵狱内兴妖，贺国威"勾挂"来顺试陈逗陆，柳一清傲对刑讯失女复得，一直到易师白变幻多端白骨现行，劫狱时山歌变换调虎离山……环环相承，紧扣人心。同时，线索集中，叙述清晰，不事冗长的心理描写和静态景物描写，具有我国章回小说的某些特点。

《清江壮歌》另一个显著的艺术特色，是具有抒情性。作者敢于接触人物的情感世界，真实地抒写人与人之间复杂的感情关系。如贺老先生对贺国威的父子之爱，任远与柳一清及章霞与童云的夫妻之爱，柳一清与章霞的同志友爱，特别是柳一清对女儿的母爱，等等。

但是，在"文化大革命"中，小说的这些感人的抒情描写统统被加上"宣扬资产阶级人性论，人情味"的罪名。这种诬陷不实之词应当彻底推倒。怎么能用"写人性人情＝人性论"的谬论来否定文艺中的感情描写呢？比如柳一清与任远都是二十几岁的青年，在艰险的斗争中，离别时冷暖叮咛，重逢时柳一清那女性的矜持，深情的嗔责，等等，不正是革命的爱情流露吗？又如，柳一清对出世刚一月就被抓起来一起坐牢的幼女，倾注了她全部的母爱。在这种慈爱中，又倾注了对为革命奔波的丈夫的深切怀念和对革命理想的坚定信念，同时也充满了对敌人的无比仇恨和蔑视。柳一清受酷刑后血泪哺婴的情景，感人至深。这是伟大母亲的自我牺牲，是革命人性美的绝唱。如果这些人情、人性描写都成了"人性论"，那么，难道要英雄们像敌人污蔑的那样"寡情绝义，六亲不认"，才叫作"无产阶级"的"革命性"吗？正因为柳一清、贺国威、章霞都是热爱生活和对人民对亲人充满真诚感情的人，他们才能勇敢地为人民为亲人舍身奋斗，他们舍己为人的自我牺牲精神才更可贵。

我们的文艺作品应当反映生活和人物思想感情的丰富性、复杂性，大胆描写人物的内心世界。资产阶级人性论当然要反对，但那种把一切感情描写都视为异端，企图从文艺中逐出的谬论，绝不是无产阶级的"阶级论"，恐怕是比"人性论"更为反动陈腐的中世纪封建专制的禁欲主义、蒙昧主义类似的货色。正是这种反动谬论，长期以来对我们的文艺创作危害甚大，至今仍然值得引起我们的注意和警惕。

《清江壮歌》的思想意义和艺术成就是多方面的，是比较深刻、丰富的。上面所谈点滴感受，当然是粗浅的，有待于大家进一步分析讨论。下面，我还想着重谈一谈《清江壮歌》的出版本（1966年版本和1979年版本基本相同）对于《四川文学》上的连载稿所进行的修改的得失问题。马识途同志在1966年出版本的《后记》中说："一部作品出版了，马上就成为社会的公共财产，每一个人都有权力来要求修改，参加修改。"我仅提一些不成熟的看法，以求教于作者和广大读者。

修改本对原连载稿的加工、改动和充实，在许多地方是好的，是质量有所提高。如陈醒民叛变以后的情况，连载稿写得较浅露，情节发展到狱中斗争后，他基本失去作用了。现在改为他以"红旗"姿态"入狱"，引起了贺、柳对他反复考察的许多精彩描写。章霞入狱过程的描写也比原稿扩展、充实了。易师白入狱情节更曲折，构思巧妙。最后一章写武装劫狱，也是好的。此外，修改本删节了原稿一些冗长议论，语言上也剔除了一些芜杂成分，这些都是应该肯定的。

但是，出版本也有些删节、修改，我以为未必是成功的。主要表现在两个方面：

其一，出版本把连载稿中几个主要人物的许多感情描写删改掉了，因此整部小说篇幅虽增加了近三分之一，抒情色彩却大有削弱，甚至使人物有时变得不近情理，难以置信了。譬如贺国威与老父狱中意外相逢一场，本来是展现贺国威性格的极好机会，贺国威自己也认为对他的感情是个"难关"。连载稿既写了以他坚定的革命气节闯过这道"难关"，又真实细腻地描述了他对处于风烛残年的老人的赤子之爱和颤动的感情，写得血肉饱满，情真意切，撼人心弦。但两个出版本中，对这场生死诀别的会见，贺国威几乎无动于衷，他始终"那样凛然不动"，那样"冷静"，对父亲冷冷地说了句"您看到儿子，您就回去吧"之后，就"直挺挺地"、"霍然转身"，"横眉立眼地"命令特务："送我回牢房！"这样的修改真令人失望。第二次父子单独会见，出版本中的贺国威同样没有任何感情流露，只是一个劲地向老人讲大道理。在离开父亲后，连载稿中写到贺国威眼前老是晃动着老父那"一头白发"，那"凄苦的面孔"，勾引起他心头"很大波澜"，然而在两个修改本中，这些感情波澜都不在了，却写道：

> 贺国威回到自己的牢房后，努力排出脑子里的杂念，并且认真地检查自己的行为，有没有不妥当的地方。

这就是说，连读者还不清楚感情"杂念"究竟是什么，人物的感情还没有丝毫流露，就已经在"心有余悸"地做检讨了。

值得注意的是，修改本对贺老先生见到儿子受难时的感情描写，如"老泪横流"，"全身抽搐"等，还有所保留，而贺国威似乎成了无悲无爱无泪无情的儿子。这好像在说明：人物愈革命，愈先进，党性愈强，就愈不应该有感情流露似的。

又如柳一清写给任远那封震荡肺腑的诀别信，在连载稿中既写下了对革命的忠贞，也倾吐了对爱人的怀念，两者相得益彰。信中有这样一段：

> 现在我们隔着生和死的门限，可是我总觉得你就在我的身边。我晚上睡下，好像仍然听到你的鼾声和梦话，我想推醒你，一伸手，却只摸到冰

冷的床板。亲爱的，你现在在哪里呢？我再也不能来问寒问暖了，你要好好保重自己。我希望你抛弃陈腐的道德观念，找到比我更好的女同志和你并肩前进，照顾你，并且和你战斗到胜利。

铁骨柔肠，感人泪落；至美人性，石破天惊。但遗憾的是，1966年版本把这段爱情流露从"我晚上睡下……"起全删去了。而到了1979年版本中，则连柳一清原信中写到对未来的向往时回忆她当年与任远共同渴望"那个日子"到来的这一段情意脉脉的话也全部删除了。关于两人之间的关系，两个版本中都改换成这样的话：

> 我总觉得你还是那样无所畏惧地举起呼啦啦响着的红旗，奋勇前进。亲爱的，更奋勇前进吧，但是你要好好的保重自己呀！

这样，感情的激流被标语口号替代，妻子写给丈夫的诀别信几乎跟一般同志之间的信无所差别了。不过稍感庆幸的是柳一清对女儿的抚爱，修改本是大体保留下来的。

我认为《清江壮歌》连载稿对上述人物感情的描写是成功的，值得充分肯定的，反映了作家敢抒革命之情的勇气。而两次修改出版本则束缚多了起来，框框和顾虑也多了起来。周总理在谈到电影《达吉和她的父亲》时曾说："导演的手法使你想哭而哭不出来，把你的情感限制住了。……我们激动得要哭，而银幕上的人却别转身子，用手蒙住脸，不让观众看见她在流泪。思想上的束缚到了这种程度，我们要哭了，他却不让我们哭出来，无产阶级感情也不是这样的嘛！"读修改本《清江壮歌》感到人物经常也用手把脸蒙住了，把心也蒙住了，不让我们哭，不让我们悲，不让我们动情。

其二，修改本对童云这个人物动了大手术。连载稿中，写童云由于软弱动摇，在敌人阴谋前受骗上当而画押自首，自首后十分矛盾痛苦，悔恨交加，又无勇气向党坦白，陷入精神分裂。但他变节后没有做出卖同志的坏事，后来向妻子章霞吐出真相。最后又用个人复仇手段打死"红旗特务"，他自己也在高呼"中国共产党万岁"口号中被狱吏击毙。

在两个修改本中，则把童云写成被敌人诬陷为"叛徒"的受屈者。他虽幼稚，有过错误，但关键时刻都站稳了立场，最后与特务搏斗，击毙特务而牺牲，不愧为英雄，这样读者面前就有了两个童云。与此相仿，连载稿对章霞的许多细微复杂的感情描写也被修改本删掉了。

应该说，修改本里的童云也有一定性格和特定的教育作用。但比起连载稿中的童云来，问题单纯多了，简单化了。对连载稿中的童云应如何评价，狱中革命者有争论，读者也会有争议，但这并不是什么坏事，正反映了作者敢于塑造一个性格复杂的人，绝非除了英雄就是坏蛋，除了敌人都是革命者。任何人的头脑也绝非铁板一块。即使是叛徒，叛变的原因、情况，叛变后的表现也千差万别，绝不能一律对待。文艺有责任帮助人们认识各种纷纭复杂、矛盾交错的生活现象，而不能把现实本身复杂多样的人与事简单化。但修改本在改动原稿中童云形象时，却采取了避繁就简，舍难取易的办法。同时，改动后的情节，不少地方真实性也值得研究。如：敌人既然把童云当作"叛徒"，公开树为"标兵"，一再号召效法，为何却一直把他关在狱中，与囚犯一视同仁？敌人会这样"疏忽"吗？又如，难友都已认定他是出卖革命，出卖同志的"叛徒"，为何能长期容忍他，仅仅疏远他而不像对待陈醒民、易师白那样一经发现就立即审判和惩罚他？革命者会这样"宽容"和麻木吗？从童云本身而言，他受委屈而万分痛苦，但长期整日与难友相处，难道真的找不到一个人、一次机会解释真情，揭露敌人的阴谋吗？他竟会"糊涂""窝囊"到如此地步吗？牵一发而动全身，童云的大改动使敌、我和童云三方及其相互关系都有些扶得东来西又倒之感。因此，连载稿中的童云是写得更真实也更有认识和教育作用的人物。作家当然完全有权自由修改自己的作品，但究竟改得怎样，却是可以探讨的。从《清江壮歌》连载发表的 1961 年、1962 年，到修改出版的 1966 年，正是文艺上"极左"思潮愈演愈烈的时候，正是不分青红皂白地把"一切都套上'人性论'"（周总理语），到处都草木皆兵地批判"人性论"的时候，同时，也正是愈来愈简单化地要求文艺成为"阶级斗争的工具"，要求从"英雄斗坏蛋"的壁垒分明的"阶级斗争阵线"的模式出发来图解政策概念的时候。在这种气氛下，作者落笔难上难，帽子随时会飞来。《清江壮歌》修改中我以为并不成功的两个方面，是否与此无不关系呢？如果如此，那就不是任何个人的得失或责任问题，而是我们文艺曾经走过来的道路上共同需要总结的经验教训了。

（原载《四川文学》1980 年第 2 期）

《巴蜀女杰》

彭长卿

马识途同志曾告诉中国青年出版社副总编王维玲："张露萍等人平反以后，我激动得不得了，引发了我的创作激情。出于政治责任感，我应当表现他们，有一种无形的力量在推动着我，使我来不及酝酿成熟就动笔写了起来，因为我熟悉地下斗争生活，了解地下党人，知道他们的心灵，所以比较顺畅地把这部小说写出来了。"这部小说即《巴蜀女杰》。(中国青年出版社1986年出版)

这是马识途同志继《清江壮歌》之后的又一部描写地下斗争的长篇。作者怀着对英烈的无限敬意，以烈火般的革命激情，真切地描绘发生在敌特机关的革命与反革命的一场生死搏斗，谱写了一曲共产党人革命气节和高尚情操的赞歌，读之，使人衷肠炽热，血液沸腾，雄心壮志昂扬而起。

《巴蜀女杰》虽然有惊险的故事、曲折的情节，但并不单纯以此取胜，作者仍然集中笔力在写人，特别是集中笔力在写主人公张萍，写她的成长、斗争和牺牲，以及她的爱情和家庭生活，特别是她所进行的特殊斗争。她自始至终没有在敌人面前暴露自己，在监狱也没有急于找监狱支部表白自己，直到牺牲时还不能以一个共产党员身份去死，还披着特务的皮，以致她的死长期不为人们了解。这是她与过去英雄人物重要不同之处，也是她精神境界高尚之处。

全书可分为两大部分：到南方局前着重写她的成长、转变过程。她怎样从为"谋一个好饭碗"埋头读书到投身学生爱国运动、走上革命道路，怎样放弃喜好的艺术生涯而到无线电班学习技术，怎样从过分的天真、热情转变得成熟、老练。到南方局以后着力描写张萍打入敌营之后，与群魔所进行的尖锐复杂的斗争。

这部小说善于通过引人入胜的故事、富于传奇色彩的情节突出人物的性格。张萍一进军统无线电训练班，作者就竭力渲染班里的紧张气氛和法西斯"家规"。在这个鬼蜮肆凶的魔窟里，她成功地进行了两场惊心动魄的斗争：一是机智巧妙地利用军统与中统的矛盾，借军统之刀诛灭中统特务石槐；一是经受敌人假枪毙的考验。这两次斗争生动地勾画出张萍大智大勇、临危不惧的英雄胆识。假枪毙的结果她不仅转危为安，而且得到特务头子们的称赞，被视为"好学员"，连老奸巨猾的戴笠对她也刮目相待。对一个共产党员来说，她的确没有辜负组织信任，经受了严峻的考验。打入敌人电台，获取重要情报，是南方局从延安要回张萍的最终目的，也是张萍的主要使命，如何写好张萍在军统电台的活动至关重要。然而如果把张萍的活动局限于电台范围，老是写她与张蔚如何发报、译报，情节就会枯燥无味，人物的性格和思想境界就难于揭示深透。作者在写作中意识到了这点，他没有把人物的活动囿于电台之内，而是借张萍长得漂亮、善于交际、惹人喜爱，又经受过考验，特务头子企图把她培养成高级交际花、国际间谍，经常带她到上层社交场所等情况，把人物的活动从电台扩展到社会，把情报工作与社交活动连成一气。用相当笔墨去描写她如何利用自己在特务眼中的"价值"，努力克制自己内心的厌恶，参加进群魔乱舞之中去，从探听到的形形色色的新闻中，滤出有价值的情报来，震惊国民党巢穴，教蒋介石头疼的"蒋介石派军统到上海接来南京的汉奸伍开星共议降日反共"的消息，就是她从这种臭气熏天的场所获悉的。从唱歌、下棋、打桥牌、跳交际舞等活动中，我们看到了张萍不卑不亢、自尊自重、含威而不怒的高格，聪颖机谨、智勇非凡的性格，以及强颜欢笑的内心痛楚。

小说还善于抓住典型细节描写来活画人物性格。张萍被押送到歌乐山中美合作所后，在监狱里感到特别疲倦，倒在地铺上酣睡了几个大觉，以致连看守特务也怀疑她也许只不过犯了点"家规"，不一定是共产党。这是极精彩的一笔，既是对她张而无弛的生活的生动描写，又是对她内心世界的深刻揭示。因为这时她要做的、能做的事情都做了，信送出去了，联络站的同志疏散了，南方局保住了，要给张蔚、冯庆等同志交代的也都交代了，剩下的仅是她个人的安危，而对此她早已置之度外，所以她放心地酣然大睡了。通过这一细节描写，人物的内心世界赫然呈现，如见其肺肝。

作者没有忘记张萍毕竟是一个活生生的年轻女性，在描写她英勇悲壮一面的同时，还以细腻的笔触写了她与黎木的炽热的爱情，令人羡慕的小夫妻生活，增加人物的真实感和性格的丰富性。夫妻俩离别前夕，沿着延河散步时有这样一段对话：

> 黎木轻轻地叹了一口气说："……我没有想到，幸福来到我的身边是这样的突然，而离开我，也是这样的突然，但是，我还是高高兴兴地送你上路。"
>
> 黎林（即张萍）听后，不无感伤地说："个人幸福也许从此失去了，可是说不定最大的幸福在等待我们呢。"
>
> ……
>
> 黎木说："我想我们将来总有一天会见面的。但愿我们都没有死，也没有谁做了叛徒。"
>
> 黎林："我自信不会做叛徒，不过也许我会走在你的前头。如果是那样，我只望你来到我的坟头，给我放一束鲜花，但是不准你流眼泪，坐一会儿就赶快回你的战斗岗位上去……"

这些情切意深、慷慨悲壮的话语，流露出两人的伟大襟怀和崇高气质，读之，令人顿起易水送别之感。

在艺术处理上，还应该提出的是：这部小说虽然取材于真人真事，却又能从真人真事中摆脱出来，所写的人和事虚虚实实，以虚为主。如书中写了张萍借到中美合作所参观、跳舞的机会探听情报，以后又被关在中美合作所等情节，而实际上是中美合作所建于 1943 年，革命烈士张露萍被捕时中美合作所尚未建立。作者有意识把张萍的活动往后推到中美合作所建立以后，以揭露中美合作所的罪行。而在写中美合作所时，凡《红岩》中写过的就避开不写，《红岩》没有写的多写详写，所以《巴蜀女杰》与《红岩》虽可属于同类题材小说，但别具一格，人物、情节皆不雷同，读起来并无"似曾相识"之感。

（原载《当代文坛》1987 年第 1 期）

清江流域的英雄叙事

——读马识途的《清江壮歌》

杨尚梅　杨奕蓉

　　清江流域地处鄂西南，在新民主主义革命时期，由于地缘邻湘连黔、毗接川东，革命力量十分活跃，革命文化积淀尤其深厚。革命文化，"对于人民大众，是革命的有力武器"，"在革命前，是革命的思想准备；革命中，是革命总战线中的一条必要和重要的战线"。① 因此，在这块土地上参加过革命的人民大众和知识分子，总是自觉地凭借他们的创造才能，将其革命斗争人物及其事迹转化为审美文化。他们或用诗词、歌曲，或用故事小说，把革命文化进行艺术外化，一面作为巨大的革命精神力量鼓舞人们的斗争，一面又作为宝贵的革命精神遗产教育后人，一面还为后来的艺术工作者提供将革命文化语境转变为审美文化语境的经验。马识途于 20 世纪 60 年代前期创作的《清江壮歌》和陈本华于 20 世纪 90 年代创作的《陆城烟云》应该是对清江流域革命文化进行艺术传达的力作。《清江壮歌》是一部清江上游抗战时期革命共产党人的正气歌，《陆城烟云》是一部抗战时期清江下游各派政治力量在这一区域较量的形象记录。笔者试想通过对这两部作品及其他一些文艺作品的艺术分析来发掘以审美

---

① 《新民主主义论》（1940 年 1 月），《毛泽东选集》（第二卷），人民出版社，1960 年 9 月第 1 版，第 701 页。

形态出现的地方革命文化信息，来探寻反映本域生活的文艺作品与本地文化，尤其与本地革命文化的内在关联性。如果进行顺利，应该是一个小的系列。首先以解读《清江壮歌》开启这一尝试。《清江壮歌》最初在《四川文学》1961年7月号至1962年7月号连载发表，受到广大读者和文艺界的热烈欢迎。后来，经作者修改，于1966年4月由人民文学出版社出版，还没来得及与读者见面，就被莫名其妙地打入冷宫。1979年2月，《清江壮歌》重见天日，仍由人民文学出版社再版。本文解读是以再版版本为据。

"父亲"与"儿子"演绎：政治化情境的规约

《清江壮歌》是以"父亲"的身份，"父亲"的视角和"父亲"的口吻，写给新中国青年的"革命教科书"。它的故事情节框架，是以革命的共产党人为中心，父寻子现，父子团圆，以今追昔，首尾圆合。情节过程是"父亲"向女儿讲述，女儿倾听"父亲"的讲述。父寻子，是故事之因，父教子是故事之果。"故事"叙述什么，如何叙述，权力全在于父亲（"任远"）。小说的叙述话语，即为"父亲"的权力话语。小说的创作动机及主旨，由父亲的权力话语来蕴涵。既然如此，笔者拟首先以小说中的父子问题为线索，来阐述读者以为然而作者未必然的认识与理解。小说最有人格力量和魅力的是那些出生入死的"父亲母亲"，即为人民群众的解放斗争事业而敢于牺牲的共产党人。

"父子"重逢是情节的引擎。由于开卷，任远寻女，生事运文的驱动，一下子就把读者引入曲折生动，富于传奇色彩的叙事语境之中。

革命战争年代，骨肉分离，是革命者身不由己，迫不得已之事。革命胜利后，骨肉重聚，是幸存革命者的期望之事、惊喜之事。父母寻子在作者创作这部小说时期的现实生活中是一种较为普遍的现象，如在老一辈革命家毛泽东、刘少奇身上，就分别发生过。作者如此开头，可见当时的生活现实、社会心理、审美心理对创作具有多大的影响。然而，一"父"认多"子"，一"子"认多"父"的情景，却是马识途的别具匠心。这种极有新意深意的巧妙虚构，应该算是对中国文学史上父子问题描述的一种超越。

作者在小说中叙写了三组父子关系。这三组父子关系传达了作者艺术构思的双重动机。显在的、表层的动机是讴歌作者的战友，即共产党人革命先烈的崇高品质；隐在的、深层的动机，是以革命前辈为榜样，形象地提出：教育后代承志继业、接力接班，应成为父辈这一代人的自觉。

按照雅克·拉康的观点，父亲有三种形式。第一种是想象态父亲。（尚在襁褓中的婴儿，对父亲有若有若无的印象。）第二种是真实态父亲。（这种父亲属"实在"范畴，为客观历史的一部分。）第三种便是符号态父亲，即"父之名"，完全属于语言范畴。儿子进入语言世界，利用自己的创造力塑造出一个父亲的名或名义上的父亲，以寻求"父之名"来帮助自己。[①] 代父是"父之名"的一种形式，这是中国社会的一大特征。所谓代父是指生父不在或无力行使责任时，取其位而代之，或临时替补的养父、伯叔、兄长、邻人等，代父不是名义上的继父角色，而是帮手，即导师或引路人，其数目可以不限一人。在传统中国社会，孤儿的成长往往取决于代父的作用。孤儿之"孤"，不一定指丧双亲，而可以引申指父母未能尽其责而失却父母保护等。

雅克·拉康所说的三种"父亲"形式，在《清江壮歌》里，有着不同程度的存在。"真实态父亲"与"符号态父亲"这两种形式在小说中有很大的比重，而"想象态父亲"对于生离死别的"孤儿"来说，也是当时的一种客观实在。

作者在小说中叙写了三组不同意义的父子关系。

首先展示在读者面前的是以故事的讲述者任远，这个"真实态父亲"、"符号态父亲"（含"代父"）与失去"父母"的烈士子女伍春兰（失母）、张元青（既失父又失母）、贺小威（失父）确认、重逢、团聚的故事。

任远在寻找柳一清遗孤的过程中，经党组织和许多政府部门的帮助，最先找到的是他和柳一清的战友童云、章霞之女，那个二十一岁正读工专的张元青。张元青是一个严格意义上的孤儿，一岁多就失去自己的父母，但自己却一直不知道，后来听说妈妈是烈士，就一直在心中做着寻找爸爸的梦。她是由"代母"（一个没有什么亲情的"奶奶"）带大，后由"代父"（民政局）收养，送入子弟学校。由于她爸妈入狱，任远收养过一阵。这次重逢，任远毫不

---

① 参见童庆炳等著《文学艺术与社会心理》，高等教育出版社，1997年7月第1版，第298页。

犹疑地决定，先承认自己就是她的爸爸。而张元青也"认定已经找到了自己的爸爸"。第二个寻找到的是伍春兰，这个才是任远与柳一清的女儿。她出生刚一个多月，就随母亲柳一清入狱。母亲走上刑场时，她被敌人丢入草丛，由农民伍忠良、汪贞拾起收养，自己的父亲是啥模样，唯有婴儿时期的"想象态父亲"。第三个找到的是贺小威，他在"尾章"中出场，与伍春兰同在北京工业学院一个年级里学习。在任远眼里，他简直就是贺国威的"翻版"，确认之后，随即高兴得"不顾礼貌地大叫""贺小威也算得是我的儿子"。见周围在场的人莫名其妙，任远才对贺小威解释："你知道吗，你的爸爸被国民党特务逮捕的时候，你的妈妈刚生下你，简直没有地方好安顿，我就只好叫你冒充我的儿子，由你妈妈带到我的老家去，在那里住了好几个月。你看，你总算得我的一个儿子了。"这组"父子关系"的设置，是贯穿小说的主脉，它使整个故事结构紧凑严密，"引子"和"尾章"紧相呼应，极有效地实现了结构上的开阖功能，叙事的动力功能和补充功能。"团圆"的结局，使读者走出回叙的悲壮氛围，进入风和日暖的欢乐空间。

任远与张元青、伍春兰、贺小威形成了一"父"多"子"和一"子"多"父"的格局。这种"符号态父亲"共有四层内涵，即血缘之父、教养之父、道义之父、阶级之父，被赋予超越血缘之亲进入阶级之亲的境界。关于"伍春兰"的"所有制"问题，作者借小说中的人物燕侠之口说出："她是革命的女儿，我们大家的女儿，连我也有一份。"任远也承认说："她是全民所有制的，是我们大家的女儿，现在被党培养着，将来去为党工作。"认张元青为女儿，任远恐怕传统的父子关系不容，辩解说："不能说我找错了，也不是冒认，章霞和童云的女儿应该是我的女儿，就是我的女儿。"在任远身上，"父亲"这个概念已被"阶级化"了、"党性化"了。在"子女"看来，他们已属于阶级、属于人民，找到了"父亲"，也就找到了他们应该继承的革命传统和为革命事业献力献身的精神信仰。"父子认同"是作者正要表现的一个基本事实，革命先烈为了革命，家庭可离、子女可舍、热血可洒、头颅可抛。对革命者来说，是人性与党性的交融与统一，还是冲突与分裂，并不取决于他们本人，而取决于他们所面临的问题情境。父子认同的纽带，是革命的历史和阶级的营垒，同时，也是当时政治化语境的规约。20 世纪 60 年代，是革命老一辈希望革命后代继承先烈遗志、接力接班、确保红色江山坚如磐石，殷之切切的时代。作者通过他的创作即"英雄叙事"使他成为那个时代忠实的代言人。在作者的笔下，"小字辈"伍春兰、张元青、贺小威他们都在享受工科高等教育，不但在外形上酷似他们牺牲的父母，而且在精神气质上也似是他们的"复活"与"翻版"。

以贺国威为核心的"父子关系"是一种新型的父子关系。这种父子关系令人想起高尔基笔下巴威尔与尼洛芙娜的母子关系。贺国威牺牲前，任鄂西地下特委书记。他七岁丧母，由父亲把他拉扯成人。他的父亲是个乡村中医生，秉性正直，讲求道德骨气。"父亲"原初不希望儿子做一个安邦治国之才，只图子继父业，在乡村做一个安分守己、治病救人的医生。为此，他把儿子送进私塾，学了几年文化，然后，又安排儿子到省城一家中药铺去做学徒，接着，他继续为儿子创造继业条件，迁居省城挂牌行医。贺老先生是一个善于教子、殚精竭虑、极负责任的父亲。没料到，儿违父愿，参加工人运动，不图治病救人而图治国救人。贺老先生明白自己的儿子所从事的是一种危险的职业。大革命处于低潮，作为父亲，他不但没有去阻止儿子的选择，反而表示更多的同情与担心。"他从来不在他的儿子面前摆出父亲的威严架子，总是轻言细语地，像和儿子商量一样"。抗战时期，儿子要到一个遥远的农村去做抗战工作，这位父亲深知自己的儿子，已再不是由他呵护的小雏，而是一只矫健的鹰。对于这样一位深明大义的父亲，作者对他的刻画并未停留于此，而是进一步把他置于从传统的父亲向革命者的父亲转型的矛盾焦点上。敌人把贺老先生从武汉千里迢迢地弄到鄂西，企图利用传统伦理道德意义上的"父子关系"劝儿投降。为了粉碎敌人胁迫父亲的阴谋，贺国威针锋相对采取三条对策，一是通知外面派人阻止父亲，二是万一面对风烛残年的老人，自己必须钢铸铁打，必要时甚至决裂，三是反说服，争取得到父亲的帮助和支持。在由尖锐的敌我冲突而派生出来的这场父子冲突中，贺国威两眼发光，脸色冷漠，脚步坚定，大声斥问。忠孝不能两全，贺国威以"叛逆"的姿态，向父亲表明了儿子的坚定革命信念和固守节操的决心。最终，这场由敌人导演的"父劝子"变成了"子劝父"。贺老先生与儿子贺国威，由"父子尴尬"、"父子对峙"的紧张关系转变为"父子同调"、"父子同归"的和谐关系。传统的父子关系，是父亲对儿子拥有绝对的所有权与支配权，而儿子所持的只能是父亲的利益与意愿，或者是父亲的复制品乃至统治对象。这在贺老先生与贺国威的父子关系中，传统的父子关系，已被打破，甚至被颠覆。贺老先生是贺国威的血缘父亲，而在人生信念、气节操守方面却被贺国威突围，消解了传统的"父子关系"，使其父子移位。不是父亲说服儿子，而是儿子开导父亲，父亲接受儿子的"命令性符号"，成为儿子的同志与战友。此后，贺老先生不仅机智地做起了监狱内外交通，还以行医为名，在重庆为地下党建立联系站。这种父子关系形象地告诉人们，先进的精神武装具有引导人产生冲决陈腐罗网的力量。

贺国威作为红色"父亲"形象，具有新民主主义革命时期一代革命先烈的典型性。狱中青年与贺国威、柳一清更是缔结了一种更具实质的"父子关系"。贺国威、柳一清是许淑、叶启贞等一群入狱青年树立正确人生信仰，走上革命道路的老师。他们在"现实父亲"的教诲下，和狱中党组织一起粉碎了敌特在狱中蒙蔽青年争夺青年的阴谋。把贺国威作为狱中青年的"现实父亲"来描写，令我们想起《红旗谱》中的朱老忠之于贾湘农，《青春之歌》中的林道静之于林红。敌人监狱因为斗争堡垒"父亲"的存在，终成为地下党与敌人进行斗争的另一条重要战线，一个启迪凝聚人心的学校与课堂；《革命气节道德教育提纲》就是这个"父亲"教育狱中党员与革命青年的教材。

另一组父子关系是叛徒陈醒民与父亲、大哥（代父）、教父的关系。这组"父子关系"中的"父亲"以两种形态出现，一是血缘父亲，一是代父、宗教父亲。陈醒民之于"父亲"是个俯首听命的孩子。在叛变革命前，他曾任特委秘书。由于右倾机会主义思想严重，他被特委书记贺国威撤职后，担任地下党的部分学生工作。他作为一个基督教徒，是在北平辅仁大学读书时，被"一·二九"学生运动卷进了抗日救亡的怒潮。由于他积极抗日，被吸收入党。他为了纪念这一人生的重大转折，把自己的名字改成陈醒民，立意要去唤醒民众，起来革命。不过这一名字，因为他后来的表现，成为反讽。他情绪狂热时，离经叛道，对父亲、哥哥的言行产生过逆反心理，有抗父、远父行为；情绪低落时，他又主动地对父亲"让步"，与哥哥"随和"。在国民党掀起第二次反共高潮时，他被国统区的反共政治风暴眩晕了头。当他的右倾机会主义思想在党内受到严肃批评后，他不服从组织撤退的决定，更把贺国威正告他的话"上帝和共产主义从来是不相容的"当作耳边风，他的脚终于主动迈进了山城的天主教堂。在爸爸训斥、哥哥引诱、教父设陷、特务威逼下，他到底走上背叛革命的道路，出卖组织、出卖同志、诬陷他人，堕入与共产党人、进步力量为敌的深渊。陈醒民背叛革命，有其主观原因，同时也是传统父子关系的牺牲品。

陈醒民的"现实父亲"共有三个。一是他的爸爸，一个虔诚的基督教徒。这个父亲干预儿子陈醒民的自由人格，训斥儿子参加学生运动。指责他的所为是在干那些不三不四的事，是中了魔道，并警告他"再不回头，上帝不能宽恕"。陈醒民的爸爸是血缘之父与宗教之父的统一体。二是他的哥哥，一个对外国主教卑躬屈膝的神甫。长哥如父，他实际成为陈醒民的"代父"。陈醒民曾经恭恭敬敬地聆听过他哥哥的说教。"代父"时刻关注着陈醒民的思想动态和行为，以平等的兄弟面目，以耐心、温和、周到、细微的方式控制弟弟的身心。在父亲与"代父"面前，陈醒民认同"代父"。"代父"虽是他父亲的影子与替补，但却比父亲亲和。三是他的教父，天主堂主教汉福莱。这是一个能"拯救人们灵魂"的名人，与省政府要员交往密切，是山城的头面人物；就是他曾经把一个精美的金十字架套在了陈醒民的颈上。他是陈醒民"代父"的导师和幕后。对于陈醒民来说，教父就是威严、崇敬、温柔、慈和，就是他"用双手轻捧起陈醒民的头，用很流利的中国话对他说：'孩子，我的孩子，望着我，用眼睛望着我的眼睛'，就是他用软硬兼施法，暗中勾结国民党特务，与'代父'一起掏走了陈醒民的灵魂"。陈醒民的结局，恰如柳一清预言："这是革命长流中的一个小泡沫，从历史垃圾堆里冲出来的小泡沫，看来亮晶晶的，只要风浪一起，就破灭了，还要发出臭气。""教父"是陈醒民的"宗教父亲"，同时，也是他的"政治父亲"。在政教合一、中西"父亲"的合力下，陈醒民变成一堆烂泥，成为敌特的鹰犬。作者未将叛徒脸谱化、简单化，而是从政治、文化、宗教、家庭、性格多方面地刻画了陈醒民一步步走向反革命的历程，用生动的形象令人信服地说明了反动的意识形态在争夺"儿子"方面的作用。陈醒民的这组父子关系，与贺国威的那组父子关系，不但构成鲜明的对比，同时也通过陈醒民对贺国威做了有力的反衬。陈醒民是其"父亲"的奴隶和奴才，而贺国威则是其"父亲"的导师与骄子。

"母亲"与"战士"定格：革命英雄主义的张扬

马识途是个注重塑造典型的作家。他在 1980 年的《说情节》一文中回答读者请教如何进行小说创作时说："文学形象必须典型化，必须着力于刻画典型环境中的典型人物。因此，典型性是文学创作的本质特征。'革命的文艺，应当根据实际生活创造出各种各样的人物来，帮助群众推动历史的前进。'毫无疑问，小说情节和故事结构都是为塑造典型人物服务的。"这是作者的创作理念，也是他创作实践的努力追求。柳一清、章霞是作者在《清江壮歌》中着力刻画的最为突出的两个女性艺术形象。在她们身上，具有母亲的人性至爱，又有革命战士的党性至真。

柳一清是作者长存于心，孕育最久，且具有创作驱动力的一个人物，她的生活原型是作者革命时期的战友加妻子刘惠馨。柳一清的形象令人联想起王愿坚《党费》中的黄新、《青春之歌》中的林红、《红岩》中的江姐，但是，她又是一个有着自己特殊经历、命运和性格的优秀共产党人。作者对她的刻画是把她放在革命战士与伟大母亲这个双重角色的张力中来显现她非凡的英雄主义本色。

她出身于一个小公务员的家庭。从小就讨厌在中国土地上横行霸道的外国人，仇视外国对中国的军事侵略和文化侵略。学生时代，曾有振兴工业救国，以才华救国的理想。她是北平工业学院机械系唯有的两个女性之一。当她的一腔热忱和美好理想被国民党反动派向外国人借钱打内战的黑暗现实粉碎之后，便毅然决然转向抗日救国、革命救国。在学生运动、农村工作中，她积极活跃，不知疲倦。她是一颗革命的火种，一个持久如一的播火者。这团能够燎原的烈火，走到哪里，便能把哪里点燃。她立志把自己的旺盛青春化成"流火"，把自己的一生献给光明的事业，即使哪天被黑暗的夜空泯灭，也在所不惜。

如果说贺国威是狱中斗争的策划者、指挥者，那么她就是狱中斗争的具体组织者、行动的实施者。在监狱里，敌人以为她是一个"女流之辈"，又是拖着奶娃的妈妈，只要硬压就可把她压垮。什么苦刑、电刑、"野外审讯"、假枪毙等，百般刑法只能折磨她的肉体，却丝毫动摇不了这个铁骨铮铮的共产党员的精神与意志。"母亲是女人的最大弱点"，敌人企图从柳一清母女关系上突破"缺口"，企图当着年轻母亲的面用折磨一个刚满月的婴儿这一惨无人性的手段来摧毁柳一清的意志。作为母亲加战士，这么一个双重身份的共产党人，如何迈过这道"坎"，成为令人揪心的悬念。是保住革命战士的气节，还是维护人母护犊的天性，这个本来不是矛盾的两者却在特殊的环境下，演变为两难的尖锐对抗。在战士与母亲、人性与党性之间形成的张力中，作者成功地表现了人物的崇高品质，实现了革命英雄主义的张扬。在紧张激烈的矛盾冲突中来展示人物性格，这是生活真实给作者的启示，也是作者在典型环境中塑造典型性格的尝试。作者选择母亲的所谓"缺口"作为深入人物内心世界的切入口，表现出作者忠于真实的艺术勇气。在那个写作还有一些禁区的时代，尤其是在谈"人性"总有些许色变的时代，作者敢在人性与阶级性之间走笔，且不以回避的方式或者消解的方式，而是真实地突现人性与党性的冲突，并能以细腻的逼真的笔触刻画人物特定情景下的复杂的内心世界，这在十七年后期的文学创作中是难得的。我们不妨以跳读的方式看一看作者精彩的描写。

"你不签，我今天就打死这个小共产党！"陆胜英从腰上抽出手枪来，向地上正在滚来滚去哭着的小孩走过去。

柳一清愤怒极了，她虽然久经苦刑，身体虚弱得很，但是在这个关头上，她不知道从哪里产生一股非常强大的力量，好像没有怎么费力就冲开特务的手，扑在小孩的身上。她怒吼着："不许动孩子！你们这些野兽！"

柳一清还没有来得及把小孩抱起来，特务就把她推倒在地上了。陆胜英提着枪走到小孩的跟前，用枪对准小孩的头……

"住手！"柳一清霍地站了起来，走近陆胜英。陆胜英看着柳一清的眼睛里发出的森严的愤怒的火焰，下意识地退了两步。柳一清逼上前去，用手指着自己的胸口，说："你先打死我！"

……

她知道保持革命气节和保留小孩无法两全了，她宁肯牺牲自己的孩子，决不能动摇。她头也不回地慢慢走出刑庭。……她的小女儿在地上的哭声像一根线紧紧地牵住她的心，她每走开一步，在心上都增加一分痛苦。但是她仍然很镇定地走开，她的理智告诉她，不能回头，绝对不能回头！

"不行，我要转去看看。"柳一清又转过身来，向刑庭走去，但是才走了几步，她又停下了。她一咬牙齿，毅然扭过头来，大步走回她的谷仓里去。

……

她呆坐在板床上，木然地望着摆在床上的小女儿的破衣服和破尿布，又望了望小桌上给小孩喂水的小瓶子和小匙子。她心如刀割，却并不想哭，反而想笑，她喃喃地说：

"女儿，女儿，妈妈是不能投降的……"

……

柳一清没有听见，仍然呆呆地坐在床边。一会，她又慢慢地在翻看这些破衣服和破布片，似乎想从这里翻出她的小女儿来。

所引文字，写得情真意切，撼人心弦。限于篇幅，有些文字笔者用省略号隐去，未能引完，但我们从中已能略见一斑，感受到女英雄在特定环境下细微复杂的感情波澜和革命英雄主义气概。

章霞是作者在作品中极力刻画的另一位女英雄。她与柳一清一样，也是位坚强的战士、伟大的母亲。柳一清是被叛徒出卖、携女入狱，而章霞是为了揭露叛徒面目、澄清事实真相，主动别子入狱。柳一清是服从革命需要，从外地飞入五峰山麓、清江岸边的"流火"，而章霞是由柳一清等共产党人亲手点燃的一团地地道道的"山火"，是被革命思想的光芒照亮的一抹火红的云霞。作者对她的描写，既使作品中的女英雄成为群像，又与柳一清相互映衬。她是清江壮歌中一个具有地域风格的响亮音符。

她出生在一个佃农家里，原叫章小妹。因为家境贫穷，不到十岁就被送给人家做了童养媳。而后，她的人生经历富有传奇色彩。她勤劳善良，心想，熬过十几年，与未婚夫成了亲，当了家，掌了斗筲子，提了秤耳子，日子就会好起来。未料到未婚夫早夭，改嫁给一个重病的男子去"冲喜"，去镇邪。哪知在入洞房的当夜，新夫就奄奄一息，没几天就又死去。这个命苦的女人，被封建迷信诬为"扫帚星"。她曾痛恨自己前世造孽，找不到出路，有时候，愤恨起来，真想像夜空中的扫帚星拖着烈火般的尾巴，去横扫那个黑暗的世界，自己也干干净净地陨灭。

然而，就是这么一个灾难连连的深山村妇在嫁给有文化、爱科学的小学教员、养蜂能手、共产党员童云之后，她的人生出现了陡转。她不但有了"章霞"这个美丽的名字，还在丈夫的帮助下，学了两年文化，能够识字读书。在她的家成为特委的交通站后，由于柳一清的引导培养，她懂得了妇女解放、民族解放、社会解放的道理。为了揭露叛徒陈醒民诬陷童云、破坏党组织的罪恶本质，为了把监狱外的革命信息告诉监狱里的贺国威和柳一清，她撇下一岁左右的女儿，主动置身囹圄，成为柳一清、贺国威狱中对敌斗争的得力助手。她终于在监狱里宣誓加入党组织。当地下革命武装劫狱时，章霞已成功越狱，有生还希望，但她为了营救贺国威和柳一清，又返回监狱，重落敌手，最后与贺国威、柳一清一同光荣就义。作者对这个人物刻画的成功之处，在于充分展示了共产党人如何把这个清江岸边的女"灾星"变成一颗闪亮的流星的过程，在于凸现了革命文化、先进文化战胜封建文化、落后文化，能够改造人的巨大力量。章霞从一个童养媳成为一名坚强的革命战士，从一个深受封建主义迫害的普通农村妇女成为一个相信科学、信仰革命的共产党人，这本身就是清江壮歌旋律中的一曲响亮的乐章。人是文化的符号。章霞这个在本乡本土成长起来的女英雄，是作品中蕴涵本域文化信息最丰富的一个艺术形象。章霞的成功塑造，是作者将本域革命文化转变为审美文化的一个最大贡献，同时也借文学形象印证了一个令人自豪的事实：新民主主义革命时期，清江流域是一块革命的土壤，是一块曾为革命事业做过重大贡献的地方。清江流域的农民，在他们身上蕴藏着无限的革命潜力，就像干柴一样，只要用革命的火星去点一下，马上就会噼里啪啦地燃烧起来。对这个人物的艺术认识有助于我们坚信反映抗战时期生活的三峡文学与本域文化必有关联的创作事实，并由此激起我们对其探索的兴趣。

柳一清和章霞是抗战时期怒放在清江岸边的一对芬芳的革命姊妹花。知识分子的革命母亲和农村妇女的革命母亲，在革命斗争最为艰难困苦的环境下，殊途同归，以同样的热情，以同样的英勇，以同样的献身，抒写了一首革命英雄主义的不朽诗歌。

史实与虚构的整合：地域文化因素的稀薄

　　清江，是长江在三峡地域内的第二大支流，它流经恩施、长阳、宜都。若把清江分为三段的话，恩施以上为上游，恩施至资丘为中游，资丘至河口为下游。《清江壮歌》中人物活动的场景主要定格于恩施上游一带，其中心地为抗战时期国民党的流亡省政府迁驻的恩施州城。文学作品是一种特殊的文化标志。当我们今天清江流域的读者冲着《清江壮歌》中的"清江"二字，欲从小说中获得本域大量革命文化历史信息的期望值存在部分落空的时候，会极不情愿地得出一个结论：本域革命文化信息十分淡化，本域空间场景十分虚化，甚至淡化虚化得有点让本域读者扫兴。据说，这类感受，不只是阅读《清江壮歌》时的存在，而是阅读反映抗战时期生活的三峡文学整体时的一种共同感受。笔者对这个问题没有详察，不能妄加评论。问题在于读者是否有理由要求作者在以"清江"命名的小说中突出"清江"场景？是否有理由要求作者在以"清江"命名的小说中更多地去写一些清江流域彼时彼地的人和事？读者是分群的，清江流域的读者自有理由秉持这样的期待视野。如以名实相符为据，此部小说的创作，至少存在两个错位：一是读者对地域特色的期待与作者叙述空间特点的预设错位，二是作者的文题与文本中的内容有些错位。作者对清江流域的人事景物不是毫无描述，应该说在第一章、第四章、第十一章的一、二节与第十五章的一、四节里做了一些相关的描写和叙述，但给人的感觉是一种迫不得已的粗略涉及，存在量与质的严重不足。若《野火春风斗古城》少写"古城"人和事，《红旗谱》少写滹沱河畔的人和事，《红岩》中少写重庆山城和川东、华蓥山一带的人和事，读者一定不会满意上述文本。《清江壮歌》在陈醒民背叛革命的前前后后，在贺国威和柳一清被捕入狱的前前后后，在地下武装准备劫狱的前前后后，以及在三烈士最后牺牲的前前后后，都有一些对清江流域人、事、物、景的描写，如"五峰山"、"清江"、"沙田坝"、"响水沟"、"巴斗场"、"桐油灯"也映入读者的眼帘。为什么对相关人事物景的描写，依然不能满足地域读者的期待呢？因为，小说对某一地域社会生活的整体反映不在于对无系统的人、事、景、物做零星地描写，而主要在于依赖对人物冲突的设置和场景安排的有机统一，依赖于对特定时空条件下人物心理的深度与广度的揭示及一定风情风俗的逼真描写。显然，小说在这方面是不够的。

章霞和童云、伍忠良夫妇属于本乡本土的人物，他们身上有些本乡本土的习惯和心理，但在小说中他们却是主要人物的陪衬，是为设置特委的交通站和对主要人物进行掩护立足等情节的需要而进行的配置。章霞和童云这两个人物虽然完全属于作者的虚构，但却能调动读者的兴趣。童云本是个被敌人构陷为叛徒的受屈者，是个既有农民经历又有些知识分子特点的人物，在革命者的形象系列中，他介乎于章霞与柳一清之间。这决定他不可能像职业革命者柳一清、贺国威那样指点江山，激扬文字，能涵咏革命的崇高诗意。他有些务实，具有农家男人主外的气质，爱好养蜂，并有技术特长。他狱中虽在敌特的引诱下，出现过一些幻想，但随即又站稳了革命立场。党组织为其洗冤之后，他斗争勇气倍增，在击毙一特务后壮烈牺牲。童云本是一个性格复杂、有血有肉、非一般化、非概念化的人物，但作者对他的内心世界及其相关冲突没有充分展开，有些缩手缩脚、半掩半开，做了不应有的简单化的处理。尤其是对他那复杂而又痛苦的心理，未做一定的深度揭示，把本应该属于他的应该舒张的一些篇幅做了不恰当的屏蔽和收缩。由于作者对这两个本乡本土的英雄人物惜了笔墨，自然也就削弱了他们在小说中承载反映清江流域革命文化的分量，从而也就有损小说的地域文化特色。

柳一清、贺国威是小说中的主要英雄人物。他们的生活原型是现实斗争中于 1941 年 11 月，在恩施方家坝被敌特秘密杀害的刘惠馨、何功伟（又名何彬）两位烈士。据史料介绍，刘惠馨于 1938 年 5 月受党的派遣，以省农村合作指导员的合法身份来到鄂西，开展抗日救亡运动，恢复和重建地下党组织。先后担任中共施南特支秘书、宜都县委书记、宜昌雾渡河中心区委书记、施巴特委妇女部长。在鄂西工作期间，她抱定"把自己的鲜血洒在这块土地上"的决心，同何功伟等同志一起，不畏艰难险阻，机警地战斗在敌人的心脏地区。在身怀有孕的情况下仍风里来雨里去，四处奔波。她不顾形势险恶，路途艰辛，两次到重庆向南方局汇报鄂西地下党的工作，受到周恩来同志的表扬。①

何功伟，于1939年8月参加湘鄂西区党委工作，先后任区党委宣传部长、党委书记。1940年任鄂西特委书记。他主持湘鄂西区党委、鄂西特委工作期间，正值皖南事变前后，国民党顽固派掀起新的反共高潮。在白色恐怖的高压下，他领导地下党组织进行了艰苦卓绝的斗争，在一年多的时间里，他踏遍鄂西十几个县的山山水水，深入农村、机关、学校贯彻党的指示，整顿和发展党的组织，开展抗日救亡的宣传和组织工作，在工农群众、青年学生和教师乃至国民党机关爱国人士中，都产生了巨大影响。②

前面两段源于史料的文字是两位革命先烈被捕前的部分事迹。由于他们被捕入狱后的斗争事迹与小说中贺国威、柳一清两个人物在狱中同敌斗争的基本情节相符，故于此将史传文字从略。当我们把从史传文字中获得的生活原型的历史真实与艺术形象的艺术真实比照之后，我们就会明明白白地发现，作者对生活真实的采撷和艺术真实的虚构存在着对本域文化因素淡化虚化的突出倾向。

作者在小说中，对两个主要人物在鄂西活动的时间基本上是以贺国威任鄂西特委书记的时间切入，即从"1940年的冬天"进入。根据史实，刘惠馨到鄂西工作比何功伟早一年多，而按小说给予人物的地域活动时间计算，柳一清少了两年多，贺国威则少了一年多。史实告诉我们，两位革命先烈虽然在鄂西的活动时间不长，却业绩显著。《清江壮歌》再版时，作者在1979年第二期《红岩》上发表了他的散文《革命的战士和母亲》。在此文中，作者把刘惠馨烈士在宜昌、恩施做地下党工作的狱外事迹写得非常详细、非常感人。与小说对柳一清狱外斗争活动的叙说相比，具体得多、生动得多、丰富得多。两相对比，有点让人觉得作者对生活真实即史实的采撷遗漏甚多，对应有的艺术真实的假定过少，即既遗漏重要的史实（生活素材）又过于拘泥史实。不知是何原因，作者进行艺术处理时，把柳一清、贺国威在清江岸边的生活时间舍弃那么多或丢失那么多。如沿着有些史实多做发散，本可以让他笔下的人物更为丰满

---

① ② 参见《中国长江三峡大辞典》，湖北少年儿童出版社，1995年9月第1版，第140～141页。

的，可惜、遗憾。对于生活真实，作者有取舍离散聚合的权利，但不得不承认，艺术真实源于生活真实，生活真实能给艺术真实提供强有力的创造依据和更大的想象空间。贺国威、柳一清、任远等主要人物都是从外地迁入鄂西，加之驻足时间的短暂，那么他们在介入此地后的活动事迹就尤其显得重要。情节生发点本应对此做切实的拓展，自然，情节量也本应做一定的强化。不然，小说的人物活动空间就会变得笼统模糊，甚至会被局限于那共性多差异少的狱内。事实上，作者把两个主要英雄人物的活动时空过早地放到了清江岸边的沙田坝监狱。这样做的优势，自然利于集中笔墨、聚焦主要人物，但同时也为人物活动时空的辐射带来许多困难。加之，小说拓展时空的手段单一，多靠追叙，连人物身陷狱中后的心理回忆也不多。即使闪回，其内容大多是他们如何参加学生运动、工人运动，怎样接受革命培训、走上革命道路的历程。至于对当时当地革命斗争情景的回忆几乎为零。这无疑会造成两个主要人物在鄂西狱外斗争业绩情节的弱化甚至出现重大的缺憾。

新民主主义革命时期，共产党人身陷囹圄，英勇斗争的共性较多。在作者创作这部作品的时代，表现狱中斗争可资借鉴的材料众多，如《狱中纪实》《上饶集中营》《在烈火中永生》等，还有《红旗飘飘》中的许多文章。这样，作者受当时社会心理的影响是难免的，少了些作家个人化的突围，也就难于强化自己笔下的人物在地方地下斗争中所应显现的个性化的英雄本色。作品最终表明作者在题材的艺术处理和艺术构思上多少存在些随众随流，避难就易。

狱中斗争需要狱外斗争的支持。适当地穿插狱外斗争与狱内斗争的策应，是扩展小说审美信息量的一条重要途径。章霞的主动入狱，伍忠良的被捕入狱，以及贺老先生的劝子入狱，在丰富作品内容、刻画人物性格方面都起到了十分重要的作用。作品对任远、王东明等领导的狱外地下党活动及其准备劫狱的农民革命武装，表现有些过于简化，这不能不说是造成作品中本域革命文化信息弱化的另一原因。

小说对故事发生的具体空间如"五峰山"、"清江"等多为虚写，缺乏实实在在与人物情节、性格相关联的逼真描述，对地域地理环境的表现虽有抒情性，但对人物性格命运和情节冲突的渗透较为稀薄，这也应算归造成地域文化弱化的一个因素。

作者是重庆忠县石宝乡人，对大三峡的山川地理、风情风俗并不陌生，从创作的主客观条件来看，他都具备。作者在小说中把清江、五峰山作为人物活动的大背景，并将它们作为贺国威、柳一清两位英雄人物抒发气势如山、豪情似水、博大胸襟的载体，且描叙时又多用抒情化的语言，或为散文韵致或为诗歌意象，因而作品中的"五峰山"、"清江"好似写意山水。将人物生存空间过于泛情，使农民工作领袖具有一腔书生意气，这有损于作品的艺术真实。在作者的还原思维里，有点过多地沉浸于对"北国"、"黄河"、"长城内外"抗日烽火的神往和对先前活动地域的回忆，过分执着于"流火""流"动的踪迹，强化了英雄人物的"外来客"身份，而淡化了他们在脚踏之地上已斗争了两年多的随乡入俗感或早已将身心融入这块土地的现场意识。

　　由于上述诸多原因，致使《清江壮歌》中的地域革命文化因素不如人们期望的那么到位，地方特色也不如人们期待的那么浓郁，在这一点上，与《红岩》相比，不如后者。当然，也许，作者的既成构思和对人物重心的定格自有他的道理。作者作为新中国年轻一代的前辈，抱定哺育青年人的创作动机，加之作者本人在抗战时期也是一个职业革命者，今天这里，明天那里，而且正值风华正茂的青年时期，多一些对学生时代的追忆，多一些青春的抒情气息，多一些居高临下、时局在胸、壮怀激烈的诗性，也许是作者对自适化语境的必然依托。

（原载《三峡文化研究》2006 年）

心路历程，青史留真

——马识途同志《党校笔记》的精神价值

章玉钧

马识途同志今年九十八高龄，鹤发童颜，白首丹心，是受到人们普遍敬重的老党员、老干部、老作家。百岁老人而仍思维敏捷，笔耕不辍，时有新作问世者几稀，马老足以偕周有光先生、杨绛先生并立于当今华夏。此乃国之祥瑞，令人额手称庆。

对马老《党校笔记》书稿，我有先读为快的缘分。那是因为我协助郝炬同志抓当代四川史编委会工作，马老曾不止一次给我们赐稿，当他把 1980 年 9 月到 1981 年 1 月在中央党校高级研究班学习期间所记的五本笔记录入电脑并编辑成册后，便主动将亲手校订过的打印稿交给我们，后又告知：中央党校出版社已接受书稿，因涉及许多人的讲课，正在设法核对，出书恐需待以时日。这时我们正在编《青史留真》，打算以思想、文化、人物为主线，作为与陆续出版的《当代四川要事实录》配套的另一书系，便征得马老同意，将笔记中凡属他的发言提纲、读书思考的札记、讨论后的心得感想、提出的意见建议等全部录下，收进《青史留真》里的"心路历程"栏目，与李致同志《历经斧斤不老松——记马识途》放到一起，以收珠联璧合之效。设想的倒是不错，可惜送审过不了关，只好临时变通，在《当代史资料》内刊 2010 年第 4 期，以近 50 页（16 开）的篇幅首发该稿，并趁当时正在蓉召开全国口述史学术研讨会之机，送给了许多省市参会的专家、代表，获得众口好评。

去年中秋佳节，同马老在文殊坊欢聚，老人家把散发着油墨香气的《党校笔记》题赠给我，我真是喜出望外，不仅弥补了四川未能出书的遗憾，而且佩服中央党校出版社毕竟有魄力、有眼光、有胆量，终于让这样"一段真实历史的记录"，"一部真实的中央党校文献"公开问世。如果与同一家出版社在十多年前出了同一作者记述"文革"经历的《沧桑十年》，却一度不能在新华书店公开发行相比较，我国在新闻出版方面总算有了一些进步。

马老特别看重这部《党校笔记》，序言里表达了渴望生前看到它公开出版的迫切心愿，出版后又把原来放在首饰盒里的笔记原稿捐赠给中国现代文学馆。其原因何在？笔记的重大精神价值在哪里？我做了初步的思索。记得人民政协文史资料工作强调有四条作用，叫作"存史、资政、团结、育人"。我们搞当代史研究，也很注重收集当事人的实录和亲历亲闻者的口述，它们往往比官方记载更加真实、细致和生动，可以用来同正式文献、史籍进行互证和互补。读着马老的《党校笔记》，我的思绪不由得回到了"文革"之后，从拨乱反正到改革开放初期的转折年代，那时百废待兴而又充满希望，新生事物不断涌现，尤其是四川，从"文革"重灾区一跃而为改革排头兵；农村改革先行，打开了生产力发展的闸门；国企扩权试点，引发了管理体制的渐进改革……当时在省委宣传部担任领导的马老，正是经历和见证着这些变革，再到中央党校研修的。时年六十六岁的马老非常珍惜那次老来的学习和反思机会，聚精会神地"读"—"思"—"讲"—"记"，像久饿的孩子吮吸甘甜的乳汁，接受经典的再启蒙，回味实践的新启示，不断地跟书对话，跟人争鸣。笔记中随处可见思绪的跃动，不时闪现思想的火花，笔端时而流露出商榷、推敲的痕迹，老在捉摸怎么讲才准确、才到位，不断丰富和修正自己的认识，好像画家在描速写草稿，学生在做课堂作业。显然，这些"急就章"原本并非供公开发表的正式作品，犹如未经打磨的璞玉，既非理论教材，也非文艺创作，不宜以对那些著作的要求去评价它，而应侧重于笔记的历史意义、现实意义，重点解读它的精神价值、文献价值。马老特别看重这份素面朝天，草莱不修，未加编排的笔记，我推想，也正是着眼于它是"心路历程"，可为"青史留真"的特点，所看重的是它"存史、资政、团结、育人"的价值。具体说来，是否有这么几点：

一、它通过中央党校这一视角记录了对中国社会主义命运极为关键的转折年代的真实历史。

那是漫长严冬后迎来的春天，大地解冻，万物复苏，人们绝处逢生，毅然奋起，正在挣脱思想的枷锁，开始生龙活虎的创造。在"真理标准讨论"和"平反冤、假、错案"的倡导者胡耀邦领导下的中央党校，真是一个最佳的学习园地、模范的民主园地。那里集中着相当一部分党的高层精英和新选拔的青年俊秀，遵照"解放思想，开动脑筋，团结一致向前看"的精神，把读经典原著同总结历史经验结合得如此紧密，把敞开议论国事党事天下事同端正自身思想路线一脉贯通，使人越学越亮堂，越议越有劲。要了解1980年中国生气勃勃的景象么，这就是最好的窗口。要知道什么叫"学习型政党"，什么叫"党内民主"，这就是榜样。

二、它记载了一批饱经忧患、浴火重生的老干部思想解放的心路历程。其中很多人像马老那样早年抱着理想和信念，投身革命，虽九死而未悔；新中国成立后既有工作成就，也有挫折坎坷，特别是在党犯错误的那些岁月，由怀疑到顺从，由独立思考到个人迷信，人性遭摧残，思想受禁锢。直到从十年浩劫中走出来，这才痛定思痛，大彻大悟，重新恢复"大无畏的唯物主义精神"，着力于分清真假马克思主义、真假社会主义，不再"在现成的理论面前爬行，在伟人面前匍匐"。马老在笔记中喊出了这样的时代强音："在真理面前人人平等！""解放思想没有边界！"（见该书120～121页）这标志着独立精神、自由思想的重建。这群老革命，就是这样可钦可敬的"两头真"的人！五本笔记千言万语，归结起来不外是"探索求真，重做真人"八个字。

三、它留下了以马老为代表的这批老干部以责任和良知记述的对国事党事的真知灼见。其范围相当广阔，涵盖着哲学、政治、经济学、科学社会主义几大领域，涉及政治、经济、文化、社会各个层面。尽管当时还处在改革开放的初期，但好比"春江水暖鸭先知"，老干部们对于建设什么样的社会主义、怎样建设社会主义，建设什么样的党、怎样建设党，乃至实现什么样的发展、怎样发展等后来概括出的一系列重大问题，都已开始探索寻路，提出了许多可贵的见解。这是由前三十年血泪凝聚的历史经验中提炼出的认识成果，其中许多论点在这后三十年发展历程中又得到了检验并取得广泛认同，许多意见、建议已化为现实，使人不能不惊叹这些老同志的洞察力；也有个别不尽确切的提法后来得到修正（如笔记中所说的"前社会主义阶段"，见122、138等页，准确地讲是"社会主义初级阶段"）；还有些较为超前的认识，仍应在今后实践中加以借鉴，使之继续得到检验和完善。不论怎样，他们讲的都是心里话，进的是忠言。这些肺腑之音、金石之言，至今仍保持着资政育人的鲜活价值。

四、这些笔记大体可勾勒出1980年中国的图景，提供了与当今中国现实状况对比的坐标和参照系。相形之下，一方面令人感叹改革开放以来三十年中国发展进步之迅速，祖国面貌焕然一新，今非昔比，好多事情的进展大大超出了老同志们当年的预期和想象。另一方面，笔记中痛加针砭的一些负面现象仍然在现实中触目可见，似无本质的改观，有些甚至越演越烈。引人反思的是，前一方面大多表现于经济改革、经济发展和人民物质生活水平的提高上，而后一方面则集中反映在政治体制改革的滞后以及大文化建设尚未摆到应有的地位。马老在笔记中颇有先见之明地主张，我国要"实行社会主义制度下市场经济"，"充分发展市场经济"（136、138页）。如今中国已经不可逆转地走上市场经济道路，十亿左右人口进入了工业社会，我国已成为全球第二大经济体。这的确是创造了人类发展史上的传奇。同时，马老又在笔记中反复申说，要改变"党国一体、党政不分、以党代政"的现象，认为"'书记万能'、'书记一言堂'、'书记所有制'（即家长制）不改，民主等于零"。"必须解决党与官、官与权、权与利的这条锁链的连环套问题。权利和舞弊连接起来，成为一切弊害的根源。"（28、59、106页）尽管1980年小平同志就提出了党和国家领导体制改革的纲领，1987年就把推进政治体制改革（头一条是"党政职能分开"）写进了党的十三大政治报告，但这方面的改革，却阻力重重，像是"进站的火车——吼得凶，跑得慢"，萧规曹随，动静不大。为什么会搞成这样跛脚的改革，形成一快一慢的巨大反差，这种失衡和反差如继续拉大，基础与上层建筑错位，撕裂我们的社会，将会导致怎样难以收拾的局面，确实值得秉政者三省。

五、这部《党校笔记》，是为革命、建设和改革奋斗一生的耄耋老人留下的精神遗产，是对后继者的嘱托和赠言。岁月无情。马老盘指计算，当年一块学习的老人大都先后去世了，而问及新生晚辈，则多不晓"文革"为何物，对20世纪80年代的思想解放也茫然无知。这使常怀忧患意识的马老增强了紧迫感，促使他下决心把当年老人们对国事和党史的思考公之于世，用这部笔记在年龄"80后""90后"与出生年代"80后""90后"之间传递历史信息，增强代际沟通与传承。

千万不要以为，笔记里折射的只是已经远逝的一段历史，知不知道"文革"灾难和带来灾后重生的那场思想解放，对后人似乎无关紧要。从"文革"到思想解放，再到改革开放，是环环相扣的历史之链。没有那场思想解放开启的改革开放，就不会有文明富强的中国，不会有民族的伟大复兴。俄国著名思想家赫尔岑说过："充分地理解过去，我们可以弄清楚现状；深刻认识过去的意义，我们可以揭开未来的意义；向后看，就是向前进。"千万不要以为，马老痛心疾首揭露的长期"左"的危害已经销声匿迹，永不复返。在多元利益格局下，社会思潮复杂多样，常有沉渣泛起。一不小心，就有"左"的东西改头换面地出来。殷鉴不远。君不见，某些地方运动群众式的搞法招牌响亮，烜赫一时，却使人感到似曾相识，与思想解放的潮流、民主法治的方向背道而驰。小平同志告诫我们："要警惕右，但主要是防止'左'。"只有懂得历史，才能坚定理想和信念，提高识别力和执行力。

请允许我用马老《九十自寿词》中对后代的谆谆嘱咐来结束这篇短文：

> 寿糕烛影摇红，且谆告子孙铭臆胸。看金瓯尚缺，黎民未富，内蠹待除，外霸肆凶。科学昌明，发扬民主，世界和平归大同。须永记，要爱国爱民，矢勇矢忠。

附记：马老笔记序言把粉碎"四人帮"到十一届三中全会召开前那段，称为"又经过三年的折腾"（序1页），窃以为欠妥，可能是笔误。实际那两年多时间，主流是结束多年折腾，步入历史转折，进行拨乱反正，改革开始起步。当年四川的情况就是明证。其时华国锋主持工作，虽未摆脱个人迷信和经济上急于求成的惯性，但他具有民主包容的心态，胡耀邦、邓小平得以先后回到政治舞台（并非十一届三中全会之后才出来）。过去称为"两年徘徊"也未必恰当，对华国锋同志有失公道，未能如实反映历史真相。

我对《党校笔记》的臆解和挑剔是否有当，敬请马老指正。

（原载《中华文化论坛》2012 年第 3 期）

对历史的理性沉淀和思想考量

——马识途先生《党校笔记》的一种解读

冯 源

对于任何一位长期担任领导职务的干部而言，人性健全与良性循环的政治生活无疑是其一生中最为重要的生活内容之一，也只有建基于这样的生活之上才能使其在政治生涯中一步步趋于人性的成熟和人格的完善，最终铸造出康健向上的社会良知、人生信仰、人文风范、政治品格。无论社会生活如何变换、时代怎样进步，他或她都会对这样的社会良知、人文风范、人生信仰、政治品格予以坚定的秉持和忠诚的恪守，即使在其人生遭遇巨大的挫折和痛苦、生命受到极大的胁迫和威逼时，都不会有一丝一毫的更易，这种表现无疑是对健全、理想的政治人格的最好诠释。马识途先生便是如此。从另一个维度进行考量，马识途先生又是一位在中国当代文坛上著作等身、声誉极高、倍受敬佩的著名作家，作家的善良品质、人文情怀、艺术创造能力以及对于美的矢志不渝的精神追求，更使其富于了不凡的人文品格。正是因为兼具了这样两种善美的人格魅力，他才极其真实地为人们呈奉出了一部"我在三十年前一段心路历程的忠实记录，而且也可以说是记录了当时许多老同志的心路历程，记录了这些老同志对中国那一段历史的认识，对我们党的看法和希望，其中许多问题的看法甚至在三十年后的今天仍然有现实意义，值得现在研究国事和党史的同志参考"的《党校笔记》。

倘若我们以事件的意义或价值作为考量人类文明历史的基点，便不难发现这样一个富有普遍规律性的问题：人类文明历史进程中的任何一次重大的社会变革、人的思想解放运动兴起，都不同程度地与某些科学发明、技术创新或政治事件、历史事件、文化事件有着某种深刻的关联，譬如蒸汽机的发明引发了声势浩大的工业革命和人类认知领域的急速飞跃，基督教垄断文化教育的黑暗与罪恶导致了启蒙主义思想的盛行和文艺复兴运动的蓬勃发展，计算机的发明肇始了信息社会的诞生和科学文化事业的高歌猛进……这样的规律或道理，同样在我们这个民族历史文明发展的躯体上能够得到有力的检验和确证，正如 20 世纪 80 年代初期的那场思想解放运动。粉碎"四人帮"可以说是一个标志"文化大革命"彻底终结的政治事件，或者说是"以阶级斗争为纲"时代一去不复返的历史事件，同时它又是一个新时代即将开启的富有标识意义的重大事件。一个新的时代究竟怎样才能算作是本质意义上的开启，使我们这个民族从此彻底摆脱林林总总政治运动的干扰和掣肘，最终走上民族复兴和经济社会建设的康庄大道，并非是喊一两句口号式的话那么简单和轻浅，它必须要解决许多繁复的问题，首当其冲的则是对于"文革"之前和"文革"之中我们在政治、经济、思想、文化等方面出现的各种偏离进行梳理和纠治。全国各大媒体和各个社会阶层关于真理的内涵及其检验真理的标准的激烈讨论便适时而出，成为那个时代最为重要的思想事件或文化事件，也正是因为这样的事件发生以及由此展开的理论学习和深度思考，才从本质意义上使我们这个民族迎来了前所未有的思想大解放，也最终赢得了改革开放的胜利和今天的经济社会建设的稳步推进。对于三十年前的这场思想解放运动，任何一个历经了那个时代并有足够认知水平和正确判断能力的人，都决不会对它有丝毫的忘却。然而历史终究会随风而去，随着改革开放大潮的深入和我国社会的成功转型，尤其是在物质文明和精神文明向着更高的层级不断迈进和人们的幸福生活指数节节高攀的当下，不少人已经在现代物化的浓厚幸福里渐渐淡忘了那场思想解放运动，只有少数人仍然在自己内心深处一直镌刻着它，马识途先生便是这少数人中的一个，他以真实的笔录体方式记载了它，也为更多的人重新考量历史留下极其宝贵的文献史料。

任何一个以出版物形式呈现出来的书籍都是由思想内容和文本形式两个层

级构造的，马识途先生的《党校笔记》自然不能例外，因而从内容构造的角度加以审视，以历史唯物主义的"实录方式"记载了我国社会主义发展处于极为关键的时刻和即将产生重大转折的历史图景，使其本来面目得以真实的再现，是《党校笔记》在思想内容构造方面的第一个显著特征。细致深入地阅读《党校笔记》，书中所记录的诸多内容无一不是深切关涉三十年前当代中国发展最为重要也最为敏感的问题，譬如哲学问题、政治问题、思想问题、路线问题、社会问题——从对相对真理和绝对真理的讨论到对国体和政体完善与否的思考，从怎样才能充分体现社会主义的优越性到如何才能更好地实现社会主义民主建设，从对社会主义经济理论的正确理解到我国社会主义经济结构改革的具体实施，从对"文化大革命"产生的原因的分析到对毛泽东同志的是非功过的评价，从教育、文化、科学事业到文学创作、文艺理论研究、文学批评的标准，等等。毋庸置疑，这些问题都是直接关乎我国社会主义事业能否顺利向前发展的重大问题。对于这些问题，自新中国成立以来到实行改革开放的初期，我们都竭尽各种努力试图加以解决，但由于许多因素的共和作用和相互制约而未能从根本上解决，所以在粉碎"四人帮"之后不久，中央便有意识地将一大批高级干部集中于中央党校进行系统性的理论学习，在切实提高政治理论素养和思想认知水平的基础上，对这些长期未能解决的问题展开深层次的讨论和进行全面的理论梳理，最终达到从根本解决这些问题的目的。《党校笔记》正是以时间为纬、内容为经，借助"报告"、"讲话"、"纪要"、"辅导"和"讨论"、"札记"、"感想"等多种形式对其进行富有强烈真实意义的记录。深入分析这些记录，从单个的篇章构成看，它或许只是对某个或某几个问题的实录，倘若以整体观的角度加以考量，它们便是对新中国历史发展图景的一种富于梯状式、层级感、多向度的集合体现。尽管这种体现方式不过是表达作者对历史事实本身的还原或真实属性的再现，传递一个富有唯物主义历史观的长者对于当代中国历史进程的深刻理解和理性沉淀，显示出重要的史料价值和特殊的精神价值，但在对其进行反复咀嚼之后，又格外令读者感到历史发展本身的沉重和历史前行的坎坷与艰难。

从理论维度展开对新中国历史发展进程的思想考量，是《党校笔记》在思想内容构造方面显示出的第二个重要特点。20 世纪 80 年代初的当代中国，是一个饱受了各种政治运动折腾和文化大革命风暴后亟需人们进入思想考量地带的中国，首当其冲的则是那些身居高位的领导干部们的思考，只有这个层面的人进行先度性的思考，进而从根本上解决了严重制约我国社会主义发展道路中的各种政治问题、思想问题或路线问题，中国才会从本质意义上步入正确、健康、稳定的发展道路。《党校笔记》正是对这方面内容的真实记录和有力呈现。在关于无产阶级的阶级斗争形式的思考时，作者认为其主要存在着三种形式——理论的、政治的、经济的，三种有联系又不能混为一谈，而八十年前的新中国历史发展实际却存在着诸多错误或严重偏离，于是作者这样写道："为什么解释一切现在的问题都非得从马列经典中找出某一句话来做证？我们使用马列主义的原理，根据当前的问题，做出自己的科学的解释来，即实践检验合格的道理，这些解释和道理便是活的马列主义。即使在马列书上找不到现成的句子来解释，而通过我们的革命实践证明是对的，便是马列主义，是与中国实际结合的马列主义。"在关于相对真理和绝对真理的讨论发言中，作者这样反思到："二十几年来，我们把相对真理误为绝对真理，不明白绝对真理只有通过认识和实践从相对真理逐渐接近，而绝不可立刻达到绝对真理。我们以为毛主席是绝对正确而且永远正确，他已经把握了绝对真理，已经达到最高的真理，一次完成了。不明白恩格斯早说过，在正确中早已潜伏着不正确，历史上本来正确的东西，随着时间的推移，成为不正确，合理的现实的东西成为不合理不现实的东西，以至荒谬的东西了。"在关于个人崇拜形成的根源分析时，作者以为："个人崇拜是长期的历史现象，现在也还有。'四人帮'粉碎后仍然有，比如搞纪念馆、修纪念建筑成风，编造成风，把领导人说过、去过、用过的东西保存下来，把领导者的言辞用大字印出来，套红、金字，张贴照片，等等。为什么出现这种风气？如何防止发展？原因：一是社会历史原因。封建主义、国际共运的集权；二是思想的原因。当神、造神、信神的人都有；三是制度的原因。制度可以把人推向反面，个人高度集权的领导制度造成个人迷信。"这些富于辩证唯物主义哲学观的思考或反思，从多个层面多种角度折射出如马识途先生之类的领导干部当时在思想进击方面的尖锐状态和深刻程度，显示出他们如何渐渐抵达政治思想清明的心路历程。

对在新中国历史发展进程中的"自我"进行反观、自省和审察，是《党校笔记》在思想内容构造方面显示出的第三个重要特点。每一个人都既是现实中的人，同时又是历史中的人，这似乎是一个必然的定律，无论他或她承认与否，都会在历史的曲折与现实的坎坷共同铸造的律动前行的长河中经受各种样态的生命体悟、人生考验、思想阵痛或精神洗礼，也只有承接和化合了这样的生命体悟、人生考验、思想阵痛或精神洗礼，他或她才可能成为一个在本质意义上具有历史意识和自我批评精神的人，也才能最终富有对于自我的反观、自省、审察的智慧和能力。马识途先生正是富了了这种智慧和能力的长者。在经受了新中国成立后林林总总的政治运动和"文革"重创后，他不仅思考着国家的命运、民族的前途和党的未来，也更为深切地关注历史中的自我，因而对自我进行反观、自省和审察，便成为他生命历程中的一种历史必然。在 1981 年 1 月 12 日的"思想小结思考"中，对自己进行反观和思考时的四个"自以为"："自己以为能够理解党的路线政策，其实不过是把中央指示文件进行诠释和注解，甚至错误发挥，或者巧妙地给领导指示涂上一层理论色彩。……自以为紧跟总不会错，结果或者成为奴隶，或者成为政策变化的掉队者。自以为自己是一心一意搞社会主义，一心一意为人民，其实对于社会主义并不了解，还要以己昏昏，使人昭昭。……自以为受过打压，挨过打击，其实自己也整了人。而且以为是执行政策，是党性纯的表现，心安理得。直到这次给人平反才认识到了，于心不安。想起来自己其实是理论的矮子、行动的'巨人'。"他从自身领导工作的实际出发，对自己曾经在宣传工作、文艺领导工作中存在的偏失、错误进行深刻反省。在 1981 年 1 月 19 日的"思想小结提纲"中，作者这样写道："长期以来，自以为是搞宣传文化工作的，读过一些经典著作，学过一些革命理论，现在看来，大半是囫囵吞枣，食古不化，其实自己学到的不过是一些简单概念、一些词句，甚至许多基本概念也并不清楚，一些词句含义也不甚了了。特别是在和中国革命实践相结合的时候，特别是在一场大的政治转折关头，自己不是迷从，就是随大流，或者为某些政治上需要的随心所欲的解释所迷惑，分不清是非和方向。自己所宣传的、所说的马列主义，其实有一些并非马列主义，即活的马克思主义，与具体革命实践相结合的马克思主义。"这些对于自我的反观、自省、审察，一方面真实地呈表出一个领导干部在历史盲从中所犯的错误，另一方面则彰显出他所具有的反思意识和自省精神。正是这种反思和自省才富于本书以特殊的精神价值。

从艺术层面加以考量，论者以为马识途先生的《党校笔记》主要体现出以下三个特点：首先它是一部以笔录体形式直接呈现新中国历史发展图景的佳作，一方面它以"报告"、"讲话"、"纪要"、"辅导"等形式从理论维度勾勒出新中国成立以来到改革开放初期的历史发展图景，令读者重新领略到我们这个民族在这段历史进程中所特有的心灵轨迹和思想征程，另一方面又以"讨论"、"札记"、"感想"等形式记载了作者自身和一批领导干部在我国社会主义建设与发展处于十分关键的时刻所进行的思想解放斗争和心路历程，体现出高度的历史真实，从而达到了历史性与真实性的和谐统一。其次是作者本人在书中富有真知灼见的思想表达，这种表达既具有质疑的胆识、评判的勇气、尖锐的深度，又富于公正的标尺、科学的态度、理性的高瞻，体现出一个共产党人和领导干部的坦荡胸襟和磊落气度。再次是表现出作者本人所富有的政治责任感、历史责任感、社会责任感的表达，或者说是作者自己的人生信仰、政治良知、历史意识、社会判断的准确表达。当然，这些特点现对于其在该书中所表达的对于新中国历史发展图景的再现和考量以及对自我的反观、自省、审察，是微不足以道。

（原载《绵阳师范学院学报》2012 年第 6 期）

一部生动的爱国主义教科书

——读《没有硝烟的战线》

郭中朝

我是怀着崇敬而激动的心情拜读《没有硝烟的战线》的。这是年届九十八岁高龄的马识途老先生的新作，这是马老带着深厚的责任感和使命感完成的作品。人物塑造真实丰满，作品主角李亨与贾云英的爱情故事经历磨难，浩气长存，书中所塑造的地下工作者英雄形象大大增强了文学作品的感染力与可读性。这也是一部新时期生动的爱国主义教材，正如马老所说："希望有更多更好的反映革命历史斗争的影视剧推向屏幕，这是精神文明建设的一部分。"这部作品的出版发行，对推动社会主义精神文明建设必将产生重大的影响。

在当前谍战片、谍战剧、谍战书日益繁荣、日益受到读者观众欢迎的时代，马老先生这部作品以反映四川党的地下工作者为了党的事业，为了民族的解放，为了全国劳苦大众的新生，历经各种艰辛与考验，饱受各种屈辱与误解，始终对党坚贞不屈，默默无闻战斗在随时都面临生死考验的隐蔽战线，这些地下工作者用鲜血和生命谱写了一曲又一曲民族英魂的赞歌，这是一部反映李亨从平民走向革命的道路，直到成为民族英雄的情感史、成长史。我读这部大作有以下三点体会。

作品惊心动魄，扣人心弦

由于这部作品是以党的地下工作者黎强同志的生活为原型并结合马老先生自己长期从事地下党工作的经历和经验，经过文学的加工提炼与人物塑造，使这部作品更加真实可信，更加厚重，更加让人爱不释手。作品中的每个故事、每个细节、每个情节都给人以惊心动魄的感觉。比如贾云英根据组织安排从延安回到四川，脱下军装，穿上白大褂，办起了诊所，加入了地下工作者的行列，由于敌人的严密监视封锁，人民解放军主战场的胜利消息无法传递到敌占区，根据工作需要他同护士毛芸才秘密办起了党的地下刊物，从深夜收听收音机收集消息情报、整理撰写文稿、油印刻版、印刷、秘密送出，都是这两位年轻女子完成的。她们既要躲过敌特的监视，又要秘密印刷不被发现，并安全把每封印好的报纸发出去，其中的困难可想而知。然而由于一个再小不过的失误，毛芸才将一份传单装进毛衣口袋送进毛衣店而被隐藏在这里的特务发现告密，敌人顺藤查处了小报，在毛芸才家搜出了印刷小报的油印机，毛芸才被捕，毛芸才的母亲受到了敌人的严刑拷打，贾云英的身份暴露，她们的生死、党的这条线受到了严重威胁，真是九死一生，读到这里怎不令人担忧，然而这两位女共产党员凭借自己的智慧和对党的忠诚，利用贾云英父亲的影响和自己从事的医务工作的职业的掩护，与敌人巧妙周旋，终于化险为夷，躲过了这场危险。

在战争年代处处充满敌中有我，我中有敌的复杂局面。比如，当党的总联络员于同与两位久未联系的线人取得联系后，方知这两位线人早已叛党投敌，于同的身份被暴露，敌人妄想利用这两位特务曾经是党的线人的特殊身份窃取我党更多的情报，并利用党对他们的信任再次打入党内，妄想找到游击队并一网打尽。在这危急关头，于同和李亨巧妙利用敌人的信任，将计就计，将敌人引入深山中的游击队的埋伏圈，一举歼灭。

再比如李亨被委派到敌正规师任政工处长一职，其职责就是秘密查处该师内部的共产党，他秘密发展和依靠的营长何志坚、士兵王得胜原来早已是潜入敌军内部的共产党员，他们成功策划了起义。在何志坚无法判别李亨的真实身份前，只有把李亨送到了解放军手中。当李亨的妻子陆淑芬同他一起被押解到北京时，陆淑芬以为大难临头了，直到到了北京后陆淑芬才知道丈夫隐瞒了自己这么多年，李亨共产党员的真实身份，使陆淑芬转悲为安。

在作品中，这样的情节、故事随处可见，一波三折，扣人心弦，引人入胜。

精雕细刻，气势宏大

整个作品给人一种气势非常宏大的感觉。作品全面展现了解放战争前夜的中国，作品从前方到后方，从延安到四川，从苏区到国统区，从军队到地方，从袍哥到商人，从正规部队到游击队，从敌特内部"中统""军统"之间的互不信任，互相拆台，互相争斗，全面展现了解放战争前夜那场非常残酷、非常宏大的战争场面。在书中我们看到的是对没有硝烟战线的描写，听到的却是隆隆的炮声，看到的是平静的生活，感受到的是惊涛骇浪，马老说："有些谍战影视剧太不注意细节了。"这里的细节就是真实，是生活功底的体现，对细节的描写，就是亲历与听说过之间的差异，所以马老在作品中对细节的刻画力求精雕细刻。马老对这条战线的准确描写把握，都体现在每一次敌我的交锋，每一次外出的行踪，每一个接头的暗号，每一次见面的对话，每一次对话时的面部表情，每一次的穿着打扮，每一份情报的秘密送出，每一场交杯酒中的智斗，每一份传单的收集印刷与送出等一个又一个细小的情节之中，然而在描写中又得到了充分的展现与放大。

在这部作品中，我们既能通过放大镜看清每个细节、每个道具的细微表现，又能通过高倍电子望远镜看到整个宏观世界的宏大场面，这种描写手法是吸引读者的一大特点。

至情至理，催人泪下

当我们捧起这部四十余万字的作品，就有一种沉甸甸放不下的感觉。我们除了被故事情节吸引外，更多的是被作品中塑造的李亨、贾云英、于同等一个个地下工作者的崇高精神境界所感动。

作品成功塑造了李亨这样一个出身袍哥家庭，受过高等教育，反叛家庭，毅然同贾云英一批热血青年北上踏上延安红色之路，在党的培养教育下，成长为一名优秀的共产主义战士。他回到四川打入敌人内部，凭借自己的聪明才智深入敌人情报核心部门掌握了大量珍贵的情报，一次次舍生忘死，与敌人斗智斗勇，挽救了同志的生命，挽回了革命的损失，在数十年地下斗争中，既不能暴露自己的身份，更不能让组织受损失，可以说每时每刻都在经受着灵与肉的煎熬与考验。

作品中的大量对话与内心独白是生动的爱国主义精神的浓缩："在我们这条战线上斗争的人，是注定要忍受牺牲的，牺牲前程，牺牲幸福，牺牲爱情，必要时刻牺牲生命。"在整部作品中，李亨与贾云英的爱情故事贯穿始终。当贾云英从延安回到成都得知李亨已叛党投敌为国民党卖命时，她心如火焚，她想到了她和李亨在延安时的情景，不禁掉下泪来，可她仍不相信这是真的，她继续读着李亨留给自己的信："我们既然在红旗下宣过誓，做了承诺，我们的生命和鲜血都是属于党的，属于人民的，人民需要、党需要的时候，就毫无保留地向革命的祭坛供奉出来。"正因为他们对党的事业有着坚定的信念和钢铁般的意志，他们经受了战争的考验，经受了生离死别的考验，经受了敌人无数次诱惑的考验，经受了爱情的考验，更多的是经受被误解而饱受屈辱的考验，这就是地下工作最伟大的精神所在。

掩卷而思，那些逝去的或仍健在的党的地下工作者才是我们民族的真正的英雄，真正的民族脊梁，他们几十年默默无闻，无私无畏，忍辱负重，甘愿吃苦，甘愿牺牲，甘愿奉献的民族气节，值得我们永远铭记。不论岁月如何流逝，我们的国家再强大，人民生活再富裕，我们和我们的子孙后代都将永远怀念他们，敬重他们。非常感谢马老先生为我们提供的这部优秀作品，让我们受到了教育和启迪，那就是要爱国爱民，矢勇矢忠。

（原载《四川文学》2013 年第 3 期）

文学与传播媒介

——《没有硝烟的战线》的伴随文本解读

冯宪光

马识途是中国文坛上享誉多年的著名作家，从事文学创作七十多年，文学创作丰厚。2005 年，在马识途九十华诞之际，四川文艺出版社出版了《马识途文集》十二卷。这十二卷文中的文学文体十分广泛，有小说、纪实文学、散文、诗词、随笔、游记、杂文等。但是，没有收录 1998 年年底完稿的《没有硝烟的战线》这个电视剧文学剧本①。2011 年，四川文艺出版社隆重出版了这个过去没有收入文集中的电视剧文学剧本。读到这个剧本，我惊叹不已。

我相信读到这个作品的人，许多也会像我这样，为马识途在年近九十高龄仍然继续进行文学创作，而且创作出与他本人过去熟悉的小说文体有重要差异的电视剧文学剧本而惊异。马识途在中国文坛上创造了生命的奇迹，而且也创造了文学奇迹。

作家是以作品的写作而为人所知晓的，而一部作品的文学影响和社会影响则是作家的文学声誉的根基。马识途作为一个作家，在他快要走到常人不可能达到的百岁的生命节点之时，在而今的文学场域，依然拥有崇高的文学美誉，

---

① 马识途在《没有硝烟的战线》序言中把这一作品称为"电视文学剧本"，此说法不确，应称为"电视剧文学剧本"。

不能不说是一个文学的奇迹。20 世纪影响很大的接受美学理论认为，不是作者而是读者赋予文学作品以生命。作家的写作创制了第一文本，而真正的文学是作为有审美主体面对的审美对象，是进入了读者公众审美场域的、由读者对第一文本进行审美再创造的第二文本。读者越多，读者群的时间空间的延伸越是广泛、久远，作家在文学史上的影响越大。这是一种理论观点，但是却又是文学史不争的事实。没有文学影响和社会影响的作品，可能在现代社会的超大流量的信息群中很快被湮没，不为人所知道，也没有人有机会去阅读，最后消失于文学世界不断前行的历史途中。一个作家的文学生命力在于，他的创作动机中始终把读者的需求摆在了显要位置，把读者需求与媒介手段的运用摆在了显要位置。

对于《没有硝烟的战线》这个作品，应该认真研究和学习。由文本结构分析、文本间性分析为着眼点的现代文学批评对文学作品的解读，不是仅仅对作品文本本身的形式、内容做封闭式的阐释，而是深入到这个作品文本与当下文化的连接中，阐释作品是否契合读者或接受者在当下的文化期待。文化期待就是文化需求，它也不是由读者公众主观设定的，是读者公众与社会和文化签下的约定。符号学专家赵毅衡近年有一个伴随文本理论问世，意在解决读者公众如何在一些作品的记号中发现和验证自己与文化的契约。其要点是，"任何一个符号文本，都携带了大量社会约定和联系，这些约定和联系往往不显现于文本之中，而只是被文本'顺便'地携带着。在解释中，不仅文本本身有意义，文本所携带的大量附加的因素，也有意义，甚至可能比文本有更多的意义。"① 赵毅衡认为，显性的伴随文本又称作文本的"框架因素"的副文本，就是书籍的标题、题词、序言、插图、作者身份等作品文本的边缘因素。四川文艺出版社出版《没有硝烟的战线》时的封面文本制作，就加置了副文本。在封一的正面，除了规范性地在上方写入作品和作者名称之外，在下方用红底凸显出黄色与黑色间隔的字符："《让子弹飞》原型小说作者全新演绎谍战风云。"在这凸显的两行横排文字下端才是出版社的名号。封一的折叠内页上，印出了通常的作者介绍。而这次的作者介绍不同以往的地方是，又一次说明了《让子弹飞》

---

① 赵毅衡：《符号学原理与推演》，南京大学出版社，2010 年版。

这一电影与作者的关联。介绍说："1961 年，长篇小说《清江壮歌》出版发行，震动全国，从而奠定了他在中国文坛的地位。2012 年。长篇小说《夜谭十记》被著名导演姜文改编成电影《让子弹飞》，全国再次掀起马识途热。"书籍出版制作的伴随文本，一般而论，出自出版社编辑的策划，并且经过作者本人同意。从文化生产的角度来看，这是现代文学生产的必要环节。不要小看了这区区小文，它们作为伴随文本，揭示了读者接受马识途这一作品的文化语境，说明马识途这个作品的价值是时代社会发展、文化发展所赋予的。一个作家要保持长久不衰的文学生命，必然要服膺时代，尊重读者，敬畏读者在时代趋势中与社会和文化签下的文化约定。这个文化约定承载着读者受时代和社会制约的文化需要。

2010 年热映影院的大片《让子弹飞》改编于马识途小说《夜谭十记》中的《盗官记》。此影片红遍中国南北，受到不同年龄的观众喜好，创下高额票房。一位观众在网站上发表文章说："要不是姜文的电影《让子弹飞》，谁会去重读马识途的《夜谭十记》呢。"不能否认，如果没有电影《让子弹飞》，还是有人要读《夜谭十记》的，《夜谭十记》依然有它的文学价值。同样不能否认的是，如果没有电影《让子弹飞》，《夜谭十记》不会在近年成为文学接受中的热门读物。更有可能的是，四川文艺出版社不一定会出版马识途的电视剧文学剧本《没有硝烟的战线》，我们可能也不会知道马识途在高龄之时，洞悉文化发展的趋势，极尽努力、奋力介入现代文化生产，写出电视剧文学剧本，表现了一个作家敬畏读者的时代文化约定的文学精神。这种文学精神就是：在社会主义市场经济条件下，使文学创作尽可能适应广大人民群众正在发生变化的文化需求，积极进行新媒体文学的创作。

所谓新媒体文学是与不同于传统只与书面印刷媒体结合的文学样式，是与新媒体艺术结合在一起的文学创作。今日的中国是开放的中国，高新技术的现代传媒手段早已进入多种艺术制作，而电影和电视剧由于其符号媒介的直观图像的特点，特别是因为具有电视传播覆盖面广阔、电影院线在改革之后拥有众多观众的优势，从目前情况看，电影和电视剧比之于包括文学在内的其他艺术而言，拥有占人口比例绝对优势的接受者。艺术的传播和接收是需要力量的，传播媒介一直是这种主要的力量，艺术史上由于传播媒介的更新和更替，在整体艺术格局中总会有些艺术独领风骚，而占据鳌头的艺术一般总会是由当时的强势传播力量构造。当然，人类已经产生的艺术，特别是影响较大的艺术，在强势媒体易位的艺术格局重构中，可能会丧失强势地位，但是由于其悠久的传播历史，在人类和民族的文化心理积淀中已经占据了牢固的位置，应该不会立即消亡。文学在当下艺术格局中的地位，我认为就是这样。但是，它的存在方式在社会文化中可能已经开始发生了改变。文学的语言写作会延续下去，可能会有两种主要方式。一种方式是继续以传统的文字的书面，即印刷文本的形式存在，延续人类书面阅读的接受传统和个人独处的阅读快感。从我们所处的历史时期来看，这种文学的存在方式还可以继续延续，不可能短时间就中断。这种情况犹如"五四"新文化运动之后，读者普遍接受白话文这一新语言媒体写作之后，一些作家还可以专注于古体诗的传统语言媒体文言写作一样。在文学场域中的媒介转换过程中，始终存在着这种传统媒体写作的小众空间而文学面对的大众空间却已经转向了新兴媒体的文学。这样，在另一方面，很可能文学作品的写作和阅读，在许多方面开始逐渐与新兴媒体艺术结合，成为新媒体艺术的一个重要组成部分。现时代，电影、电视剧剧本就是新媒体文学的代表。

电影和影视剧不是电子技术媒介的单一媒体艺术，它们是以现代光电技术为核心技术支撑的多种媒体艺术，以语言作为主要媒介手段的义学是现代电视剧的综合结构的主要组成部分。文学所应用的语言媒介是人类自身在日常生活交流中必备的基础媒介，是与人类自身的生存同一的。没有语言就没有人类的生存，也没有社会的存在。人类历史上出现过的综合艺术一般都有文学参与。而且，语言的符号功能在文学中的长期、规范使用，建立了抒情写意、叙事造型的艺术模式，对于其他艺术，特别是电影、电视剧这类叙事造型的艺术，有深刻的影响。或者说，电影、电视剧的叙事模式，是在文学，特别是其中的小说等叙事性文体的叙事模式中建立起来的。戏剧作为独立艺术兴起的时候，就有文学剧本。同样，一直以来，电影和电视剧都有文学剧本。在当前，艺术已经不是一个只对人的精神世界发生作用的活动，而且成为生产活动的一个重要产业，是文化产业的主干。在一个以经济建设为中心的社会，艺术作为文化产业的存在，同样影响着文学的生存和发展。在现时代，作家介入影视艺术，作为文学剧本的创造者的使命，是艺术发展的要求。

马识途所创造的文学奇迹，就是在读者等接受者需要新媒体文学的时代出现的。而且马识途高龄创作电视剧剧本的行为本身，给中国新媒体文学的发展树立了一个老英雄的榜样，也给我们以深刻的启示。中国要成为文化强国，四川要成为文化强省，应该建设强大的文化产业，应该推出有强大传播力的原创性艺术作品。这二者是相互依存的。现代艺术品的价值定位是双重的，既要有原创性，又要有传播力。这就需要作家、艺术家与文化产业的结合。文化产业本身在建设中也是既要注重强大传播力的硬件建设，同时要注重对于原创性艺术品的强力传播。二者的结合才有可能促进文化的大繁荣和大发展。

（原载《绵阳师范学院学报》2013 年第 9 期）

理性反思：时代最深刻的需要

——读马识途的《党校笔记》

谭继和

　　马老已近期颐百岁，但赤子不泯童心。《党校笔记》的五册记录原稿，他裱藏在他的首饰盒内。我是前年夏天在马老家中看到这部笔记的，他要我猜盒内装着什么，颇有"老顽童"神气。他把整理出的电子版原稿（不是复印稿，上面有马老亲笔改正的错字）交给我，后来经过曲折的审查过程，在我们当代四川史编委会主办的刊物《当代史资料》上首次刊载了其中个人学习笔记部分，引起很大反响。去年9月1日我又获读由马老题赠的中央党校出版社出版的《党校笔记》，除删去八千余字外，几成全璧，令人喜出望外，无限感慨。

　　《党校笔记》是三十多年前为改革开放鸣锣开道的时代的一份真实历史记录，是当时参加学习的一批省部级老领导老同志，怀着对于祖国、人民和党的无限热爱，对于改革开放的热切期待，对于阻碍历史前进的习惯势力的深恶痛绝的心情，而对祖国和民族前途命运进行理性反思的真实记录。它体现了时代最深刻的需要，体现了经历"文革"苦难后一片精神荒漠对于解放思想的甘泉渴求。这些老同志毫无自私自利之心，以我血荐轩辕的勇气，畅所欲言，思想解放，毫无顾忌，发人之欲发而未发，言人之欲言而未言，既要做"文革"劫难、满目疮痍后的精神清道夫，又要做未来改革开放时代规划蓝图的理念勾画者。马老，一位赤诚的有心人，把这一切用口述和笔录的形式记载下来，形成十多本沉甸甸的"笔记",保存到今天。这无疑已成为当今时代最深刻需要的精神遗产,值得我们研读和深思。清人魏源说:"学之言觉也,以先觉觉后觉。学之言效也,以后人师前人。"作为后辈学生,我认识马老三十多年,有机会在许多场合聆听马老的教言。这部《党校笔记》是我最喜欢的马老的一本理论著作。其中蕴藏着不少"以先觉觉后觉",以后人师效前人的思想精华。其中蕴藏着领先一步的经验教训、智慧火花和颖悟灵性,这对于其后的思想解放潮流已经起过不小的推动作用。今天正是需要深化改革开放的时候,读到这些言论,仍然感到十分犀利,很是有用。

《党校笔记》有四大突出特点:

一、思想解放需要深刻的理论探索和理性反思。通过这本书,促使我们对这一命题加以认真的思索。早在三十年前这些老同志已经提出了"思想解放还很不够,没有过头的问题",应该具有的问题是需要对几十年革命和建设经验教训的理性反思。马老当时对这个问题的思考是:"思想解放没有过头的问题,所谓'适度解放思想'就是不能解放思想,或者(只是)适于自己要的度。以我为标准的解放思想,就是'奉命解放',等于不解放,甚至比不解放更坏。"这些思考是当年在马克思主义指导下的科学理性的产物。这部《党校笔记》记录了当年不少的这类思想解放的思维结晶。这些言论从多角度、多层次、多方面加以研究和分析,大到国体、政体,党的领导,经济结构、经济发展,小到政府如何具体操作、党内如何过民主生活。其中所体现的思想解放与实事求是相结合的思维方式和研究方法,今天看来还栩栩如生。应该说,今天科学发展观的提出,是人民群众的思想智慧,是党的思想智慧积累体现的结果。它离不开当年党内那批思想先行者提供的思想范式。今后经济、政治、文化体制改革的深入发展,也离不开三十多年来先行者们提供的思想养料。

二、强烈的居安思危的忧患意识。不仅体现在这本笔记的字里行间,还体现在他们对居安思危的认识高度。马老是个有心人,他在这本笔记里上下求索,广引识远,从多方面对治乱之源加以探究。特别是对"权力——腐蚀剂"的论述,尤能振聋发聩。"天下之患,莫大于不知其然而然。不知其然而然者,是拱手而待乱也。"(苏轼:《策略一》)在这本笔记里,马老提出了许多问题,对每个问题又都要追索其所以然,然后还要做出自己的回答。

这些问题在今天特别有其重要意义。今天，改革开放已进入攻坚阶段，有关发展的问题又多又复杂，尤需要思索"文革"致乱之源的教训，居安而不忘治乱之源。"天下之患，最不可为者，名为治平无事，而其实有不测之忧。"（苏轼《策略一》）20 世纪 90 年代初，马老曾经为《成都晚报》开辟过《盛世微言》专栏，写了不少篇杂文。1994 年时，我主持成都出版局和出版社时，多次为该书编辑工作求教和商讨于马老。马老曾主张书的封面设计要有创意：封面上的书名用《盛世微言》而其底色在"微"字处隐约见一"危"字。我当时很钦佩马老这一设计，但如把"微"字改为"危"字，我的顾忌很多。主要是害怕被揪住辫子，"盛世"岂能有"危"？我就商于北京某要人，也拿不出个决断，劝我谨慎。我就把马老这个设想放弃了，只用了《盛世微言》，而没用"盛世危言"，当时主要不是害怕我自己受批判（按惯例，书籍出版有政治问题，只处理编辑，不处理作者），而是怕书被封杀。后来杂文集出版后，反响很大很好，这才放下心来。今天看来，马老的盛世忧患意识是很强烈的，对我们学者是十分有用的警示。

三、对马克思主义中国化的探索精神。三十年前这本笔记中提出的问题，例如真假社会主义问题，封建世袭等级制度和官本位的习惯势力的影响问题，"党与官、官与权、权与利、利与弊"的关系问题，在今天都还需要在探索马克思主义中国化的道路中来加以解决。郭沫若曾经主张"把马克思请进文庙，让孔夫子与马克思对话"。马老是四川郭沫若学会的创会会长，马老走的治学道路，正是以民族传统文化为基础，接受、研究和运用马克思主义之路。在今天，马克思主义的中国化，首先离不开中国的现实实际和历史实际。马克思主义的中国化，最根本的问题，是民族文化复兴之路向何处去的问题。按 20 世纪 30 年代郭沫若的设想，这条民族文化复兴之路，就是把马克思请进文庙，让马克思与孔夫子对话，实现共产主义与大同理想的融通。总之一句话，民族文化的复兴之路，就是把马克思请进文庙之路。这条路是漫长的、探索性的，是今天还在努力实践着的问题，因为文化是灵魂，是根，是共有的精神家园，马克思主义要在中华民族精神家园中生根，必须走马克思和孔夫子结合的道路。马老对郭老的思想有精深的研究，四川郭沫若学会能在学术道路上取得大家注目的成绩，与马老"知人论世"的研究精神和精心指导是密不可分的。

《党校笔记》中没有涉及郭沫若，但处处可以看到马老在书中提出来的那些问题，都是以对民族文化复兴的焦虑，对实现民族和国家的核心价值观的焦虑为归依的，由此也可见马老与郭老心是相通的。当代中国知识分子文翰藻思，百家争鸣，如要一归雅正，论到植其根基，还是应该走马克思主义中国化的探索和实践之路，这是马老《党校笔记》给我们的一个深刻启示。

四、传承巴蜀文宗关心时政、洞察世事的精神。"文宗自古出西蜀"，从赋圣司马相如、"西道孔子"扬雄、唐代诗宗陈子昂、诗仙李白、诗圣杜甫、千古第一文人苏轼、放翁陆游、明代著述第一人杨升庵、百科函海李调元、性灵南宗张问陶，到当代文化巨人郭沫若和巴金，不仅是彪炳一代的文学家，而且也多是关心时事政治，百折不回讲真话的思想理论家，具有百科型与球形思维的传统。这个传统所内含的精神，我们可以在《党校笔记》里发现它的脉动和跳跃，发现上述巴蜀历代文宗特色个性精神的传承。马老《党校笔记》有政治家的关心时政、洞察世事的强烈入世精神和强烈的历史责任感，有理论家的见微知著、居安思危、分析本质、入木三分的深厚功底，有学术家博览群书的渊博知识，有散文家的汪洋恣肆的文学功夫，有诗人内在的烈火热情和一往无前的无畏勇气。特别是其中所彰显的爱祖国爱乡土的精神和勇气，历史巴蜀文宗关心时政，把自己命运与国家命运紧密相连，"穷年忧黎元，叹息肠内热"的入世精神，是值得我们后辈深思和学习的。

马老有句格言："检点平生，我行我素。"我对这一格言服膺之至。马老现已百岁，还创造了这么丰硕的精神财富，实在令人仰止。在马老八十岁时，我们曾为马老举行诗会以祝寿。我献丑做了《我行我素颂》一诗以介马老眉寿，后来登在《诗词报》上。现在，我摘引几句，作为我对《党校笔记》内在精神的一点粗浅体味：

君子坦坦荡荡，小人凄凄惶惶。
平生我行我素，管甚飞短流长。
识途老马金言，多宜扪心思量。
自古巴蜀文宗，直笔以神为王。
征途八十风尘，愈老愈怀刚肠。

清江壮歌浩淼，巴山夜雨苍茫。

夜谈传奇十记，微言盛世流芳。

志在慷慨报国，何计笔走猖狂。

青松劲节挺拔，雪梅高树留香。

谁说雄骏已老，鹤发胜似少壮。

凡蹄一日百里，龙驹瞬息万疆。

我愿天公抖擞，以介马老安康。

（原载《郭沫若学刊》2014 年第 3 期）

民俗化和巴蜀风的追求

谈马识途的讽刺小说

苏鸿昌

马识途同志从 1961 年 9 月以来，已先后发表了三篇短篇讽刺小说。这三篇作品无论在思想上艺术上，都取得了一定的成就，尤其在如何运用讽刺文学的形式来反映人民内部矛盾的问题上，能够给我们一些启示，是我们文艺百花园中几朵别具特色的鲜花。

从这三篇作品的题材及其教育意义来看，《最有办法的人》和《挑女婿》可以说是揭露腐朽的资产阶级思想行为的姊妹篇。如果说《挑女婿》是对资产阶级的家庭生活、恋爱观点、人伦关系、审美观点的丑恶本质的暴露和鞭挞的话，那么，《最有办法的人》则是对投机取巧、拉来扯去、买空卖空和行贿腐朽干部等恶劣的资产阶级行径的严格批判。这两篇讽刺小说，都没有停留在对资产阶级意识行为的一般的揭露上，而是比较鲜明地描写了资产阶级分子和有严重的资产阶级思想行为的人在新的条件下的新特征。

《两个第一》（载《人民文学》1962 年 2 月号）这篇小说，虽然不是反映人民内部的阶级斗争，但是作家仍以一种对生活的极为敏锐的观察力，将我们日常生活中一些同志的拘谨、机械和不踏实的缺点揭发出来，给以善意的幽默讽刺，使人们在微笑中和这些缺点"告别"。这仍是很有意义的。

这三篇小说，除了它们的内容富于现实教育意义外，还有比较生动的性格描绘。作家善于采用各种不同的手法展现人物的性格。如果说《最有办法的人》中的莫达志和《挑女婿》中的爸爸妈妈的性格，是通过他们的各种不同的行动和心理的剖析逐步展现出来的话，那么，《两个第一》中所有的情节，都是为了反复地突出、渲染、加深史股长性格中拘谨、机械和不踏实这一特点的。而《最有办法的人》中的吴天柱之流的性格，则是通过作家得力的寥寥几笔勾画出来的。我们试看这一段精彩的描写：

> ……莫达志看见吴天柱连呷了几口茶，皱了几回眉头，又开始抓他那秃头上几根稀疏的头发，莫达志觉得大有希望了。他过去和这人打交道就知道，只要他用手抓一阵他那几根稀疏的头发，他就会抓出一个好主意来。现在吴天柱的眼睛开始发光，脸上露出笑容，他一定是想出办法来了。果然他和莫达志斗了一下耳朵，莫达志笑了起来。

单凭吴天柱在这一刹那间的外部表情，我们就可以窥见他那无孔不入，无缝不钻的地老鼠性格了。

在性格的刻画上，作者善于把讽刺文学所特有的对被讽刺人物外部特征的夸张，同对内心活动的细致描写有机地结合起来。在《最有办法的人》里，作家除了对莫达志的外在特征和行为加以夸张丑化以外，对莫达志的内心活动，也有很多细致的描写。比如：莫达志在受表扬以后的高傲得意和卑微的感恩的内心活动；他在建筑公司当材料员以后，把其他材料员看作"泥鳅"，认为自己是"一条蛟龙困在泥塘"的心情；他到重庆看见"当年鏖战激烈的地方"所产生的"吊古战场的情绪"；以及在他的一切丑恶的品质都被揭穿以后，"关起屋门，四肢朝天地躺在床上"所做的"反省"等，都是写得相当出色的。这些细致出色的内心活动的描写，不仅使人物性格更加鲜明，而且把被讽刺人物的灵魂剖析得更为深刻。

作品中符合人物身份、个性的语言，对人物性格的显示也起了很大的作用。只要听听莫达志的这些话："卑职愿效犬马之劳，以报科座知遇之恩。""唉，什么社会主义经济，一点味道都没有，根本不叫你使出本事来。""老弟，生意场中的老皇历'逢贱莫赶、逢贵莫烂'还用得着哩！"——我们也就不难明白他是怎样的一个角色了。

马识途同志的这三篇小说之所以是优秀的讽刺文学作品，还在于它们表现出了作家相当高的讽刺、幽默的才能和讽刺文学的一些基本特征。

首先，作家的革命理想和对于现实生活的热情，不是表现在对作品的英雄人物或正面主人公形象的塑造和歌颂上，而是通过对生活中丑恶的资产阶级思想行为的揭露，以及对社会生活中一些与社会主义原则格格不入的现象的严格批判表现出来的。从作品中看得出来，作家的全部注意力，都集中在揭露、突出、抨击资产阶级丑恶的思想行径上的；甚至对我们的某些不失为好同志的一些见惯不惊的缺点也不放过，而能站在较高的党性的立场，以极为敏锐的观察力，将这些缺点突出，向读者暴露它与社会主义生活原则的矛盾，从而引起人们注意克服这些缺点。虽然在《最有办法的人》中写了冯书记、许主任这样的正面人物，《挑女婿》中对林利娜和李楚章的描写也花去了不少的篇幅，但作者却是以塑造像莫达志和林利娜的爸爸妈妈这样的反面形象为其中心任务的。而像《两个第一》中的史股长，作者虽然一开始就交代了他是一个好人，但却不是着重写他之所以是好人的事迹，而是着重地将他的性格中的不好的那一面有意地突出出来，进行善意的幽默和讽刺——这就使得这三篇作品的讽刺特点鲜明起来，增强了战斗力。

其次，作家成功地使用了嘲笑这一为讽刺文学所特有的艺术手段，来加强作品的抨击力度。作家没有人为地从偶然的误会和巧合中制造笑料，而是处处从人物所装作的外貌、人们对他们的印象与他们的丑恶本质之间的矛盾，以及这些被讽刺的人物所企图达到的目的，与生活本身逻辑发展的结果的矛盾，来使笑料突然发生。的确，当我们看见莫达志这个资产阶级的"材料油子"，竟被看作是"最有办法的人"的时候，我们不能不笑；当我们看到莫达志企图用投机取巧的卑劣手段，来获得"他的人生途程上"的"新的光明前景"，而生活本身的逻辑却迫使他不能不"痛哭流涕地检讨"，从此"变成一个最没有办法的人"的时候，我们不能不笑；当我们看见林利娜的爸爸妈妈自认为"时新"的、"合乎潮流"的、"学习够了"的一切，正是他们资产阶级的虚伪庸俗所在，他们在挑女婿中的唯地位是图的观点如何遭到现实生活的嘲弄的时候，我们不能不笑；这笑的本身就包含着对被嘲笑对象的否定。值得注意的是：这里的笑，既是鞭挞被嘲笑对象的武器，在很多地方同时也正好生动展现了人物的性格。莫达志在受到老王科长的表扬，并自认拉拢领导干部的阴谋得逞以后，在外表上是那样的"主动和每个相识的人笑嘻嘻地打招呼"、"显得比平日更加虔诚、谦恭"，而在内心却是那样的"心高气盛"、骄傲得意，这固然令人发笑，但同时也正是像莫达志这样的资产阶级思想严重的人的性格特征之一。在《两个第一》中，史股长和卫生检查组的同志关于卫生检查和浪费检查的先后次序的争执，以及在他得了两个倒数第一后的不服气，既是那样的可笑，同时也正好渲染、加深了他那拘谨机械的性格特征。在《挑女婿》中，那段爸爸发现李楚章不是李处长的描写之所以相当精彩，固然在于它几乎处处令人发笑，对爸爸的地位观点进行了尖刻的嘲弄；更重要的是这些令人发笑之处，正好把李楚章的纯真朴实的性格和紧张拘束的神情，以及爸爸那种故作文雅，而在弄清自己的女婿不是处长以后又"吓得发呆""不能自持"的丑态，表现得惟妙惟肖，淋漓尽致。

第三，作家懂得讽刺作品的语言，是文学语言的一种特殊形式，这三篇作品的叙述语言是犀利有力的，作家大量地、成功地使用了讽刺语（即反语）。比如：《两个第一》和《最有办法的人》这题目本身就是明显的反语。因为"两个第一"所描写的实际上是史股长如何得了两个"倒数第一"，所谓"最有办法的人"，实际上是刻画了充满资产阶级臭味的、最没有办法的人。这两个题目本身就极富有讽刺意味。而在作品的具体描写中，出色的讽刺语更是随处可见。比如：在《挑女婿》中，作家把林利娜的妈妈对打扮装饰的庸俗要求，叫作"高级审美观点"，在《最有办法的人》中，把莫达志新中国成立前的投机倒把勾当，叫作"英雄的业绩"等，这都加强了作品的讽刺力量。此外，作家还在不少地方使用了戏拟的语言。在《两个第一》中，用"且说有一天"这样的戏拟章回小说的语调，来叙述史股长获得两个倒数第一的故事。在《最有办法的人》中，戏拟基本建设的术语，把莫达志对自己的装饰，描写为"他在自己身上，也投了一点资，搞了点'基本建设'"，这也使得作品在严肃的讽刺中带有诙谐幽默的意味。

我们知道，在文学作品中如何正确反映人民内部矛盾，是一个新的课题。如何在讽刺文学作品中反映人民内部矛盾，则更是一个新的课题。讽刺文学的着重揭露，以及夸张、嘲笑、大量地使用讽刺语言等特征，如果掌握得不好，有时会导致对生活的主流的否定，混淆两类矛盾的界限。马识途通过这三篇作品，对于如何运用讽刺文学这个武器来反映人民内部矛盾，可以给我们一些启示。虽然在作品中着重揭露和突出了生活中的一些消极反面现象，但是我们仍然能够鲜明地看到生活的健康的主流。就以《最有办法的人》这篇作品来说，虽然着重描写了莫达志借各部门在建筑材料上互通有无的机会，拉来扯去，胡搞乱来的恶劣行为，但是，作家却不仅明确地表现了互通有无的协作精神，描写了许主任、冯书记等正面人物形象，表明了他们才是生活的前进方向的真正代表，而且作家还在作品中描写了莫达志的这样一种思想活动："想起冯书记的面孔，就觉着这人不简单，眉宇之间，看着他莫达志，总好像在说：'哼，少搞些鬼吧，我早就看出来了'。"这就从反面人物的心理反应上，有力地表现了邪不敌正的生活规律。

在对属于人民内部的反面人物和有缺点的同志的讽刺上，作家则根据毛主席的正确处理人民内部矛盾的精神，掌握得很有分寸。作家对反面人物的嘲弄和讽刺都是最辛辣不过的，对他们丑恶的资产阶级的思想行为，是无情地鞭挞，彻底地否定。但是，由于在我国条件下工人阶级和资产阶级的矛盾，一般的仍是作为人民内部矛盾来处理的。因此，作家在对他们同现实生活所发生的矛盾的具体处理上，就不能同处理敌我矛盾的方法混淆起来。这个界限，在三篇作品中都是划得很清楚的。《挑女婿》中，在林利娜和李楚章好下去以后，作家便没有再把爸爸妈妈进行挑拨离间的阴谋揭穿，以免他们下不了台。在《最有办法的人》中，作家在莫达志做了一番自我批评以后，仍然让他留在建筑公司材料科搞内勤，给予了改造自新的机会。然而在《两个第一》中，由于所嘲笑的史股长是人民队伍中的好同志，因而作家虽然把他的性格中的个别缺点尽量地突出，使人发笑；但是，这种笑，与其说是对史股长的尖锐讽刺，毋宁说是对这个好人的个别缺点的善意的幽默。作家虽然嘲笑了他在办公地伙食中的"单打一"作风，将"机械化股长"的诨号加在他的头上，但作家仍然肯定了"他管工地的伙食管得很好，总叫工人吃得好好的、饱饱的"。虽然用两个倒数第一的结果，来嘲弄了他的"争取两个第一"的信念，但这主要是嘲弄他的拘谨、机械和不踏实的缺点，而不是讽刺他具有故意浪费国家资财的品质。总之，马识途同志在使用讽刺这个武器来反映人民内部矛盾的问题上是界限分明、分寸恰当的。我们可以从中得到有益的启示。

当然，我们不能说这三篇作品已达到尽善尽美的程度了，无论在概括生活的深度广度方面，或艺术的处理上，我们都还可以向作家提出更高的要求。比如《挑女婿》这篇，同其他两篇作品比较起来，虽然有很多精彩的片段，但仍有某些不足之处。以对林利娜的爸爸妈妈的某些描写来说，既然林利娜的爸爸妈妈在挑选女婿中的地位偏见是那样严重，他们在发现李楚章不是李处长以后，便千方百计不让林利娜和李楚章相好下去；而在他们误以为张扬帆不是工程师而是工人的时候，就要林利娜回过头去和李楚章相好，这似乎不大合乎情理，与他们的性格也不大相符。作家对这一问题的解释是："技术员总比工人好些，何况他（指李楚章）还是一个党员呢。"但是，我们可以这样提问：对于这样的资产阶级分子，在二者都不能满足他们的贪欲时，难道他们不可以另有他求吗？此外，在爸爸误会张扬帆是工程师后再相见时，爸爸就很生气地，直截了当地问张扬帆："你犯了什么错误？"这与长于世故的爸爸的性格，也是不太相称的。鲁迅说："讽刺的生命是真实，不必是曾有的事实，但必须是会有的事实。"的确，在讽刺作品中，为了讽刺，作家有权利夸张，甚至将被讽刺的人物漫画化，但是仍然必须合乎情理，必须合乎人物的性格。详细研究这篇作品的不足，不是这篇文章的意旨所在，这里也就不多谈了。

（原载《四川文学》1963 年第 2 期）

一株讽刺艺术的奇葩
——读马识途的《学习会纪实》

张忠富

马识途同志最近发表的讽刺小说《学习会纪实》（原载《四川文学》1982年6期），值得一读。

看：为了贯彻中央工作会议的精神，在市委的布置下，局党委第一把手常书记下决心抓好局中心理论小组的学习了。在他动员时，反复讲了学理论的必要性、重要性以及学习计划、学习方法、学习纪律，谁知下午的学习他第一个就带头迟到了。快到三点了，才稀稀拉拉地来了五六人，连主管学习的常务自己也没有来……接着，到会的有的高谈阔论，"交流情报"；有的发发牢骚，泄泄私怨；有的抓紧时间，批阅文件；也有的索性闭目养神，练起"气功"……

这样的会开得好吗？当然不行。但常书记下这么大决心要开这样的会，决不只是想借此让行政科买来新绒布沙发垫子和三百多元一把的落地式电风扇，使头头们有个安逸的学习室，而是想借此抓出个好的典型材料来，报送机关党委，好让上级知道他们是如何重视理论学习和政治思想工作。对当前的现实来说，这个问题严重吗？严重！危险吗？危险！这么一个我们平时见惯不惊的现象，一经马识途同志把它典型化，多么警策动人啊！我们要问，这样的领导核心，能率领人民去为"四化"披荆斩棘，攻关夺隘吗？

鲁迅说："讽刺家是危险的。"读了这篇小说，也许有人会问：难道打倒

民俗化和巴蜀风的追求 ｜ 181

"四人帮"后的今天，我们的老干部还这么糟？这个问题，应当深思。我以为，《学习会纪实》深就深在它不仅使我们看到像常书记这样个别的干部，个别的领导部门，看到他们怎样对待党的事业，而且让我们看到造成他们这样做的历史环境。

看吧，一个市下面的局，正副书记、正副局长共十五人。单是这十五名就很不好办！在这样臃肿的领导班子中，必然是人浮于事，公文旅行，互相牵制，互相扯皮。那位雷副局长的"牢骚"就告诉我们，要改变这种情况，除改革干部制度一条外，还须进一步肃清"四人帮"的流毒。马识途同志正是高屋建瓴，从这历史高度出发，把准了他笔下讽刺的对象，给人以深刻的启示。读了马识途同志的《学习会纪实》，我们会感到：党中央关于干部制度改革的决策，是多么英明、正确啊！

不错，讽刺是有夸张的；没有夸张，也就没有讽刺。小说妙就妙在：夸张的结果非但不使人感到悲观，反而增强了人民的信心。为什么？读者固然看到了一个荒唐的、滑稽的会，令人啼笑皆非；但读者决不只看到了牢骚、沉默、逢迎、气功、冷漠对待一切等，而且更看到了十年浩劫的后遗症，增强了医治创伤的信念。可以相信，一旦中央正确的决策得到贯彻，这些有功于民、跟党多年的老同志，一定会振奋精神，再立新功，改换这一可悲局面的。

杜勃罗留波夫说过："把崇高的思想自由地转化为生动的形象"至关重要。《学习会纪实》首先在我们眼前显现的正是形象，然后才是形象所流露的思想。在十五个局级干部中，至少有七八个刻画得栩栩如生，毫不雷同。常书记的深沉、随和与练达，雷副局长的自私、不满与"大炮"，张副书记的正直、压抑与书生气，王副局长的精明能干与信心十足，吴副局长的明哲保身与胆小怕事，汪副局长的与世无争和一心保命，陈副书记和丁副局长的乖巧与精明，都是写得很见功力的，作家是如何把这些老干部写得眉目清楚、性格迥异的呢？出于内容的需要，马识途同志重点从他们的政治态度入手，除个别的人物外（如雷副局长），一概省去了他们的肖像描写，着力把他们不同的精神面貌精雕细刻出来。在政治态度上，对三中全会抵制的有常书记、雷副局长，他们的区别是一细一粗，一里一表；拥护的，是张副书记、王副局长，他们的区别为一重理论，一重实干；随大流无可奈何的，是赵书记、吴副局长、汪副局长，他们的区别是一沉默，一害怕，一保养；等待观望的，有李书记、陈副书记、丁副局长，他们的区别是一老二中，前者是等着建立"石守内阁"，后者是等着接班。如果说形象大于思维的话，那么细节更大于情节。作家用政治态度的不同来区分不同人物而又没有概念化的痕迹，这正得力于"细节"的力量。比如，吴副局长的发言的细节，就给人深刻的印象。他一开口就是"十分必要，非常及时""正如常书记刚才的指示"……而且在书记一再纠正他时，他都改不过口来，这不正活现出了他灵魂深处所沾染的不正之风的污垢？

马识途同志是讽刺的能手，当我们在读《学习会纪实》时，自然想到他过去写的《最有办法的人》《挑女婿》《两个第一》等作品。鲁迅说："讽刺作者虽然大抵为被讽刺者所憎恨，但他却常常是善意的，他的讽刺，在希望他们改善，并非要捺这一群到水底里。"马识途同志深谙此道。读《学习会纪实》，使我们看到一个身为老干部的老作家，对被讽刺对象的满腔热忱，对祖国"四化"的赤子之心。他是多么希望包括常书记在内的战友共同前进啊！

用讽刺小说来为"四化"服务，这毕竟是一个新课题，而老作家勇敢地为我们提供的东西，也许是远远超过作品本身的吧！

（原载《文谭》1982 年第 6 期）

小说民族化的新尝试

——读马识途长篇小说《夜谭十记》

陈朝红

老作家马识途的新作《夜谭十记》，是一部艺术上别具一格的长篇小说。作家从 1942 年酝酿动笔，直到 1982 年最后定稿，经历了四十年的风风雨雨，同马识途本人的遭遇一样，几经磨难周折。作品从一个独特的角度，比较广泛地反映了四五十年前旧中国的社会面貌和世态人情。

《夜谭十记》是作家丰富的生活积累的结晶，也熔铸了作家鲜明的强烈的爱憎感情和特有的讽刺幽默才能。在《后记》里，马识途说，他从事党的地下工作的年月，和"三教九流的人都有交往，他们给我摆了许多我闻所未闻、千奇百怪的龙门阵。特别叫我不能忘记的，是我还在小衙门和机关里结识过的一些科员之类的小人物"，"在他们结成的'冷板凳会'上，听到了我难以想象的奇闻逸事"。作家长期的革命斗争经历和广博的社会见闻，为这部作品提供了大量的生活素材。展读作品，人们看到了一幅幅多么丰富生动、触目惊心的社会生活画面：上到"党国要员"的钩心斗角，下至市井小民的离合悲欢；城市的灯红酒绿，农村的荒凉破败；轰动一时的官场隐私奇案，乌烟瘴气的社会闹剧丑闻；三教九流的人物命运，津津有味的街谈巷议，都被作家栩栩如生地描绘出来。《报销记》通过一个在官场争斗"旋涡"中险些被"报销"了的小科员的奇遇，揭露了孔二小姐操纵的"富国"粮食公司和粮食部长控制的"裕民"粮食公司狗咬狗的斗争。《娶妾记》揭露了当时轰动山城的耸人听闻的一桩"桃色事件"的内幕，猛烈地抨击了达官贵人们一边大发国难财、一边花天酒地的腐朽糜烂生活。《禁烟记》揭开了国民党大肆喧嚷的所谓严禁鸦片烟的骗局。在《沉河记》里，作家又把笔伸向古老偏僻的山乡，揭露封建势力摧残迫害妇女的一幕幕人间惨剧，撕开了封建卫道者的伪善面目。作家那支既诙谐揶揄、又饱含着鲜明爱憎的笔，具有强烈的讽刺和批判的力量，嬉笑怒骂，痛快淋漓，寓严肃深刻的政治揭露于冷嘲热讽之中。作品像解剖刀，剖开了旧社会腐败肌体的一个个脓疮；又像照妖镜，照出魑魅魍魉的凶残嘴脸和丑恶灵魂。

《夜谭十记》具有鲜明的民族风格和通俗文学的一些特点，在小说的民族化、群众化上做了有益的探索和尝试。作家适应群众的艺术兴趣和欣赏习惯，在作品的情节结构上认真下了一番功夫，追求别开生面的艺术结构，引人入胜的传奇情节。整个作品的结构方式与通常见到的长篇小说的艺术结构不一样，它通过一群衙门里的小科员组织的"冷板凳会"轮流讲故事的方式，串起了许多小故事。全书共十记，每一记讲一个故事，相对独立，记与记之间的内容与情节上没有连续性，全书也没有贯穿始终的中心人物和情节线索。采用这样独特的长篇结构方式，便于从不同的角度，比较自由灵活地反映当时广泛的社会生活场面。作者通过一群饱含官场冷暖、历尽沧桑的"穷且益酸"的人的眼光来观察评论社会人生，类似说书人讲述评书的独特的叙述语调和表达方式，每个故事往往开篇奇突，提起悬念，然后娓娓道来，跌宕多姿，富于传奇色彩。作品的语言明白晓畅，通俗易懂，幽默风趣，杂以方言土语，有浓厚的生活气息和地方色彩。例如《盗官记》始写新县长上任时失足落水，随行秘书师爷取而代之，与县长太太做真夫妻走马上任，大肆聚敛钱财，进而揭露当时成都省上卖官鬻爵的黑幕。这只是故事的引子，这位新县长归途半路遭劫，才引出正题：正被官府悬赏捉拿的绿林大盗张牧之，由县长冒名顶替的丑行触发灵感，忽然也异想天开，"老子也去买个县官来当一下"。由此再进一步引出一个江洋大盗当县官，整得地主恶霸鸡飞狗跳，为民出气解恨的奇特而风趣的故事，很能引人入胜。作品既有曲折故事的粗笔勾勒，也有精彩场面和人物音容笑貌的细致刻画。如公审大恶霸黄天棒、敌人劫法场、张牧之壮烈牺牲等场面，都写得绘声绘色，惊心动魄，悲壮感人。再如《破城记》，既有情节的传奇性，更有强烈的讽刺色彩，它辛辣地嘲笑了蒋介石推行的所谓"新生活运动"的闹剧。游击队员假扮视察委员深入龙潭虎穴，在县上掀起一场轩然大波。假作真时真亦假。真假视察员不期而遇，斗智斗勇，搞得县太爷、书记长们真假难辨，丑态百出。语言诙谐幽默，故事妙趣横生，使人忍俊不禁。

《夜谭十记》也存在某些不足，各记之间水平参差不齐，有些记（如《观花记》《买牛记》），写得比较平淡，语言也缺乏特色。有些记的叙述语调似乎较少变化，缺乏讲说人独特的个性色彩。还有的故事比较拖沓、枝蔓，各记篇前引子的铺叙和结束尾声的交代，有时也显得重复。

（原载《文学报》1984 年 4 月 12 日）

读《夜谭十记》随笔

韦君宜

《夜谭十记》到底算长篇小说还是短篇小说集？这问题我也回答不出来。说它是长篇呢，十篇故事各自有头有尾。说它是短篇呢，十篇有一个总的布局，或曰总的故事，是十个科员在开"冷板凳会"摆的龙门阵。十篇所写的背景，也基本一样，都是那黑暗年代里在四川小县和山乡发生的人吃人的故事。如果把头尾去掉，一篇一篇完全分开，就有点儿损伤了作者的总体构思了。

反正这本书在目前出现，光体例就挺特别的。它有点像《一千零一夜》或《十日谈》，你说它们到底算长篇还是短篇？好像我们一般都还是把这两本书作为一个整体来看，也即长篇。

连书名也特别。我在上海一家出售古籍的书店里发现了它。一定是把它当成《夜谭随录》《夜雨秋灯录》之类的古代笔记小说了，竟进入古籍书店。不管它该怎么归类吧，反正我是觉得这书很有味道的。我看到《破城记》和《报销记》还在 1961 年。执行编辑职责，当即组稿。这么多年，我每遇到马识途同志就催。直到十年内乱结束，旧话重提，经过了二十年，总算把这部稿子催来了。

现在看到成书问世，我除了一种当编辑的应有的喜悦之外，作为读者的确也很喜欢它。我分析不出来什么思想性、艺术技巧等道理，只是觉得读它可以采用我们平时读《红楼梦》《水浒传》的方式，下午疲乏了，抓起来就可以看一段，躺在床上也能看一段，而且看了前半段总想知道后半段怎么样。反正，它很能抓人，跟我们的新小说不一样。有一个朋友，工作很累，家庭新近又遭逢不幸，心烦，说想看看小说，又不想看读来太费力的作品。问我有什么有趣味的中国笔记小说可读，我就推荐了《夜谭十记》，我说："这比明清以后那些千篇一律的笔记小说有味。"

这部作品是民族形式的。这所谓民族形式，既不是指章回体的"且听下回分解"、舞韵合辙，也不是指塞进大量的方言俗语（当然，它也有一点儿）；而是那富有故事情节的、段段都有悬念的、叫人拿起来放不下的形式，描写叙述都极简洁、水分很少的形式，是为我国的多数读者所欢迎的一种形式。看看前几年《七侠五义》畅销几百万册，刘兰芳演播的《岳飞传》风靡全国的情况，便可察知。不能光埋怨这些群众落后，不懂欣赏阳春白雪，更不是他们都一心要想吞吃"鸦片"，吸收封建毒素，而是他们对那个传统的民族形式实在着迷。这里有颇大一部分是艺术爱好的问题，不能都说成是思想问题。可是，我们搞创作的人，能从写法上来吸取民族形式的长处的，实在并不多，马识途同志能做到，实在是值得高兴的。

说《夜谭十记》简洁，并不是说作者不注意描写形象，并不是描写得不细致。他的描写是一个接一个的真实细节，摆出这大量细节，那人物形象便自然跃出。像《沉河记》里那位吴老太爷，自己执行封建规矩，要把相恋的青年男女捆起来沉河，而他自己年轻时却正是一个好色之徒。作者将他所执行的封建陋规，一项一项细细摆出：他怎样保存旧轿子、怎样办私塾、怎样立贞节牌坊、怎样在牌坊上加上"待封孺人"的头衔……他和吴王氏的关系，他想出的舍远房本家保女儿的妙计，最后却给他来了个当场出彩，把这位老太爷的形象在我们头脑里显现得清清楚楚，而整个章节中几乎没有关于这个老太爷在什么天气、什么风景下如何说话的描写，真使人不能不拍案叫绝。

能做到这样行文，首先非得对所写的生活熟透了不可。作者对那些坐冷板凳的科员，那些旧衙门，真可以说是熟透了，用行话就叫深入了生活。像《报销记》里所写的那些官场鬼名堂，为了报销用尽心机，特别是那时候重庆的亦官亦商，互相搞鬼，抬高粮价，用"海损"的办法搂粮敛财，谋害人命。像《禁烟记》里写的名为禁烟、实系贩毒，甚至先将人害死，然后用死人肚子来装烟土的奇闻……看了不止觉得吓人，而且真长见识：原来旧社会是那样搞法的！光是为了这点，青年人也大可一看。这和那种一般地宣传"今昔对比""忆苦思甜"可大不一样。作者的故事，个人有来历，叫你不由得不信。

书里也有情节似乎太过于离奇的，例如《盗官记》里那个当了县长又行侠仗义的土匪张牧之。可是细想一想，那年头反正是卖官鬻爵，偶然卖错了主顾，也未必不可能。马识途同志是向来喜欢传奇的。他以前写的《找红军》《老三姐》那些描写鄂西地下党活动的作品中，也是在出奇制胜的紧张情节中写出地下党人在白色恐怖下坚持斗争的庄严形象，笔锋常带诙谐，这种笔墨无损于人物的庄严，而且使人物更亲切，使人觉得这些人物可亲可敬又可爱。这部写旧社会的《夜谭十记》，同样用此笔法。常常叫人在听他讲极惨痛的故事时也不能不笑出来——这是觉得那个社会太可笑了。

当然，我不是说马识途就和古代的说话人一样，《夜谭十记》是陈旧之气扑人的作品。不！他是当代作家，搞现代文学出身的，他的主要经历是从事地下党活动。就是《夜谭十记》里这些坐冷板凳的老科员的生活，也是当他做地下工作，以小科员身份出现在旧式衙门里时，体验得来的。书中有好几个情节新奇的故事都与地下党活动有关（如《破城记》《新仇记》），也正是他在血与火的斗争中收集来的。这些素材到他笔下，就变成了"嬉笑怒骂皆成文章"的小说。看起来轻松，实际上作者正是在此下了大力的，其细致刻画处又显出当代人的特点。从那唯一的一篇不沿用"口述"形式而是作为笔写的《亲仇记》里，便可以看出作者是和旁人一样的当代作家，他也会用我们常用的写法，什么山啊、水啊、风啊、云啊……但是这部《夜谭十记》却基本不用此法。读者看来不费力，甚至可以拿它来消遣，而作者的功力正在此处。古人云"成如容易却艰辛"，这不是浅学的人所能做到的。这部独特的作品，未必（甚至肯定不会）成为当代创作的一种普遍趋向。但我想读者是会欢迎它的，它有着为群众所"喜闻乐见的中国作风和中国气派"。

（原载《文艺报》1984 年第 7 期）

可喜的收获

——读《夜谭十记》

冯志伟　孙可中

马识途的《夜谭十记》具有鲜明独特的艺术风格，虽然作者曾在该书《后记》中表示过不安："我已老了，这部书也老了，而'老了'就是落后和陈旧的标志……谁还想看这些二十年前陈谷子烂芝麻的记录呢？"但事实证明，作者的不安是多余的，小说出版以来，已获得读者的广泛好评。当然，他这番话也许别有深意在，关联到新中国成立后文艺界许多重大的问题，那是需要专门研究的课题，本文不可能也无力解决。我们只想就《夜谭十记》在讽刺艺术方面的成就略表浅见。

《夜谭十记》的主要特点是它的讽刺性。作者的态度严肃而认真，笔调却幽默诙谐，具有深刻的讽刺性。这种笔调在他的《清江壮歌》中能发现，在《找红军》中能找到，在以现实生活中的落后面为针砭对象的短篇小说，如较早的《挑女婿》和近年的《学习会纪实》等中更能看出，但最集中地使用，而且施展得淋漓尽致的，则是《夜谭十记》。《夜谭十记》刻画了旧社会中一系列可笑、可厌、可鄙、可憎的人物群像：贪官污吏、政客谋士、封建余孽、巨商大贾、骗子巫婆。在反动政府统治下，从中央到地方，从城市到农村，各种各样荒唐而又现实的情景被描述得真实传神，曲折有力。如《沉河记》尖锐地嘲弄了封建余孽吴廷臣的顽固守旧和虚伪奸诈。他道貌岸然，骨子里是一肚皮的男盗女娼。他想维持尊严，赢得尊敬，却恰恰做尽怪态，出尽洋相。又如《破城记》中县太爷、县太爷的小舅子、县党部书记长、银行行长、地主恶霸、保安队长，这些全县党政军财学各界要人，在当时所谓"新生活运动"期间，在一个假视察委员面前，忽喜忽悲，忽怒忽愁，前倨后恭，色厉内荏，宛如一幅群丑图。再如《军训记》中独裁者的失控，灵丹妙药的失灵，绝对服从的荒谬，专制礼仪的可笑，纷至沓来，令人目不暇接。《夜谭十记》在讽刺的同时，还十分注意塑造新的人物形象，并以之与行将灭亡的旧人物形成强烈对比，以真、善、美对照出旧世界的假、恶、丑。《破城记》中的游击队（此记明显受有果戈理的《钦差大臣》的影响，但其中的重要人物游击队长和由他带来的情节发展却是中国式的），《沉河记》里的青年长工，《军训记》里的进步学生，都以新的面貌、新的行动、新的思想展示在读者眼前。一切城里的农村的大大小小的反动官吏、地主、政客，一旦与新兴力量相接触，总是显得那样外强中干，丑态百出。马识途认为讽刺文学"就是把那些在历史上'不得其所'的无价值的东西撕破给人看，将其落后而顽固，色厉而内荏，空虚而自鸣得意的本色揭示给读者，从而肯定新生的事物，肯定历史的前进"①。他的创作实践成功地实现了这一目的。

《夜谭十记》具有一种难得的乐观情调和明朗色彩。它在阴暗中闪现出明丽的前景，在愤怒的批判中贯穿着旧事物必亡的坚定信念，痛苦而不绝望，哀怨而不使人沉沦，发人深省，催人奋起。果戈理曾为自己的讽刺喜剧中没有一个正面人物辩护，他认为剧中"有一个正直高尚的人物，它无往而不在。这个正直的高尚的人物就是笑"②。这种发自观众正直高尚的心灵的笑声无疑是对舞台上群丑的嘲弄和斥责，但它毕竟不来自作品中高尚和正直的人们。而《夜谭十记》的读者则是同书中的正面人物一起笑，因为这些正面人物在作品中、在作品所反映的现实生活中都具体而鲜明地存在着，正在用批判的武器来揭示和摧毁邪恶的旧势力。这就给全书奠定了乐观而明朗的基调。

一部成功的讽刺作品除了思想内容的深广、有力，还必须具有高明的令读

① 《讽刺是永远需要的》，《青年作家》1985 年第 1 期。
② 参见果戈理《剧场门口》。

者发笑的艺术特色。不管是情不自禁地放声大笑，还是心领神会地颔首启齿，都要使读者在笑声中否定作者想要否定的对象。

要博得读者的笑并不容易，一要有能成为讽刺对象的题材，二要作者有善于讽刺的本事。这二者在《夜谭十记》中是兼而有之。马识途擅长以强烈的对比构成喜剧性的尖锐冲突，从而展现讽刺对象的荒唐可笑。这种对比和冲突有时是新和旧之间的质的矛盾，有时是旧事物自身现象的对照。第一种手法，如《破城记》中以县太爷为首的官僚地主集团和共产党游击队之间的斗争，昏聩和机智、懦弱和无畏、虚张声势和镇定自若，都互衬得非常鲜明，喜剧式的冲突场面一个个接踵而来。从假视察委员（游击队长）开始出场，作者始终让反面人物做种种可笑的表演。县太爷时而卑躬屈膝，时而大发雷霆，以假作真，疑真为假。刚得胜的保安队长转瞬成了阶下囚，所谓的英雄霎时软作一摊稀泥。在全县数第一块金字招牌的高老太爷，貌似高明，运筹帷幄，到头来也是枉费心机，自掘坟墓。《沉河记》中吴老太爷顽固地维护封建礼教，最后却是喜剧性的收场。害人者反害己，在正直机敏的长工导演之下出乖露丑，不得不以自己的惨败告终。《军训记》中教官对剃光头的自作聪明而其实蠢可不及的回答，指导员关于绝对服从委员长的自以为设譬巧妙而其实呆笨无比的讲课，就都是在进步青年要求政治民主和思想自由的背景下愈显其谬误。这种新旧之间的喜剧性冲突最能突出旧事物的落后腐朽的本质，指出其必然没落的结局，也最能让读者笑得心情舒畅。第二种对比，即旧事物自身现象的对比，也是该书的常用手法。这种对比能充分表现其虚伪性，揭穿其伪君子、假道学的画皮，《娶妾记》所写的王聚财就是这样一个人物。他曾在国民党中央军校毕业，后任上尉连长，抗日战争时期，担任特别任务：维持经济秩序和缉拿走私。而所谓"维持"，实即"把持"，所谓"缉拿走私"实即垄断"走私"。他的"外快"收入加上克扣军饷比起薪水要多过于十倍、二十倍。"因此，他对于作为一个真诚的三民主义信徒和蒋介石校长的忠实学生慢慢地淡薄了下来，而对于重庆见风就长的物价特别有兴趣去研究，对于黄（金）的、白（银）的和花（美钞）的更是着了迷"。在冠冕堂皇的旗帜下干卑鄙的勾当，在漂亮的外衣里面是一具利欲熏心的臭皮囊。不仅如此，他还是一个特别的色鬼，误娶了被自己抛弃的女儿为妾，演出了一场极其卑劣的丑剧，道貌岸然的假面具后面是一张厚颜无耻的鬼脸。作者在《观花记》中讽刺封建迷信颇具匠心，描写狗屎王二的骗人把戏相当出色，他不用正面的说教，只让人物自己在各种漏洞百出的行径中显示其伎俩的拙劣可笑。狗屎王二去阴曹地府观花是所谓灵魂出窍，这时对世上的一切本应是漠然无知的，可是她一边去地下观花一边却居然知道蚊子的叮咬，会用手去搔痒，而且还趁观花时屋里没人，偷偷把主人家的一件小白布褂子，塞进怀里。更有甚者，当娃娃们戏弄她，谎报说她家的猪掉进茅屎坑里，快要淹死了，她慌忙地掀去盖头布，不等"回阳"，拔起腿来就向家里跑去。作者在这里运用人物行为上的自相矛盾以昭示其本质的虚假，这是运用对比进行讽刺的一种有效手法。作者还善于通过人物所标榜的思想、道德同该人物行动之间的矛盾加以嘲笑。《破城记》中的高老太爷是前清光绪末年的一个举人，他自信如果不是改朝换代，"说不定还会有状元之份，所以他对于民国就特别痛恨，什么都看不惯"。但是他的两个儿子却都在民国做了不小的官。《禁烟记》中由蒋介石亲自兼任督办的禁烟督察总署，实际却是"种烟督察总署"或"运烟督察总署"，是鸦片烟的总库。所谓禁烟侦缉队却是鸦片烟运输队，满街上挂着牌子的戒烟所实际上就是吸烟所。《军训记》中没有自由的所谓自由讨论，压制民主的虚伪民主宣传。一切反动的事物为要维持其统治和生存，既要花言巧语骗人，又无恶不作，这不可避免的矛盾就是讽刺的好材料，作者选来表现得当，就越发显示出强烈的艺术效果。

《夜谭十记》除运用各种对比来进行讽刺以外，另一手法是用夸张来强调某一讽刺对象的特征，给读者以深刻的印象。有时是对人物肖像的夸张，如《娶妾记》写王聚财的肥胖，那脸上过剩得没有地方堆的肉，那被肉挤得只剩下两道缝的眼睛，那只看到肥厚的肉棱子的颈项，那膨胀得像一个气打得过足的大气球的肚子，那短得和躯体长度不成比例的手脚，形成一个奇丑无比的怪物。这样的夸张并不显得失实，这是在当时"前方吃紧，后方紧吃"的重庆，在投机成风，一夜之间可以变成百万富翁的市场里产生出来的怪物。有时是对人物言行的夸张，如前面提及的《军训记》中指导员的黑板是白的高论，演讲比赛时因提及最高领袖而台上台下不停地反复地起立立正的动作。作者集中而概括地显现了法西斯主义的怪态。

《夜谭十记》中还常用反语做讽刺。这主要用在讲故事者的语言上。书中

"冷板凳会"十个会员年龄不同，性情不一，绰号各异，但有一个主要共同点，即对旧会主的不满。他们多数都在故事中出场，有的还是相当重要的角色，如《盗官记》中的陈师爷。这样的安排使小说加强了真实感，也便于发表议论。作者的见解是通过他们在情节的发展中表露出来的，但并没有超越这些讲故事者本人的思想水平和生活经验。他们的语言各有特色，或雅，或俗；或庄，或谐；或急，或缓。然而都有一个基本风格：即讽刺。这种讽刺语言有时严肃，有时诙谐，有时辛辣，有时温和，尤其爱用反语针砭时弊。反语比正说往往更有力量。《报销记》中一个会计必须会做假账，为局长和局长的小舅子、处长的老表贪污公款效劳，才算是一名"合格"的会计，才能成为一个"明白人"。《军训记》中蒋委员长把"先安内，后攘外"作为复兴中国的良计妙策，不第秀才说它是"伟大的领袖的伟大之处"。这种反语在书中几篇讽刺性很强的"记"中随处可见，在增加讽刺的效果方面有不可忽视的作用。

《夜谭十记》的讽刺艺术自有其特色。它不像《镜花缘》或者英国的《格列佛游记》，运用丰富的想象，创造几个奇异古怪的国度，借幻设的异国他乡的社会生活来隐喻现实社会，以完成讽刺的功能，而是用深厚的生活经验，完全取材于社会现实，像鲁迅讲的那样"用了精练的，或者简直有些夸张的笔墨——但自然也必须是艺术地——写出或一群人的或一面的真实来"[1]。它也不像《官场现形记》和《二十年目睹之怪现状》那样过于夸张，而是基于生活真实，将不合理的、可笑可鄙可恶的事情集中概括起来，加以适度的夸张，突出讽刺对象的某一方面的本质。

自然，《夜谭十记》也存在某些不足。作为一部小说来看，故事情节虽然曲折动人，但在人物形象的刻画上却相对较弱。《盗官记》中的张牧之，《沉河记》中的吴廷臣，《买牛记》中的王子章，这三个人物写得相当成功，但全书其他人物却往往显得单薄。作者自称创作素材都是 30 年代在革命活动中从许多普通人摆的龙门阵中收集来的奇闻逸事，也许正因此使这本书具有故事生动的优点。我们当然不能说作者在创作这部小说时，只凭听来的故事，而没有自己的生活经验，没有自己的艺术观察和材料积累，没有自己对人物典型化的追

---

① 鲁迅：《什么是讽刺?》，《且介亭杂文二集》。

求，但他在故事情节的生动曲折和人物性格的鲜明典型方面似乎更重视前者。这恐怕就限制了人物形象的塑造，特别是典型人物的创造。

《夜谭十记》的另一个不足是有些篇不必要的议论过多，过于直而露。特别明显的是《禁烟记》中关于文学的真实，关于旧文学和新文学的议论，虽然也表示了作者的文学见解，但毕竟同小说主旨关系不大。关于鸦片烟的历史和鸦片颂也是如此。作者似乎也不是没有意识到这一点，可又舍不得割爱，因而故意由讲故事者野狐禅师去"跑野马"。《军训记》的讽刺意味十足，但也是议论过多。作者似乎担心读者不能看懂他讲的故事所包含的意义，故而在很多处几乎都是夹叙夹议，这就减弱了作品的形象性，减少了作品的艺术感染力。与上相关的，是各篇长短过殊。当然完全不必划一限定数字，有话则长，无话则短，但有的篇幅似乎过长，如《亲仇记》全篇一百三十页，占全书三分之一篇幅，而它的一些情节有同《沉河记》《娶妾记》重复之处。整个故事虽有一定的揭露意义，但总的来说，特色却不突出。确实可以压缩些。而《观花记》的题材很有意义，即使在今天的现实生活中仍不乏认识和教育作用，则又嫌过短。如加以必要的社会背景描写，并且深化人物的内涵，相信可以写得更为丰满。

（原载《当代文坛》1985 年第 6 期）

从独特的角度关照社会人生

——读马识途的讽刺小说

陈朝红

在当代作家中，老作家马识途是一位"几十年一贯制"的讽刺文学的热心倡导者和积极实践者。众所周知，早在20世纪60年代初，作家初涉讽刺文学，就出手不凡，以脍炙人口的讽刺小说《最有办法的人》《挑女婿》《两个第一》而在文坛独树一帜。人们至今还依稀记得当时这些作品不胫而走、广为传颂的情景。作家对讽刺人物莫达志的绝妙画像和"最有办法的人"一词，甚至成了人们对那些专门搞邪门歪道的投机钻营者的蔑称，成为一种典型的"共名"。可不幸得很，由于极"左"路线肆虐，作家新颖独特的艺术创造竟被视为大逆不道，使他在"文革"之初就遭到一场大难。十年浩劫，百般摧残，作家致力于讽刺文学之心却并未泯灭，党的十一届三中全会的春风吹开历史的阴霾，文坛呈现出百花齐放欣欣向荣的景象时，如作家自己所说，他又"好了伤疤忘了痛"重操旧业，再振雄风了。作家兴致勃勃地又动手做起讽刺小说来，而且一发而不可止，1982年即有《学习会纪实》《好事》《五粮液奇遇记》三篇讽刺小说问世，1987年更在《现代作家》开辟讽刺小说专栏，每期一篇，迄今已发十二篇之多，真有点使人一饱眼福了。

这些直面现实人生、针砭社会时弊的讽刺幽默小说，在马识途的整个创作中，是一个重要的方面，是当今文学园地里的一束别具风姿的讽刺文学之花。

当前，由于各种历史的社会的原因，讽刺文学的繁荣发展仍然受到种种束缚，同其他类文学作品活跃兴旺的境况相比，讽刺文学的现状并不能令人满意，真正致力于讽刺文学的繁荣发展而又有造诣有特色的作家并不多。在这种情况下，马识途几十年来对讽刺文学的大力提倡和潜心实践，确实值得称道，值得重视。

马识途的讽刺小说创作，不是一时心血来潮的游戏文字，也不是单纯从个人审美情趣出发的标新立异，从根本上来说，是老作家的历史观、生活观和文学观使然，是一种明确的艺术主张指导下的自觉的执着的艺术探索。马识途曾在许多阐明自己文学观点的理论文章中不止一次地对此做了明确的表述，他在发表于今年《现代作家》的系列讽刺小说的《前言》中又说，当今中国正处在历史大变革的年代，这正是发展讽刺文学的沃土，因为"那些已经丧失了价值却又不肯退出历史舞台的旧思想、旧人物，总要酝酿出许多荒唐的笑料来"。他认为："中国有许多惰性的文化和思想沉积，成为我们民族的沉重包袱，如不加以无情地清除，我们就不能前进。"作家表白自己之所以怀着"九死未悔"的心情一再写讽刺小说，就是为了将那些阻碍历史前进的、腐朽落后的、愚昧荒唐的人和事加以讽刺针砭，"将那无价值的撕破给人们看"（鲁迅语），以期引起人们的警觉和疗救，丢掉包袱，轻装前进。显然，冷眼笑看芸芸众生与出于对现实的热心热肠，作家的创作初衷表现出一种严肃的社会责任感，这正是一个真正的讽刺作家所必备的可贵品格。

讽刺幽默是作家把握世界的一种特殊的艺术方式，它的基本的审美特征是以喜剧的形式对生活中陈腐荒唐的东西加以讥讽嘲笑，通过对假恶丑的否定来达到对真善美的肯定。但讽刺文学又不能流于单纯的滑稽和庸俗的逗笑，它往往把机智幽默的谐趣与严肃的思想意蕴统一起来，让人在笑声中沉思，受到生活的启迪。作家马识途是驾驭讽刺题材的能手，从这几十篇讽刺小说中，人们看到他从一个特殊的视角对当代社会生活进行审美观照，他把自己在现实生活中丰富的人生体验，他的热忱和忧愤，他的爱憎和思索，都熔铸在诙谐幽默的讽刺喜剧的形式中。他在作品中广泛地描绘了当今新旧交替时代纷纭复杂、形形色色的众生相，把讽刺的锋芒指向现实生活中存在的种种历史痼疾和社会病态，从那些人们习以为常、见惯不惊的各式各样悖言谬行中，发掘出令人捧腹的笑料使人们在诙谐讥诮的、舒气开心的或辛辣苦涩的笑中，引发出对生活的严肃思索。

也许由于作家自身生活经历的缘故，他对我们各级党政机关的生活情状和各级干部特有的习性、言谈、心态，有极为丰富的体验和精细入微的观察，他对党政机关在体制上、作风上所存在的不适应改革进程、违背人民利益的各种弊端，更有切肤之痛，不吐不快。因此，马识途讽刺小说首先给人的突出印象，是他对许多党政机关中普遍存在的形形色色的官僚主义现象的揭露、嘲讽和鞭挞。早在1980年，邓小平同志在《党和国家领导制度的改革》的重要讲话中，就尖锐指出："官僚主义现象是我们党和国家政治生活中广泛存在的一个大问题。"并详尽地罗列了官僚主义的各种表现和危害，一再告诫全党要下决心清除这一严重弊端。时至今日，官僚主义在有些地方、部门甚至愈演愈烈，成为阻碍改革事业、令人深恶痛绝的一大社会"公害"。马识途在许多篇讽刺小说里，以敏锐的政治眼光和诙谐犀利的笔锋，无情地揭露讽刺了官僚主义的丑态和危害，表达了人民的义愤和愿望。《学习会纪实》一局机关领导班子（正副书记局长们竟有十五人之多）中心学习组一次"学习会"的纪实，典型地展露了一幅官僚主义的百态图，各个干部的教养气态、言谈风貌和微妙心态，都写得活灵活现。你看会上各种表演：有的察言观色，有的故作姿态，有的夸夸其谈，有的牢骚满腹，有的闭目入定，有的密谈"关系"；天南地北，东扯西拉，言不及义，应付敷衍，说空话，炒陈饭，混日子，这样的领导班子怎能领导人民搞"四化"！这种机构臃肿、人浮于事、松垮涣散的严重弊端，不革除怎么得了！在《我错在哪里》一篇里，作家又以幽默风趣的文笔，勾画了一位饱食终日、无所用心、官儿不大、架子不小、好做报告、常闹笑话，竟把"滥竽充数"读作"滥竿充数"的糊涂县太爷形象。作品中细致地描写了此公每天是如何混日子的，细节的选择富有特征，言谈举止和心理活动的刻画栩栩如生。改革的形势逼人，而此公每天照例在文件之中画圈、打钩混日子，竟不知自己"错在哪里"，倘若再不醒悟，人民是不会容许这类"滥竽"再"充数"了！《但愿明年不再见》触及了某些机关中盛行的形式主义作风，搞花架子，做官样文章，根本不讲求实效。清明植树，本是好事一桩，但实际上却变成变相春游和为首长照相见报博取"带头劳动"等美名，结果年年栽树年年无树，兴师动众，劳民伤财。今天，类似这样形式主义的花架子难道还少吗？

轻视知识、轻视人才的现象在当今社会上仍带有普遍性，在一些干部的头脑中，"左"的思想影响和旧的习惯偏见根深蒂固。一些令人扼腕叹息、令人忧愤辛酸的可笑可悲的荒唐事时有发生，这不能不引发作家热切的关注，并给予辛辣的讽刺。《五猪能人》里的县农业局李农艺师是个有真才实学的能人，几十年历经坎坷信念不泯，在逆境中坚持农业科学试验。这样优秀的知识分子在王局长、张科长之流的"左"视眼里一钱不值。慧眼识能人的公社吴书记巧妙地用"五条肥猪"把他调换走了，使他在农村大显身手，以"五猪能人"闻名于世。王局长一类糊涂官办糊涂事，轻易被人"戏耍"，本属意料中事，叫人忍俊不禁；可一个大能人仅值"五条猪"，中国知识分子这么不值钱，又多么使人辛酸。"左"倾路线对知识分子的践踏摧残，于此可见一斑。小说中还巧妙地暗讽了人事部门有压抑埋没人才的现象，不改革不行。《不入党申请书》触及了时下仍存在的知识分子入党难的一个侧面，尽管党中央三令五申要重视吸收优秀知识分子入党，有的人总是听不进去。中年知识分子王良才一贯热爱党，工作有成绩，群众反映好，只因不善巴结，敢于直言，始终不被书记、局长们赏识，十几年来他连续写了十一次入党申请书均不得通过，他伤透了心，一气之下写了《不入党申请书》。这奇特反常之举意在发泄对刁难行为的不满，这是明眼人一看便知的，可是张书记等人竟以为真的抓住了此人"思想反动"的把柄，更以为自己"刁难有理"哩！此事发生在一个整党"有成绩"的单位里，岂非咄咄怪事？怪事不怪，其源盖出于"左"倾顽症对知识分子根深蒂固的偏见。

作家的笔还广泛地探索了惰性的历史文化沉积同当今开放时代某些流行观念相交汇撞击所形成的各种病态畸形的社会心理。《钟懒王的酸甜苦辣》以一个专业户的一言难尽的酸甜苦辣的遭遇，讽刺了社会上流行的"红眼病"、"吃大户"的偏狭意识和弄虚作假、华而不实的新闻作风；《钱迷的奇遇》活画出时下一些人拜金主义嘴脸和见死不救、见钱眼开的道德沉沦；《风声》妙趣横生地讥讽了有些人爱听小道、轻信谣传、听到风就是雨、平白无故地"扯地皮风"的变态心理和爱占小便宜、锱铢必较的庸俗的小市民意识。

在当代小说创作中，有些作家也创作了各种各样幽默风趣、意蕴深沉的讽喻警世性小说。如果广义地看，谌容的《减去十岁》、李国文的《危楼纪事》系列、王蒙的《冬天的话题》和《说客盈门》、张贤亮的《浪漫的黑袍》、榴红的《饮食菩萨》和《养猪之道》等，也可以说是讽刺幽默小说，它们都有各自的特色。马识途的讽刺小说也自成一格，有自己的长处，当然也有某些短处。马识途讽刺小说的特点是同他创作中一贯追求的民族风格特色相一致的。读马识途的讽刺小说，仿佛感到作家像摆龙门阵似的，不动声色，娓娓道来，白描的写实手法，朴实老练的文笔，字里行间隐含着深沉的意蕴，渗透了热烈的褒贬爱憎之情。虽然作家并不着意去构设戏剧性的矛盾冲突，有的作品故事性也不强，不事特别的夸张渲染，也较少荒诞变形，但他仍然注意从生活中选择提炼富于典型性的、非同一般的、奇特有趣的情节、时间、细节，显得凡中见奇，朴中有巧。如《好事》写一退休老教授想自己家里办一个英语补习班辅导自学青年，报告打到省教育局，层层转下来，上上下下众口一词都说是"好事"。可是公文旅行一年多，"好事"终未办成，老教授却病倒了。"办好事真难啦！"老教授的感叹，道出了许多正直人们的共同感想。作品蕴含的潜台词是：办好事难，办坏事、搞邪门歪道反而能畅行无阻。这不正是对当前社会上某些阴暗现象的集中的典型的写照吗？多么让人深思、忧虑和警醒啊！又如《五粮液奇遇记》里那一束"手榴弹"经过许多人之手，用它搞了各种交易，转了一圈最后又回到穷教员手中的叫人哭笑不得的"奇遇"；《臭烈士》里某局长醉后跌进粪坑淹死的丑事奇闻等。这些偶然的巧合的奇特的滑稽的逸闻趣事，不无夸张色彩，带有某种惊世骇俗的尖锐性，增强了讽刺的效果。

马识途有些讽刺小说也注意选择不同的视角，用不同的语调来叙述描写，作品的结构方式也有所不同。《五粮液奇遇记》类似仿童话。通篇以"五粮液"拟人化的特殊的眼光、口吻来观察叙述人间的"关系网"；《五猪能人》古今两个故事相连并列，衬托映照，以古喻今；《钱迷的奇遇》在作家第三人称的叙述语调中，不时杂以人物内心独白式的心态描绘、剖析，较为活泼。但是，在马识途的多数讽刺小说里，惯爱采用从"秘书"、"记者"、"笔杆子"、"干事"这样的叙述角度，来看局长、书籍、主任、科长们的形形色色，"小秘书"等人即是作品中的故事讲述人，用几乎相同的口吻将所见所闻娓娓道来。

这样的写法，看得多了总不免使人感到角度单一，缺少变化，不够活泼灵动。尤其是有的作品的叙述描写显得过于平实，缺少悬念和波澜，缺少"包袱"和笑料，难免不冲淡作品的喜剧意味和讽刺效果。

另外，综观这些讽刺小说，虽然作家对《好事》中老教授的热心朴拙的性格、《风声》里秦大娘的小市民意识、《钱迷的奇遇》里钱迷的赌徒心理，以及《学习会纪实》里那一群混日子的书记、局长的音容笑貌，都不乏精彩传神的笔墨，但整个看，似还缺乏性格鲜明、血肉丰富、内蕴深刻复杂的讽刺人物的典型形象。有的作品中显得叙事冲淡了人物刻画。还有的作品，如《典型迷》《钟懒王的酸甜苦辣》等，在事件的选择和艺术构思上，有点雷同，新意不足，读来较沉闷。

我们期待马识途为读者奉献更多的讽刺小说佳作，为繁荣我国讽刺文学创作起更大的作用。

（原载《当代文坛》1987 年第 12 期）

论马识途作品中四川本土民俗文化的体现

张旻昉

著名川籍作家马识途"是一位经常使人感到出乎预料的作家"①。他在创作中不仅追求体现蜀中民俗"摆龙门阵"的叙述语风，更注重对巴蜀民间口语词汇的使用，这一点在"川派"作家中独树一帜。这些语言文字不仅概括了民俗的内容特征，有的更包涵了民俗的感情色彩。他的文学作品中展现的故事背景、社会风貌、礼仪习惯、饮食建筑等也都透出浓浓的四川民俗文化气息，在为读者呈现作品的同时，也彰显出他对民族和历史的思考。

一

俄国形式主义认为：诗是困难化了的语言，舞蹈是困难化了的走路。这在一定程度上反映出诗的语言有晦涩难解的倾向。马识途的作品，大量诗化的文学语言并不晦涩难解，而是明白晓畅，又幽默风趣。"我就是喜欢冷静地、用事实本身进行讽刺和幽默。幽默有趣，这算不算中国人民的气质？不说一般城市老百姓，就是文化较低的农民，特别是四川的农民，你与他们相处久了就可以发现，他们说话总不是那么平直，不是那么直截了当的，不像我们有些作品

---

① 吴野：《试论马识途小说创作的艺术特色》，《四川省社会科学研究》1985 年第 1 期。

写的那种平淡的知识分子腔，而喜欢转个弯，有事喜欢挖苦人，他们的言语中总带有盐味。"① 大量四川民俗语言的采用，是马识途作品中一个极大的特色。我国著名文学家、语言大师老舍曾说过："我认为民族风格主要表现在语言上。除了语言，还有什么别的地方可以表现它呢?"② 方言土语本身就是最具典型性的民俗语言，因为马识途是四川作家，在写作中他提炼出一些四川民间的口语、俗语、谚语等加以应用，使之读来极具亲和力，别有一番意趣。如："县太爷不耐烦地说：'管他上江下江，只要是剃头匠，不是杀猪匠就行，要快!'"③ "长官请包涵，这位张小姐是我的挂角亲戚。"④ "赵钱孙李，狗吃生米，周吴郑王，狗吃麻糖。"⑤ "哪里是表现得真进步?是表演得真出色，他把你们都麻倒了。"⑥ "我找了那个特务小头目，和他拿了言语。"⑦ "下江人"是四川地区对长江下游地区人的泛称；"挂角亲戚"是指关系很远的亲戚；"赵钱孙李……"一句类似现在小孩对一些童谣的恶搞之语；"麻倒了"是指欺骗别人成功；"拿了言语"则指某人以权威性的话语使某件事得以妥善解决。这些带有民俗风味的方言，在马识途作品中屡见不鲜，其中有些词语和句子，也许并不符合语法规范，但细读之下，却觉意味深长。

马识途的语言，朴实无华，明白晓畅，极具四川民间特色。德国的姚斯说："一部文学作品的历史生命如果没有接受者的积极参与是不可思议的。因为只有通过读者的传递过程，作品才进入一种连续性变化的经验视野。在阅读过程中，永远不停地发生着简单接受到批评性的理解，从被动接受到主动接受，从认识的审美标准到超越以往的新的生产的转换。"⑧ 马识途将这些具有四川民俗特色的方言，运用到自己的作品中，既让人体会到四川人的智慧，方言

---

① 马识途：《马识途文集11：文论·游记》，四川文艺出版社，2005年版，第26~27页。

② 李润新：《文学语言概论》，北京语言学院出版社，1994年版，第34页。

③ 马识途：《马识途文集2：夜谭十记》，四川文艺出版社，2005年版，第17页。

④ 马识途：《马识途文集3：巴蜀女杰》，四川文艺出版社，2005年版，第99页。

⑤ 马识途：《马识途文集7：讽刺小说及其他——我的第一个老师》，四川文艺出版社，2005年版，第274页。

⑥⑦ 马识途：《马识途文集4：京华夜谭》，四川文艺出版社，2005年版，第171页，118页。

⑧ ［德］姚斯：《文学史作为向文学理论的挑战》，选自《接受美学与接受理论》，金元浦译，辽宁人民出版社，1987年版，第24页。

的文学效用，也展现出浓厚的四川本土气息。如此一来，不仅让读者更能理解作者想要呈现的意境，也使作品彰显出他所追求的中国作风与中国气派。

<h2 style="text-align:center">二</h2>

"越是有天才的诗人，他的作品越普遍，而越是普遍的作品就越是民族性的、独创的。"① "越是具有民族特色就越是具有世界性，越能走向世界。"② 这一点，老舍的作品可以为我们提供一个很好的范例，如《骆驼祥子》《四世同堂》《茶馆》等深受大家的喜爱。

本土民俗风格的体现，可以让我们的本土文学打上民族的烙印。马识途所追求并显现出的令人喜闻乐见的中国作风中国气派不仅体现在作品语言上，还体现在他对四川社会民俗风情风貌的展现上。其一表现为对当地饮食风情的展现；其二表现为富有地方特色的社会组织习俗；其三是人生礼仪习俗。

马识途在《重返红岩村随笔》中有一段关于火锅的描写：

> 我们走进一个极普通的店堂，一张张的方桌中间，都挖了个圆洞，烧得通红的炉上摆着砂锅，里面红汤滚滚。最好的正宗菜就是毛肚，所以通称毛肚火锅。我们是坐在高凳上，就着低桌子，脚踏桌横子，大块放进肉菜和蔬菜，就着土碗里的烧老二，又说又笑，大吃大喝起来。吃得热了，索性脱掉衣服，赤着膊，四顾无人地豪吃。不多一会，大汗淋漓。奇怪得很，我忽然感到大汗一出，扇子一扇，一身清凉。这才唤起我解放前在重庆朝天门的河坝竹棚里，和那些下力人挤在一起吃火锅的回忆……③

在这段关于火锅的描写中，马识途不仅为我们呈现出当时重庆吃火锅的情形，而且还突出了当地人夏天吃火锅这一独特的饮食风俗。最后马识途通过回

---

① 秦川、卓慧：《马识途生平与创作》，四川大学出版社，1998年版，第130页。
② 马识途：《马识途文集4：京华夜谭》，四川文艺出版社，2005年版，第419页。
③ 马识途：《重返红岩村随笔》，《红岩春秋》1996年第1期。

忆，在不动声色间告诉读者，这个现在全国各地盛行的火锅，哪怕已经改良成红汤、白汤，分成两半的鸳鸯锅了，但它仍是源自嘉陵江畔的船工纤夫之食。

诸如此类的描写还有很多，如《京华夜谭》中在一段关于袍哥舵把子摆寿宴的场面描写中，有对中国筵席中特色突出的田席"九大碗"的提及："照乡下开宴的标准格式，每桌席准备九盘九大碗和寿酒，招待客人。"① 九大碗，也是九斗碗，因其多摆席于农家院坝头，又称"坝坝宴"。坝坝宴最能体现出四川人的吃相。

很显然，马识途的这些描写不仅再现了四川本土的食俗，更表达出川人乐观开朗、生气蓬勃的性格，而这种性格也正是我们刚健豪迈的民族风格的体现。

除了吃之外，对四川饮品的描述在马识途作品中也很常见，尤其对四川的茶及茶馆中其人其事的描绘。

四川的茶馆和四川人的生活，有着密不可分的联系。四川的茶馆不仅仅是用来喝茶消遣的，在政治活动中，比如卖官鬻爵之流，茶馆更是进行讲价的好场所。不仅如此，马识途在《四川的茶馆》中谈道：

> 那些黑社会势力更是以茶馆作为他们的大本营，许多有点名气的茶馆，本来就是黑社会势力的头子们开的。他们窝藏盗匪，私运枪支和鸦片，买卖人口等罪恶活动，都是在这种茶馆里策动和进行的。有时候那里也是那些黑社会势力之间进行妥协谈判的地方。他们叫作"吃讲茶"，谈得好倒也罢了，谈不好往往就叫枪杆子发言，在茶馆里乒乒乓乓地打了起来，血肉横飞，殃及无辜的茶客，真正想寻找清闲的茶客是不到那种茶馆去的。②

在这一段对茶馆功能的描写中，延伸出对四川袍哥的展现。袍哥与茶馆的密切联系是四川社会特有的现象。四川袍哥以下层民众为主体，囊括了士农工

---

① 马识途：《马识途文集4：京华夜谭》，四川文艺出版社，2005年版，第175页。
② 马识途：《四川的茶馆》，《茶博览》2010年第9期。

商各阶层。作为基层社会的管理者，袍哥对公共事务的卷入程度、对民众公共生活的参与广度都是一般江湖组织无可比拟的。在马识途的作品中便展现了当时茶馆的一个重要功能是作为袍哥组织或商业帮会聚会、办公之地，其中很有代表性的一处："在我爸爸的势力的卵翼下，我这个小舵爷在县城里也慢慢吃得开了，可以坐茶馆'吃讲茶'，断公案了。"①

马识途通过对茶馆中其人其事的描写，用诸如"枪杆子发言"、"可以坐茶馆'吃讲茶'，断公案了"等表述形象地反映了袍哥这一在特定历史时期产生的帮派组织的习俗习惯，从另一个方面也折射出一幅川中旧时的世态相。

在马识途的《京华夜谭》里有一段关于祝寿的描写，我们可以从中对当时四川地区祝寿的礼俗窥见一斑。

寿辰的头一天晚上是家里的人向我父亲拜寿。他端坐在堂屋正中，几支红色大寿蜡，燃得红火闪闪。我们按辈分一批一批地进去给他老人家叩头，祝他长命万岁。正式寿辰的那天，一大早晨，大朝门外，石梯边的布棚里，几拨吹鼓手和锣鼓，轮流地吹吹打打。不大一会儿就听到朝门一串鞭炮震天价响……朝门里便是专收礼物的"礼房"，来客到礼房交了礼，礼房的管事便在大红礼簿上登记上，并且立刻在一张红纸条上写好礼品的种类和数目，贴到显眼的粉墙上去。②

除寿礼外，其他人生礼俗在马识途的作品中也有所体现。如《雷神传奇》中"雷神"行刑前的一段描写：

他看到有的铺门面前摆着方桌，方桌上闪动着明亮的蜡烛。看雷神走过来了，有人就把桌上的酒碗端起来，送到雷神的嘴边，流着眼泪说："请好汉喝了好上路。"雷神就碗一饮而尽，细声说："谢谢。"就这么一路上喝了十来碗酒。人群里在称赞："真是好样的。"有的人说："不惊不

①② 马识途：《马识途文集4：京华夜谭》，四川文艺出版社，2005年版，第156页，176页。

诧，真是值价钱。"当雷神一走过，在他后面烧化了纸钱，这是送给他的买路钱，祝他一路平安。这是风俗，薛大爷也禁止不得，只是催快走。①

在这一段描写中，不仅体现了老百姓摆香案、请喝酒、烧纸钱等地道的四川民俗，同时穿插进的老百姓评论，"不惊不诧，真是值价钱"，又是地地道道的四川方言。

三

中国文学不仅具有独特的气质神韵，也表现出其特有的境界之美。王国维的境界说，司空图的韵味说，无一不认为境界之美是文学艺术追求的最高目标。而马识途的作品既有格调，又有含蓄韵致之境界美。

环境描写，是体现本土风情最重要的方面之一，而民居是环境的产物，马识途的作品，不仅有民族世态相的描绘，更有民族民居及居住环境的描绘。这些具有地方特色的场景描写，所展现出的乡土气息和风俗画，不仅是民族风情的重要内容，也是对民族生活状况的断层描写，对民族生活特点的剖析，更是一个民族物质生活和精神生活特点的鲜明标志。

比之被称为中国现代乡土小说的开创者鲁迅笔下大多出现的浙东农村来说，马识途的笔下多表现的是落后、闭塞而又十分秀丽的四川景色。在他的《巴蜀女杰》《京华夜谭》《三战华园》以及《雷神传奇》中，都出现了他对古朴的成都、山城重庆和他战斗过的大巴山的描绘。如：

几年不见，山还是这么青，水还是这么绿，在石拱桥头的石头小土地庙也没有变，小溪边有牧童牵着水牯牛在吃草，那么悠闲自在。这儿那儿的竹篱茅舍点缀在绿油油的稻田中间。一弯溪水的后边，靠着一个小山丘，有一片树林，白粉墙和石头台阶掩映其间，那便是我家的老屋了。我

---

① 马识途：《马识途文集 5：雷神传奇》，四川文艺出版社，2005 年版，第 561 页。

顺着西边石板路向那石头台阶走去，那里是我家的八字大朝门。①

这一段描绘出四川地区独特而优美的田园风景，水牯牛、牧童、稻田、溪水、山丘、竹篱茅舍、朝门，在马识途的笔下，俨然构成一幅生动的民俗画卷。其中提到的"八字大朝门"②，更体现出当地民居特色。

在所有的场景描写中，《雷神传奇》里一段关于大巴山的描写显得极为精彩：

> 这个巴山县城坐落在群山之中。虽说它是一座县城，管辖方圆几百里，顶得上一个小小王国的首都，却实在不大。它只有一横一顺两条街，假如那可以叫作街的话。在街的两边，有稀稀落落两排房子，假如那可以叫作房子的话……在这个县城中心，朝正南站着一座大房子，你不要看它烟熏火燎得黑咕隆咚的，像一座多年失了烟火的冷庙，它却是威风凛凛地摆开架子，大模大样地站在那里，严厉地望着前面左右的矮房子，好像说"道理都在我这里了"。你再仔细听听，从那大房子的大门里正传来噼噼啪啪的声音，你才明白，哦，这个黑房子原来是巴山县的县衙门。③

相当浓郁的四川乡土气息的体现，马识途通过环境的描写，对烘托表现雷神的传奇活动显得游刃有余，同时还传递出一种只可意会难以言传的心境、意蕴和情致，这些无一不是本土文学作风，民族气派的特征显现。

民俗文化是一个国家民俗精神的主要组成部分，是民族文化的重要基石。四川，作为一个拥有着非凡文化原创力的地区，近年来取得的成就是有目共睹的，但如果从展现出本土想象力、承接四川文化着眼，好像总是有所欠缺。著

---

① 马识途：《马识途文集4：京华夜谭》，四川文艺出版社，2005年版，第153页。
② 八字大朝门：所谓朝门，也叫八字大朝门，特点在于它的八字形。多置于庭院外面入口处，以进出方便与正屋相衬而定。八字开的朝门两面是八字形的墙，朝门进来，正面是正房，两边是厢房，与正房相对的是对厅，形成一个四合天井。
③ 马识途：《马识途文集5：雷神传奇》，四川文艺出版社，2005年版，第8~9页。

名作家阿来谈到"近年来四川的文学的一个症结是：不行扩张，而是收缩"①。从中不难看出他对本土文学的一种忧思。

鲁迅先生说："歌、诗、词、曲，我以为原是民间物，文人取为己有，越做越难懂，得变成僵石，他们就又去取一样，又来慢慢地绞死它。"② 又说"旧文学衰颓时，因为摄取民间文学或外国文学而起一个新的转变，这例子是常见于文学史上的"③。鲁迅此言也充满对民间大众文学的肯定和对精英文学的忧患意识，文学如果完全脱离大众，脱离本土，很难想象它的传承和发展，更不用说面向全国走向世界了。

"一个作家选择题材固然自由，但哺育你的根却是无法选择的，这就如同子女无法选择父母一样。"④只有如马识途一般，真正在作品中显示出自己对历史、现实的反思，展现出开阔的国际视野和本土文化的自信，体现出本土文学作风、民族气派，才可能有所突破，否则只能是井底之蛙，顾影自怜。

四川是中国文化的精神飞地，人才辈出，但我们在面对世界发展的今天，不能再盲目地去谈如何与"国际接轨"，而应该真正怀揣对民族文学的敬畏，回到对四川这片土地的民俗民风历史的热爱中，才能杜绝"文本仿制"现象，才能使我们的本土文学创作上升到一个新高度，展现出中国文学走向世界文学时应有的气度风貌。

（原载《当代文坛》2011 年第 5 期）

---

① ④　蒋蓝：《阿来：四川的文学得了什么病?》，《青年作家》2010 年第 11 期。

②　鲁迅：《一九三四年二月二十日致姚克信》，《鲁迅书信集》（上），人民文学出版社，1976 年版，第 397 页。

③　谭业庭、张英杰：《中国民俗文化》，经济科学出版社，2010 年版，第 195～196 页。

试论马识途小说的民族化追求

——以《夜谭十记》为例

张旻昉

文学的民族化即是使文学作品具有民族性，只有具备了民族性的文学作品才能称为是民族化了的作品。我国小说的民族化又具体表现在哪些方面？李希凡在《从小说的艺术传统谈民族化问题》一文中，做了具体的阐述："民族形式，民族风格，以至于艺术表现手法，首先烙印着每一民族特定历史精神生活的轨迹，它是在长期发展的艺术传统中逐渐培植形成的。"① 民族化的作品是以最为广大的人民群众为对象、为他们提供文学服务的，因而只有民族化的作品才更容易得到最为广大的读者的认同。

在艺术表现上，马识途的小说努力追求一种中国老百姓所喜闻乐见，具有中国作风、中国气派的表现形式。这种追求在《夜谭十记》这部小说中有着充分的体现，而这种民族化的艺术形式的追求与小说的内容、题材相得益彰，较好地起到了发挥传播文化意识、倡导民族风尚的作用。

---

① 李希凡：《从小说的艺术传统谈民族化问题》，《光明日报》1983 年 6 月 9 日。

一、古老的联缀式结构的承袭翻新

在文学创作的艺术原则各方面弘扬民族特色、展现中国作风和中国气派，决不意味着对传统形式、传统手法、传统技巧的照搬照用。今天人们的审美心理、审美需求随时都可能被烙上"现代""后现代"的印记，因此，作为文学"民族形式"的传统形式、传统手法、传统技巧也必须与时俱进，使自己既不失传统的血脉，又秉有现代的素质。在形式上，既要不拘泥于本民族传统，广采博纳，探索创新，又不能跟在别人后面亦步亦趋地去模仿。正如鲁迅所说："采用外国的良规，加以发挥使我们的作品更加丰满是一条路，择取中国的遗产，融合新机，使将来的作品别开生面也是一条路。"① 融合新机而不拘泥传统，使民族文学传统发生创造性的转化，乃是文学民族化的一条必由之路。

黑格尔也曾反复强调艺术的形式和内容的相融合相一致，所以作品内在的精神一定要通过外在的生活情况和形式、方式等表现出来，"因为艺术理想始终要求外在形式本身就要合灵魂"②。马识途的《夜谭十记》在结构形式上似散文，但形散而神不散。它以一群小科员聚在一起谈天说地拉开序幕，十个小科员是"引子"，也是小说中的"牵头人"。十个人讲十个故事，就构成了"十记"。每个人讲的故事都各有头绪，记与记之间在内容和情节上没有连续性，然而十个故事都是围绕同一主题。在正题之外，作者首先呈现在读者面前的就是这十个性格迥异、身世阅历皆不同的小科员形象。他们虽不是故事的主角，却是小说缔造故事的始作俑者，是小说前后连贯的横线。

马识途在《夜谭十记》中表现出来的这种体例，便是极具民族形式的。并非只有章回体范式才是小说的民族形式，这里的民族形式是对古老的联缀式结构的承袭翻新。《夜谭十记》虽有近于薄伽丘的《十日谈》和阿拉伯故事《一千零一夜》等外国文学体式的借鉴，但它那富有故事情节的、段段都有悬念的、叫人拿起来放不下的故事，它那将复杂的生活素材和神奇的社会内容包括

---

① 鲁迅：《〈木刻纪程〉小引》，《鲁迅全集·第六卷》，人民文学出版社，2005 年版，第50 页。
② ［德］黑格尔：《美学》第一卷，朱光潜译，商务印书馆，1979 年版，第200 页。

在一个统一的框架内，匠心独具的形式，不得不说是为我国多数读者所欢迎的一种传统与创新结合的民族化表现形式。

这种形散而神不散的结构形式不仅体现在全书的结构形式上，也体现在各个故事中。《盗官记》中，讲述"土匪"张牧之买官进城当县太爷之前，从县长上任落水溺毙、师爷冒充县长搜刮民脂民膏说起，引出成都鹤鸣茶社买官卖官的勾当后，才逐渐说到故事主人公张牧之身上，开始介绍他的身家背景、如何当了"土匪"，逐渐拉开故事序幕。这个过程中，还顺带介绍了黄天棒这样的土豪劣绅收租、放债之外，还"放棚子"（走私鸦片、抢劫路人）的土匪行径，使读者对当时的时代背景有了更深入的了解，会觉得这个土匪当县长的故事并不荒唐，不过是那个荒唐时代的必然产物，从而增加了张牧之这一人物的真实性，增加了读者对他的认同感。

而另一个故事《娶妾记》的"入话"则是从与主人公看来毫无联系的"天府之国盛产军阀"说起，特别提到某"更富于浪漫色彩"的军阀剪人长袍、满城屠狗、收集姨太太等种种荒唐事，对当时统治阶层普遍存在的荒唐无耻状态做了一番描述后，才话锋一转，讲到故事主人公上海一破落户王康才身上，开始讲述他是如何在这个荒唐时代里顺应"潮流"而从王康才变成"王有财"的。

《夜谭十记》不拘泥于现有结构模式，而是适应群众的艺术兴趣和欣赏习惯，多采用说书人讲故事的形式展开叙述（第七记《亲仇记》由于"无是楼主"有生理缺陷，难以口头演讲而采用书面体除外），在叙述方式上便给读者一种似曾相识之感，再辅之以新奇而有趣味的内容以及作者自己进行革命活动和在旧社会生活几十年的许多经验和素材，这样别开生面的艺术结构，引人入胜的传奇情节，如散文般形散而神不散，显示出它独特的艺术魅力。通过《夜谭十记》，马识途验证了民族形式在当代的艺术生命力，并在小说的民族化、群众化上做了有益的探索和尝试。

二、第一人称叙事手法

马识途的《夜谭十记》虽以一种类似于说书人讲说评书的结构形式来展开

全篇，但其以第一人称手法叙事的艺术视角和表达方式，又向旧小说那种全知全能的叙述模式发出了强有力的挑战，从而使作者鲜明而强烈的爱憎感情得以传达，为我们展示出20世纪三、四十年代旧中国的社会面貌和世态人情，同时也体现出中国小说源自民间、流行于民间，因此其写作手法、语言表达、情节安排等都牢牢地贴近广大民众，与民众生活相近，与民众的喜怒哀乐情感相契合的特征，即赛珍珠所说："中国小说主要是为了让平民高兴而写的。"中国小说就是"这样默默地通过在茶馆、乡村和城市贫贱的街道上，由一个未受教育的普通人对平民讲故事的方式出现"①。

马识途的《夜谭十记》将这一点体现得淋漓尽致，从前记里的不第秀才来叙述"冷板凳会"缘起，到第十记《踢踏记》同样由不第秀才来终了这个"冷板凳会"，通过峨眉山人、三家村夫、巴陵野老等一群饱尝官场冷暖、历尽人世沧桑的小科员之口，以第一人称叙事视角来讲述故事，并用他们各自的眼光来观察和评论社会人生。这并非是作者在语言上刻意玩花样，而是出于一种文学的自觉。从叙事学角度讲，通过第一人称叙事视角的使用，可以使叙述者"我"和人物"我"之间达到一种"零距离"的贴合，"我"构成了小说中的人物同时还参与了故事叙述，成为一个不断被修正和建构的形象，从而获取了一种营造主题的便利。韦恩·布斯说："不管一位作者怎样试图一贯真诚，他的不同作品都将含有不同的替身，即不同的思想规范组成的理想。正如一个人的私人信件，根据与每个通信人的不同关系和每封信的目的，含有他的自我的不同替身，因此，作家也根据具体作品的需要，用不同的态度表明自己。"② 由此可见，小说的人称问题绝非是一个简单的称呼，它是一个小说家用来表现生活的突破口，同时更关系到如何提炼题材的问题。在《夜谭十记》中，为了使小说能更好地表达其深层思想意蕴，每一个故事作者都以第一人称叙事视角为透视点，灵活地变化角度，或直接描写，或曲折反映。"我"作为叙述人不仅具有叙述形式的功能，而且"我"把小说作者马识途的价值观、情感世界以读

① ［美］赛珍珠：《中国小说——1938年12月12日瑞典文学院诺贝尔文学奖授奖仪式上的演说》，《大地三部曲》，王逢振等译，漓江出版社，1998年版，第961页。
② 韦恩·布斯：《小说修辞学》，［美］W. C. 布斯：《小说修辞学》，华明、胡晓苏、周宪等译，北京大学出版社，1987年版，第81页。

者更能接受的方式带到小说的叙述中去了，既达到了对小说人物冷峻审视的效果，同时也形成了一种对叙事者本身的反讽结构。同时这种叙述实际又是以一种委婉有致、引人入胜，摆龙门阵的口气，让人读来毫不费力气，随时随地都可以拿起来看一看，看了后却又忍不住一口气读下去，"常常叫人在听他讲极惨痛的故事时也不能不笑出来"①，从而达到"文艺的潜移默化的功能"②。

正是因为作者在作品结构、叙事手法上，沿袭和延续了中国传统小说的艺术风格和审美情趣，才使小说保持了其自身独有的风采和魅力；也正是因为作者尽量将中国地方文化传统吸收到自己的作品中，将这些民间文艺的特色与属于世界进步的文学影响结合在一起，才形成了既具中国特色的民俗风味又有更广泛影响的民族化作品。

三、方言口语的运用

民俗生活的内容与形式，民间文艺的语言表达结构、风格、神韵等，都全面而综合性地表现出自己的审美特质，并从整体上影响上层的文艺创作与欣赏。老舍认为："所谓民族风格，主要的是表现在语言文字上。"③ 而"方言与地域文化之间也有着千丝万缕的联系，它既是地域文化的重要载体，又是地域文化整体的一部分，它积淀着地域的历史文化内涵，反映着某一地域独特的风俗和民情"④。马识途作品中撷取了生动鲜活、富有表现力的四川方言，不仅能让读者在了解四川地方风土人情的同时更好地感受作品所蕴含的地方文化，更重要的是这对于作品人物的塑造、场面的描述、情节的推进和故事氛围的营造都起着举足轻重的作用。

《夜谭十记》中，作者大量运用富有地方色彩的方言，如"啥子""秋二""欺头""娃儿""咹""哦嗬"等具有鲜明四川地方特色的词语，或者虽是普通话中的词句，却有独特的地方意义。如"保险"（类似语气助词，表达对推

---

① 韦君宜：《读〈夜谭十记〉随笔》，《文艺报》1984 年第 7 期。
② 陆文璧等编《马识途研究专集》，四川文艺出版社，1988 年版，第 99 页。
③ 老舍：《老舍文集》第六卷，人民文学出版社，1984 年版，第 237 页。
④ 周春英：《论苏青作品的地域文化意蕴》，《内蒙古大学学报》2005 年第 2 期。

测的肯定性）、"潮"（形容词，用于形容手艺差、技艺生疏）。这些词语都极具表达能力，是文学上很宝贵的财富。只要真正懂得这种语言的人，一看就会联想到非常丰富的内容，而另外一部分读者也会在似懂非懂的阅读中，感受到作品浓郁的地方特色。作者为了顾及当地民众的欣赏和其他地区更多读者的阅读，不着痕迹却又精心地设计了这样的语言，将文艺作品和民俗活动在当代的审美语境中联系到一起。

如《盗官记》中张牧之的形象便是通过大量的方言口语的使用使之更形象化、立体化的。如："'去给我弄个师爷来！'张牧之又做出决定了。于是下边的兄弟伙就去想方设法，'弄'一个师爷来。"① 又如："陈师爷当时没有回答，张牧之也不估倒他马上回答。"②再如："张牧之和他几个兄弟伙一听是这么个整法，就冒火了。张牧之叫道：'算了，老子不给他收了。'"③ "张牧之硬是怎么说，怎么干，一点也不走展。"④其中"估倒""兄弟伙""老子"等词语均是十分典型的四川方言口语，而一个"弄"字含义丰富，充分体现出挖空心思，费尽办法也要去找一个师爷来，"硬是""走展"则进一步表示强调，肯定了张牧之说一不二、言出必行的特性，活脱脱地将其粗犷豪放、雷厉风行的绿林好汉形象呈现在了读者眼前。马识途恰当地运用这些形象生动的四川方言，无疑更进一步增加了作品的亲和力。

西汉扬雄有言："考八方之风雅，通九州之异同，主海内之音韵，使人主居高堂，知天下风俗也。"⑤ 由此可见，方言口语往往同当地的风土习俗交织在一起。不仅如此，作者除了在人物的话语中表现出这种风格情趣，同时还在整体叙事、记人及写物的表达上，将这种极具四川民俗色彩的风格情趣与中国传统语言的风韵和气质融合在一起，构成一种独具神韵的意趣审美效果。

《夜谭十记》中的语言表达就像四川民俗生活的一面面镜子，作者通过运用口语化的方言语言系统，用四川方言词汇勾画出了一幅幅具有浓郁地方特色的民间市井风情图，为读者全面了解四川的民风民俗提供了丰富的资料。民以

①②③④　马识途：《马识途文集2：夜谭十记》，四川文艺出版社，2005年版，第82页，83页，91页，93页。

⑤　［晋］常璩：《华阳国志·卷十上》，《先贤士女总赞》，转引自刘叶秋《中国字典史略》，中华书局，1983年第1版，第178页。

食为天，饮食是日常生活的重要部分，《夜谭十记》中饮食民俗是通过方言这支生花妙笔将其展现了出来，在《亲仇记》中我们不仅能看到"热气腾腾的干饭和可口的又酸又辣的小菜……还有豆腐干、盐黄豆、腌山鸡、酱兔子或熏火腿，帮你下酒……有的人坐在小板凳上，慢悠悠地抽着呛人的叶子烟……有些人围坐在一张小桌边，很有味道地品尝新上市的嫩叶香茶……正如摆在小桌上谁都可以舀一碗来喝的老鹰浓茶一样……"①这样的四川饮食民俗，还能看到关于"用麦秸扎成龙头、龙身和龙尾，用布条连接起来，这就叫旱龙。找几个青年把旱龙举起，到附近深谷里的乌黑的深水潭边去请水龙王……龙神感动了，就会去东海请示他的老祖宗龙王爷，兴风步云，降下雨水来"②，这样的解决干旱问题的礼俗描述。

在《沉河记》中我们同样看到了关于贞节牌坊"连掉一块石头也不容许，因为据说这是神的谴责，证明这个女人不是贞洁的，所以立不起贞节牌坊来"③的礼俗描写，还看到了将追求自由爱情的青年"沉河"的场面，以及一系列官商合一、禁烟者卖烟、卖官鬻爵、卖女求生的描写，表现出作者对民族生活状况的断层扫描，达到对民族生活特点的明白剖析。同时，极具四川地方民俗意味的语言表述也在小说的审美活动中起到了无法替代的作用。

"每一种语言本身都是一种集体的表达艺术"④，不可否认，正是因为马识途对这种概括传神的方言口语的具体应用，对民族世态、人情味、乡土气和风俗画的具体描写，才使他的作品读来朗朗上口、雅俗共赏，使其作品独具民族风格，为各阶层所喜闻乐见。

四、朴实无华的白描淡写

关于"白描"，鲁迅先生曾做过这样的解释："'白描'却并没有秘诀。如

---

① ② ③　马识途：《马识途文集 2：夜谭十记》，四川文艺出版社，2005 年版，第 213～214 页，221 页，193 页。
④　萨丕尔：《语言论》第十一章，转引自陈光磊《修辞论稿》，北京语言文化大学出版社，2001 年版，第 130 页。

果说要有，也不过是和障眼法反一调：有真意，去粉饰，少做作，勿卖弄而已。"① 老舍也曾说过："晦涩是致命伤""自然是最紧要的，不要多说废话及用套话，这是不作无聊的装饰。"②

《夜谭十记》正是以充满民间习俗的生活图画来结构全篇，在作品中运用了大量真实、生动、传神的细节描写。这些细节描写，不仅在推动情节发展、烘托或渲染典型环境以及刻画人物性格方面发挥着重要作用，而且细节本身的描写方式也同样是白描的。"中国传统文学尤其是中国小说的突出特点，是'其言直，其事核'的写实性——即清代学者蒋彤所说的'文洁而事信'和'无虚假无疏漏'的'坚实'，是对'白描'技巧的倚重，是紧紧贴着人物的心理和性格来刻画人物，是追踪蹑迹地追求细节描写的准确性和真实感，是强调文学的伦理效果和道德诗意。"③《夜谭十记》的十个故事中，无论是正直老练又乐观通达的"峨眉山人"，还是奉公唯谨、寡言少语的"巴陵野老"，又抑或是口吃木讷却文笔不俗的"无是楼主"和大学毕业后谋职无路，空有一肚子学问的"不第秀才"，作者在描绘他们的形象时，虽都只有三言两语，却使之个个都有自己的特色。正是因为这种描写，才为人物打上了那个时代的、社会的、阶级的、民族的烙印，从而大大丰富了人物的个性特征。而也正是因为有了这种历史的烙印，才获得了它独有的民族气质和性格特征。

不仅如此，白描淡写的手法也体现了作家使传奇性情节现实化的努力。在《夜谭十记》中，作者善于在看似平淡的日常生活场面的描绘中，表现出不平常的深远意味；在可笑之中写出可歌可泣的东西；在庄严神奇的地方揭露出可笑可鄙的一面；以朴实无华的描写展现出辛酸之态；又以白描之笔勾勒出一种令人尴尬的场面，为读者刻画了社会中一系列可笑、可厌、可鄙、可憎的人物形象：贪官污吏、政客谋士、封建余孽、巨商大贾、骗子巫婆……这正符合齐白石的一句名言：作画妙在似与不似之间，太似为媚俗，不似为欺世。

如《破城记》中，围绕新生活视察委员身份真假这个问题展开故事，情节

---

① 鲁迅：《作文秘诀》，《南腔北调集》，人民文学出版社，2006年版，第215页。
② 老舍：《老舍文集》第十五卷，人民文学出版社，1990年版，第132页。
③ 李建军：《直议莫言与诺奖》，《文学报》2013年1月10日39期。

曲曲折折，跌宕起伏。开始，县长把剃头匠误认成了视察委员，一阵折腾后误会解开，剃头匠师傅开始剃头了，却又变成了来卧底暗访的视察委员，搞得众人不知所措。接着，在欢迎视察委员的接风宴上，县里各色人物纷纷粉墨登场。次日一早，却又发现这个视察员是肥皂刻了个公章冒充的，已经跑掉了。县长知晓上当后正暴跳如雷间，真的视察员方才到来。县里各色人物又重新为真视察员接风。觥筹交错间，假视察员突然回来，并且不知自己身份已经被人揭发，让人不禁担心起他的命运来。谁想转瞬间形势再次逆转，假视察员居然是共产党游击队队长，倒把县长、高队长、高老太爷一举擒获。至此，视察委员真真假假变了好几次，才揭晓为何这个故事叫作"破城记"。这正符合了赛珍珠所说："中国人生性喜爱富于戏剧性的故事。于是说书人便开始增加他的内容……他把这些经历添枝加叶地修饰一番，但不用文学的措辞，因为人们并不喜欢这样的词语。他总是想着他的听众，他发现他们最喜欢的是一种流畅通俗、清晰易懂的风格，也就是运用他们日常生活使用的简短语言……"①

《破城记》中不仅有曲折故事的粗笔勾勒，还有扣人心弦的场景和人物音容笑貌的白描刻画。如县太爷等人知晓剃头匠就是视察委员时的惶惶然不知所措、花厅内假视察委员、高老太爷如何阴险设计捉拿假视察委员、假视察委员如何深入虎穴擒拿高老太爷等人，这些情景都写得绘声绘色、惊心动魄，使人读来或欣赏赞叹，或摇头品味，在茶余饭后看起来觉得有味道，在含笑之间增加了对小说的认同感。苏轼云：发纤秾于简古，寄至味于淡泊。纤者，纹理细腻；秾者，色泽润厚也，此言在简朴古雅之中能够抒发纤微浓厚的思想感情，在朴素无华的语言中能够寄托遥深的意趣追求。正所谓大味必淡，真水无香。马识途在小说中正是因为使用了最根本的写作技巧——自然，才使广大民众能够并乐意接受他的创作，通过明白晓畅、朴实无华的白描淡写才表现了"艺术的真实"和显出主体的灵魂——民族的精神与灵魂。

近现代以来，中国小说受外国的影响越来越大，这不能说就不是好事。问题在于，我们在吸收国外先进的文艺思潮的同时，如何对传统的民俗思想与观

----

① ［美］赛珍珠：《中国小说——1938 年 12 月 12 日瑞典文学院诺贝尔文学奖授奖仪式上的演说》，《大地三部曲》，王逢振等译，漓江出版社，1998 年版，第 962 页。

念，包括小说的创作思想与方法进行有效的反思，以及对国内外的文艺和美学思想进行整体思考，吸取精华、去其糟粕。别林斯基指出："不管诗人从什么世界为自己的作品汲取内容，不管他笔下的主人公隶属于什么民族，可是，他本人却永远始终是自己民族精神的代表人物，用自己民族的眼睛去看实物，把自己民族的烙印镌刻在这些事物上面。"①

马识途以《夜谭十记》为代表的小说作品"决不追求高雅，淡淡的哀愁，默默的怨恨的格调；那种转弯抹角，扑朔迷离，故作深奥的作品；决不去追求少数人才懂的高级的作品，或少数人看了也迷迷糊糊的作品"②，而是深深扎根于民族文化传统追求，具有中国作风和中国气派表现形式的作品。这种追求在《夜谭十记》中，是为中国读者喜闻乐见的联缀式结构的承袭翻新，是以第一人称摆龙门阵的口气，是方言口语的运用和民俗风貌的刻画，是朴实无华、白描淡写的写作手法，这些均充分显示了马识途在小说民族化追求中民族形式方面的追求与探索，为我们的民族文学走向世界提供了可以参考的范例。

（原载《当代文坛》2013 年第 5 期）

---

① 别林斯基：《别林斯基文集》第 3 卷，上海译文出版社，2005 年版，第 204 页。
② 马识途：《且说我追求的风格》，《青年作家》1985 年第 1 期。

失之东隅，收之桑榆

——从《盗官记》到《让子弹飞》

陈富志

随着四大名著被改编为影视剧，观众仁者见仁、智者见智，褒贬不一。观众对四大名著有自己既定人物形象和价值观念，当改编的影视剧与原著的人物形象、内涵主题等相左之际都会反应强烈，反之则无人问津，只要改编的影视剧能够迎合大众文化心理和消费情趣，人们就会乐呵呵地埋单，而改编于《夜谭十记》之《盗官记》的《让子弹飞》走的就是这条路子。但是，看过四川作家马识途的《盗官记》再看电影《让子弹飞》，不由如鲠在喉不吐不快。与原著相比，《让子弹飞》彻底抛弃了马识途所赋予小说的深刻内涵和人文关怀主题，摒弃了原著的故事框架和悲壮结局，改变了人物的出身背景和精神面貌而赋予人物更多现代社会的映射内涵。众多的量变最终导致质变，《让子弹飞》已经丧失了原著的深厚意蕴而变得面目全非，主要表现在以下方面。

一、主要人物改头换面

《盗官记》中张牧之出身贫困衣食无着，小小年纪便被送到地主老爷黄天棒家里当放牛娃儿，是个大字不识的睁眼瞎子。长工们农闲之时讲的绿林好汉侠义故事对聪明伶俐的张牧之起到重要启蒙作用，他拜长工张老大为师，勤奋好学热爱读书，几年之后成为长工中的小秀才。张牧之在妹妹被黄天棒的大管家侮辱自杀后与黄天棒结下不共戴天之仇，从而做了强盗，并且在县衙门的几次围剿中都行踪不定，难以捕剿。后来在陈师爷的帮助下到省城花钱买了县长的委任状，因而张牧之这个县长是自己真金白银买来的。当县长后张牧之做了一系列善事：施行"二五减租"、迫使富豪劣绅参与"爱国捐"、"杀了两个大恶霸"等。小说中的张牧之具有"忠厚正直的人格、文雅善良的品德"①，是个年轻英俊一表人才的白面书生，果敢但不睿智，粗犷豪爽但爱慕虚荣，关键时刻陈师爷的话就听不进去了，以至于以被杀的悲剧收场。而黄天棒仅仅是个欺男霸女的豪强劣绅、无恶不作的恶人代表而已，其人物形象极其模糊。

　　与原著相比，电影中张牧之和黄四郎却性格鲜明，一个睿智果敢、霸气十足，一个老奸巨猾、暴戾成性，两人均可称为乱世枭雄。影片中张牧之教导六爷要读书要留学并欣赏莫扎特的音乐，足以说明他对知识和艺术的向往、对钱和权的鄙视，其视野和心胸绝非一般的山猫小贼。黄四郎则满口中英文融合的词汇且具有一定的国学功底，西方语言词汇随口而出足以说明他是个见过大世面并且懂西洋文化的人物。影片中黄四郎手握短刀在鸿门宴上说"请兄台当我的介错"，张牧之却反驳"你搞错了，介错人用的是长刀"。影片实际上是在暗示两人对日本文化都十分熟悉，折射出两位主人公留洋日本的人生经历和文化背景。非但如此，通过黄四郎知道辛亥革命中用的地雷型号且还拥有一颗地雷，说明他至少也是辛亥革命的核心成员。而张牧之也曾告诉汤师爷称自己早年追随松坡将军，后来从日本回来落草为寇，进而揭示出两人还具有辛亥革命余党的身份。因而我们会发现电影在改编过程中，主要人物张牧之和黄四郎的性格特征、精神气质、内在底蕴、文化背景、既往历史等决定一个人本质的最重要因素已经远远脱离原著，发生了颠覆性的改变而与原著面目全非。这对原著中从未走出过重庆的张牧之和黄天棒来讲，都是匪夷所思的人生经历。

　　此外，次要人物汤师爷背景也不同。原著中师爷姓陈，陈师爷家就在县城，是个穷秀才有家小，受张牧之好汉性格感染自愿投靠他，并为他到省城买官。张牧之被杀后，陈师爷携妻子老小逃到其他县城以小职员谋生。按照小说

---

　　① 马识途：《夜谭十记》，四川文艺出版社，2011 年版。

文本的分析，《盗官记》的讲述者巴陵野老就是陈师爷本人。而电影中的汤师爷本身就是已经做过好几任地方县长的马邦德，他到鹅城的目的就是发财。县长夫人也是原著中没有的人物，影片中县长夫人的增加，也是为了张牧之英雄本性角色的陪衬。

二、情节和结局脱离原著

《盗官记》主要讲述了张牧之和黄天棒斗法的三件事：一是收一笔五万元的"爱国捐"都从富豪劣绅身上出，没让农民出一分；二是"二五减租"施惠于农并借机杀了两个恶霸；三是亲手刀劈黄大老爷。马识途将这三个主要事件都叙述得跌宕起伏、情节一曲三折。而电影中张牧之和黄四郎斗法主要表现在逼黄四郎出钱"剿匪"，并借刀劈假黄四郎灭了真黄四郎的威风，借民众之力抢了碉楼分了家业。从情节上看，电影中所展示的故事情节已完全没有了原著的片鳞只爪，可谓天马行空另起炉灶。此外，两人结为仇家的原因和故事结局也不一样。原著中张牧之被黄天棒害得家破人亡而结下不共戴天之仇。张牧之抓住了黄天棒，经过审判准备处死，没想到黄天棒的救兵到了，劫了法场救走了黄天棒，而张牧之真盗贼假县长的身份已经暴露，如若不是为了杀黄天棒，张牧之完全有机会逃生。但他却一意孤行要手刃仇人，穷追不舍最终刀劈黄天棒后被俘。小说以英雄人物张牧之被杀而悲壮收场，这样的悲剧结尾无疑更契合《盗官记》所蕴含的讽刺意味，达到了作者悲天悯人警世疾呼之目的。而电影中张和黄的结仇原因始终不甚明了，既不为名也不为利。如果为名，张牧之要一个张青天的虚名对一个草莽英雄来讲没有实在意义；如果为利，抢占碉楼后甚至他暂时坐的椅子也被别人搬走了。故事的结局是他非但一无分文，甚至跟他的弟兄也各奔前程。如果真要寻找一个原因的话，那么因为一碗凉粉而剖腹的六子可以说是一个直接原因。此外，是谁出卖了老二？花姐和老二老三又是怎样的暧昧关系？黄四郎到底死没死？影片最后为何远去的火车中隐约看到了黄四郎的身影等诸多的谜团都给观众留下了充分的想象空间。

三、由深刻变浅薄的主题

《盗官记》中张牧之买来的县长所管辖的"这个县到底还是在反动政府统领之下的，衙门口挂的到底还是青天白日旗，还是国民党三民主义的天下，还是层层都由地主老爷和老板们掌着实权的"①。张牧之的故事只是个框架，框架中的血肉才是作品的精神内核，它传达这样深刻的主题：揭示出旧中国 30 年代国民党统治时期卖官鬻爵、民不聊生的黑暗社会现象，指出农民已经有了自发团结起来进行斗争的觉醒意识，但是农民的最终解放还只有靠共产党领导。小说文本具有深刻的政治话语和批判主题，洋溢着马识途由衷而发的人文情怀和对农民生存的关心，暗示出已经觉悟的农民还必须有共产党领导才有希望。小说中张牧之的兄弟独眼龙后来就带着队伍追随共产党去了，实际上是为农民指明一条解放的道路。

《让子弹飞》则以火爆的枪战、迷离的悬念等来宣扬个人英雄主义主题并以此来作为影片的卖点迎合观众的消费需要，彻底消解了《盗官记》的深刻内涵和人文关怀。电影主题与原著相比显得苍白、浅薄且毫无深度可言，充满媚俗和市场化意识。马识途写《夜谭十记》历时四十年才得以完成，是坚定的信仰和历史责任感使然。而《让子弹飞》的改编者没有马识途当年的生活体验和旧社会的真实感受，改编总有些隔山打牛之感。更主要的是改编者缺乏深沉的历史责任感，纯粹为娱乐而娱乐，为商业而商业，一味为迎合观众的消费需求和兴趣而不择手段地对原著妄加改编。影片《让子弹飞》为媚俗需要而弃《盗官记》精华之不顾，将现代商业元素和市场机制的竞争融入影片，因而其所宣扬的个人英雄主义主题与原著相背离在所难免。只可惜《盗官记》并非名著，所以读者并不多，而将影片与原著联系起来的观众更是很少，所以很少有人指出《让子弹飞》的改编诟病。唯有学者黄式宪眼光犀利，他一针见血地指出《让子弹飞》患了文化贫血症，"一曰不敬畏历史，又何来对历史的感悟；二曰

---

① 马识途：《夜谭十记》，四川文艺出版社，2011 年版。

不尊重艺术审美的创造，独独欠缺由衷而发的人文情怀"①。

四、各得其所

众所周知，将小说这种语言艺术转换为影视视听艺术，转换过程中必然有所改变，但是这并不是影视编导妄加改编的恰当托词。由小说改编为影视作品有一个适度原则，这个"度"如何把握，仁者见仁、智者见智。但有一个关键点，即编导是否尊重原著所要表达的主题，是否对原著的文本意蕴具有深刻的理解和再现，是否对人物的精神内涵、性格命运予以准确把握和展示。否则，脱离原著的不恰当改编甚至是对原著精神和内涵的亵渎。

《让子弹飞》的改编就远远超出了这个适度原则，经过编导的改编不仅失去了原著的美学价值而且其人物性格、故事情节、主题都与原著《盗官记》风马牛不相及。我们不由要问到底是改编还是另起炉灶的自编？如果是改编，即便是雪泥鸿爪也总得看出原著的一点影子吧？但是《让子弹飞》中我们看不到《盗官记》的影子；如果是另起炉灶为何还要竖起改编自著名作家马识途作品《盗官记》的大旗？如果偏要将《让子弹飞》和《盗官记》联系在一起的话，《盗官记》充其量是其八竿子也够不着的远房亲戚。而其中自有奥妙，用"失之东隅，收之桑榆"来评价最为恰当。《让子弹飞》在改编过程中，失去的是原著中对芸芸众生的人文关怀和内涵深厚的主题，但是得到的却是导演姜文期望已久的"总票房突破 5 亿大关"②。在当下市场经济时代面对并不景气的国内电影市场和激烈的竞争，孰轻孰重姜文自然明了于心。姜文除了强大的明星阵容之外又将马识途拉出来，号称《让子弹飞》改编自其著名作品《盗官记》，不乏借马识途的影响力来宣传影片的嫌疑。

《盗官记》在被改编过程中，马识途也是有得有失。失去的是其穷四十年功力要表达的内涵主题和人文关怀，得到的却是一夜飘升的知名度。好的文学作品充其量也就是几十万几百万的读者，相对于近十三亿人口的中国而言少之

---

① 黄式宪：《〈让子弹飞〉患了文化贫血症》，《人民论坛》2011 年第 3 期。
② 彭骥：《影片〈让子弹飞〉票房破 5 亿发哥片酬引争议》，《新闻晨报》2011 年第 1 期。

又少。而快餐式的商业电影一夜之间就会有上亿观众，即便许多观众不识字，但他们也可以成为电影的粉丝。因而《让子弹飞》的上映，等同于姜文、周润发等众多明星齐上阵轰轰烈烈地为马识途的《盗官记》在全国乃至全球做声势浩大的作品推介。试想，有哪一部同等层次的文学作品享有如此待遇？更有意思的是，电影上映前后马识途的《夜谭十记》再度出版，并且2010年11月由陕西师范大学出版的《夜谭十记》和2011年1月由四川文艺出版社出版的《夜谭十记》在其封面上都存在借《让子弹飞》做广告的嫌疑，而马识途也让《夜谭十记》在全国"飞"了一把。

2010年《让子弹飞》在成都与媒体见面会现场，九十六岁高龄的马识途参加首映仪式并作诗歌赠送姜文，从这首诗中不难看出马识途对于电影《让子弹飞》的宣传效果和明星阵容非常满意，至于电影里面到底还保留了《盗官记》的多少内容和是否传达出自己的创作宗旨是无所谓的，恰如墨子所言"兼相爱，交相利"！但是，一味媚俗而谋求利益的背后却为肆无忌惮的文学精品和名著的影视改编或戏说大开方便之门，更是对文学名著和文学精品的不敬和亵渎，这不得不成为当下应该警惕的影视改编现象。

（原载《电影文学》2013年第4期）

论《京华夜谭》的民族化特色

张旻昉　邱明丰

　　《京华夜谭》是马识途结合自身革命经历，以摆传奇式龙门阵的形式描写一段共产党员潜伏在敌特机关里的故事，作品被誉为"传奇式的通俗文学"[1]。《京华夜谭》在 1987 年由四川文艺出版社出版第一版后，读者反响很好。不久被改编为一本纯粹的章回小说，并改名《魔窟十年》于 1990 年由重庆出版社出版，再次受到了广大读者的一致认可和好评。由此可见马识途在民族化道路上的探索是成功的。

一、独特的民族审美情感活动的体现

　　文艺创作的过程，是一个复杂的情感活动。将马识途的小说与民族叙事和民族精神联系在一起，或者说用后者来概括前者，是由马识途作品本身的叙事立场、方式、内容以及话语所蕴含的民族特质，所体现的文化逻辑决定的。一个作家如果要想展现出血肉丰满的民族性格，表现出为本民族人民所接受并赞叹的审美心理状态，他就必须生活在民族共同体中，和人民同呼吸、共命运，完全谙熟民族特有的表情达意的方式，在举手投足间都带着这个民族的气质和

―――――――――――

　　① 秦川、卓慧：《马识途生平与创作》，四川大学出版社，1998 年版，第 25 页。

风度。

《京华夜谭》的故事背景和情节开展富有敌后战争的独特气息，为中华民族的人民大众所理解和喜爱，最重要的原因在于马识途通晓中华民族的历史和现状，更能够深入体察人民大众的曲折心致。这与那些短时间的走马观花似的体验生活，甚至是闭门造车都是绝然不同的。多年动荡变化、复杂艰险的革命经历和个人深刻的感情体验，构成了马识途创作中丰富的素材源泉。如果缺少一双"民族的眼睛"去审视生活，那么无论多么丰富多彩的生活画卷都会是平淡无奇的。没有对本民族人民真挚热烈的爱，不管有多么高超的表现技巧，也难以透视到民族心灵的深处，展现出民族独特的审美情感活动和审美趣味。

《京华夜谭》以主人公肖强的革命经历为典例，塑造了许许多多如同肖强那样在敌后默默无闻英勇战斗的无名英雄的光辉形象。对于肖强这一人物形象的造型和刻画，并不是某一个人的功劳，而是民众集体共同审美的选择。在这一形象的提炼和形成的整个过程里，融汇了各种具有民族特色、民族化特征的原型。有些为了革命事业，不惜牺牲自己的青春和爱情；有些为了党的利益，甚至把生死也置之度外。将顽强坚韧、小心谨慎、机智勇敢等元素和象征符号，通过积淀于创作者心灵中的集体意识以无意识的形式挥发出来了。

主人公肖强既是一个机智坚毅地战斗在敌人内部的孤胆英雄，同时也是一个有着丰富情感的革命志士。小说在描述他的斗争经历过程中，插入了一段关于他与进步女青年贾云英在去延安的路途中相识并相知的故事。然而在初尝爱情的美好和甜蜜之后，也与当时时代背景下众多的男女青年一样因为革命工作的需要，不得不分开，不得不将这份真挚的情感深埋心底，到各自最需要去的岗位上继续战斗。"革命连生命都不顾，还能顾及个人纤细的感情吗？"① 为了避免感情上的折磨，离别前肖强没有与她再见面，而选择了以写信的方式表达自己的情感，信中对于革命和爱情之间的关系，在革命与爱情之间的选择可以说把人物的审美情感体验表达到了极致，而且也打上了深深的时代烙印。肖强在信中说："我们现在悲离了，让我们固守住我们的爱情，也许欢合的日子终

① 马识途：《马识途文集4：京华夜谭》，四川文艺出版社，2005年版，第125页。

将来叩开我们的心扉。让我们坚信并且永远地等待着吧。"① 这一段关于感情的描写，清晰折射出革命者丰富的情感世界，无私的献身精神和崇高而纯洁的情操，所体现出的坚毅、顽强、高尚并不仅仅只是肖强一个人，而是在当时的中国社会中千千万万为了革命，为了国家和民族，牺牲了自己的爱情甚至家庭的革命者，在这些革命者中也有作者自己的身影。这种审美情感活动的体现是中华民族审美心理长期发展并凝聚的结果，是一种相对比较稳定的审美心理倾向。在审美活动的实践中，特别是通过作家对笔下人物性格的塑造和欣赏，在实践中体现出了不同的审美情感体验，从这个角度上来说，"每一个民族的主要光荣，从它的作家中升起"②。

二、承袭翻新的章回体结构

文艺民族形式的形成与民俗有着很深的缘分。广大人民群众的欣赏习惯，直接制约着文艺民族形式的生存和发展，各种体裁的民间文艺富有生命力的表现手法，又为文艺民族形式提供了丰富的养料。所以民俗的欣赏习惯和表现手法的继承与运用，成为检验文艺民族化的又一标杆。

有些人只要提及民族形式，就会把有开头结尾的、有故事情节的、有大团圆结局等结构形式的小说与民族形式画等号，认为封建文学和章回体就是民族性的表现。这其实是不正确的。因为，不止中国小说有章回体，在外国小说中也有类似的结构形式，比如英国作家亨利·菲尔丁的长篇小说《汤姆·琼斯》。这部小说共有十八卷，每一卷前面都有一篇序文，作者通过精巧的布局，有条不紊地为我们展现了一幅广阔的 18 世纪英国社会的现实主义画面。

马识途在《京华夜谭》中，精心选择了具有时代意义和现实意义的题材，并直接用传统章回小说的结构模式构建小说。小说共分为十回，前有"楔子"开头，最后有"幺回"做结，且每回的回目标题对仗工整，主旨鲜明。小说设

---

① 马识途：《马识途文集 4：京华夜谭》，四川文艺出版社，2005 年版，第 128 页。
② ［英］约翰逊：《西方思想宝库》，吉林人民出版社，1988 年版，参见《词典·序言》，第 1217 页。

定的回目是传统式的，每回的开头讲述人肖强和"我"的交流对话也似传统章回小说的"得胜头回"①，承上启下，使前后内容环环相扣。从表面上来看文章时空转换很大，忽而现在，忽而"文革"，忽而新中国成立前夕，忽而又抗战时期，其实这只是作者在结构模式中采用了传统小说的形式，却又并未完全按照传统小说的结构形式以时间顺序去顺叙故事，展开情节，而是打乱了时空顺序。《京华夜谭》不仅每个篇目结构上采用倒叙，整篇文章本身作者采用的就是一种倒叙的手法，这一点从文章最后就能看出。除了第九回是肖强手写的稿件这一比较特殊的一回以外，小说通篇都采用了现代小说的倒叙手法，在倒叙中又套有插叙，其他各回都是采用讲述、对话的方式倒叙故事。当最后一回叙述完毕，肖强办妥手续，准备由重庆去往南京，从时间上来讲，本该是故事的完结，但其实此后仍有延续，到了南京以后的故事早已在前面的第二回和第三回就已经谈过了。至于插叙，也是在文章结构中作者数次使用到的一种手段，例如在第四回中，"我"与肖强阔别六年之后再次相见，聊得酣畅淋漓之际推门进来了一位陌生的女同志，这让本以为回来之人是肖强夫人陆淑芬而正打算开口问好的"我"惊讶万分，当然，与"我"同样对此感到诧异且感到无法理解的还有看到这里的读者。在传奇性的小说里，为情节而冲突是常见的，没有冲突，也就没有情节。在这里，情节的设置看似是不经意的一笔，但其实这恰恰是作者故意而为之，为的是带出主人公人生经历中非常重要的一段，而故事的参与者正是这位推门而入的"陌生女性"——她不是别人，正是肖强在陆淑芬去世之后再度结婚的妻子贾云英，而她并不是一位"新人"。她与肖强认识已有四十六年之久，更重要的是她是和肖强一起从四川到的延安，是"我"续写肖强故事不可或缺的一段。按照主人公肖强自己的说法，"没有这一段，也许我根本就不会到敌特机关去活动，这是决定我的一生命运的一段生活呢。"② 于是作者在第四回中，也就顺理成章地插叙了一段肖强与贾云英的感情，这也是肖强在踏进敌人心脏工作之前的重要故事，对于表现肖强的人物

①　头回："头回"即"前回"，出自宋朝无名氏《错斩崔宁》。"且先引下一个故事来，权做个得胜头回。"宋、元说书人的术语。在开讲前，一般都要先说一段小故事做引子，谓之"得胜头回"，取其吉利之意。

②　马识途：《马识途文集4：京华夜谭》，四川文艺出版社，2005年版，第98页。

品格有着重要意义。为了故事的完整性，作者还在这一回的最后插叙了一段贾云英与肖强因为革命而分离之后的故事，直到叙述至两人于多年之后意外重逢，并在儿女的鼓励下再续前缘为止。这段爱情佳话，不仅极大地丰富了小说的故事性，还清晰地折射出革命者丰富的内心情感世界，让人物显得真实可信又丰满富有张力。

除此之外，故事每回开头的一段"小引"，既是导入故事正题的闲话，类似传统的"入话"，却又不仅仅是传统"入话"的劝善讽恶之语，而且是紧扣主人公的活动线索，对整个故事的来龙去脉做补充说明。这样的一种结构形式既是对传统的继承，同时也是将传统和现代相结合的有益尝试。用马识途自己的话来说是"旧瓶装新酒"。酒是新的，叙述的都是他亲耳所听或亲眼所见的故事。而装酒的瓶子也不完全是旧的，外观模样虽然古旧，但花纹却是现代的图式。这种为中华民族所喜闻乐见的艺术结构形式安排处理得自然而得体，开篇的导入引人入胜，然后在有条不紊又顺理成章的情节发展叙述中，合情合理地回应此前留下的伏笔，使作品的结构首尾呼应，这正是构成中华民族所特有的审美理想的一部分，对于文艺创作民族化的展示有重要的意义。

三、独具地方特色的叙事语言

中国的小说因为源自民间又流行于民间，因此不管是情节安排、内容意蕴还是语言表述都极其贴近老百姓，与民众的生活相近，也与民众的喜怒哀乐之情相契合，这是中国小说所独有的一个特征。语言是民族形式的第一标志，它既是作家反映民族生活、塑造民族性格的基本手段，又是沟通作家与读者思想感情的重要媒介。由于方言俗语本身便是最具典型性的民俗语言，那些生活中常见方言俗谚的运用不仅给作品增加了一种独特的地域文化韵味，读来别具一格，回味无穷，而且更重要的还对推进作品情节的发展起着非常大的作用。

大量民俗语言的采用，是马识途作品语言民族化的特征之一。他受到故乡环境和四川语言影响，因此，在遣词用字上也有意识地大量运用四川方言来体现其作品的亲和力。在《京华夜谭》中便大量运用四川的方言俗语，如"歪"、"咋个"、"欺头"、"讨人嫌"、"认黄"、"兴妖作怪"等独具四川地方特色的方言词汇，甚至对于回目的撰写也出现了别具匠心的"第幺回"。"幺"在四川方言中是表达最小、最后的意思，以此为章回计数，不可不谓是作者的有意为之，为的就是为作品多添几分地方风味，读者读来更亲切舒服。文中还有一些跟特定时期的四川风俗相关的一些词语，对于四川人来说会有一番独特的地方意味。比如"海大爷"和"海袍哥"中的"海"，"海"字在这里就是参加、混、玩的意思，如果不了解"海"字在四川方言里的独特用法，就很难理解整个词语乃至整个句子的意思。四川还有一句话叫"很四海"，意思又是说很讲义气，够朋友。此处的方言词汇不仅形象生动地说明了"海袍哥"的程序，还展示出了当时四川的袍哥文化，而对于这一点，恰恰是理解肖强此人的关键，因为他就是出身于"簪缨之族"，父亲就是本县社会上的第一块招牌，可以掌红吃黑，家境富庶优越，前途自然无忧，继承父亲的袍哥总舵爷衣钵之路早已为他铺好。而正是由于他的这种特殊身份做掩护，才能让他后来在接受组织安排，混迹于袍哥、官僚和特务之间执行任务时不被怀疑。

对于体现人物性格而言，语言的表现更是重要的艺术手法。语言不仅能体现出人物的性格，还能反映出人物自身的特征，有时即使没有看到此人的身份，只是看到了他所说的话，也能对他的背景揣测到几分。如你写的是一段发生在农民之间的对话，但用的并不是他们之间的习惯用语，那么必然就不像农民的对话，更不用说反映人物性格了。在《京华夜谭》中不仅有充满四川风味的方言，还有不少当时袍哥之间使用的俗语，从中读者可以对当时的袍哥习俗礼教窥豹一斑。如："我找来一个我的'贴心豆瓣'王云飞，给他如此这般地做了布置。王云飞是好枪把式，灵透得很，干这种事干得多，只要给他'点一下水'，他就会去办得巴巴适适的。"[1] 在这段话中，马识途不仅用了方言词汇中的"贴心豆瓣"来表示此人是自己的心腹值得信赖；用"巴巴适适"来表示此人做事妥帖可靠；还加入了"点一下水"这样的俗语，意为稍加指点即可，不用详细说明。方言加俗语的运用，形象而生动地表达了王云飞此人的聪颖，以及主人公对他的信任。

马识途为了将自己的审美理想更直接、更彻底地传达给当时的四川读者，

---

① 马识途：《马识途文集 4：京华夜谭》，四川文艺出版社，2005 年版，第 188 页。

还使用了一些当时社会背景下使用的方言俗谚等，用充满浓郁地方特色的语言来建构整个作品的民族性氛围。有些方言俗谚可能在现在已经不太使用了，但却能让当时的老百姓读来感觉亲切，从而在心理上认同作品，领略出作品深层次的意味指向。比如："有的时候他们整得我急了，只想快点吃一颗'卫生汤丸'了此一生。"① 其中的"整"字是方言，意为故意想尽办法折腾人、折磨人的意思；而"卫生汤丸"却是四川旧社会对弹丸的谑称。配合之前的"整"字，表达出的是一种四川老百姓所特有的幽默之情，展现的是一种乐天派性格，被枪毙不说被枪毙，而说"吃一颗卫生汤丸"，在幽默中透着一丝无赖，还有一丝戏谑嘲讽之心，更多的还是一种坦荡，一种视死如归的洒脱。与此相似的还有"吃盐水饭"，意为蹲监狱、关禁闭，因为这时候只能吃盐水泡饭，进而借以指代得名。这些语言搭配经过四川人的创造性运用，别有一番深刻的含义，使语言突破了它原来的意义而扩展形成了新的张力，体现出四川人的智慧。正是知晓且谙熟于民俗语言的功能和作用，因此在马识途以《京华夜谭》为代表的一系列文学创作中，使用民间流行的谚语、俗话以及方言口语等非常频繁，也用得自由灵活，恰到好处，使作品充满了浓郁的地方特色气息，让读者彻底领略到了地方方言的美感，从而获得了独特的审美体验。

四、白描淡写中含蓄的幽默和讽刺

"白描"这个词，应该是从绘画中借用过来的。它是国画中一种画法，纯用线条勾勒，不加彩色渲染，寥寥数笔，以求描摹对象达到栩栩如生的效果。这要求画家对生活有细致的观察、敏锐的艺术感觉和高度熟练的表现技巧。文艺创作中的白描，其内涵也大致相同。在《京华夜谭》中，作者描摹故事，神情宛然，文笔之洗练，可谓一般。如在第幺回中，当"我"问肖强作为一个幺台戏是一个压轴的，那么是否是更精彩的时候，肖强答道："不，既然是压轴戏，那就是近于尾声或者只能算是余兴了。我就摆几个抢救共产党员以及抢救

---

① 马识途：《马识途文集4：京华夜谭》，四川文艺出版社，2005年版，第22页。

我自己的小故事吧。"① 只是寥寥数笔，就把"幺台"的深层次含义表现出来——是"近于尾声"，且是"余兴"，而对于如何"幺台"呢？肖强只用了一个核心词语"抢救"就一语概括，而且对于故事，形容的是"小"字，紧扣了"幺台"二字。但仅此而已，已经足够，至于如何抢救，谁抢救了共产党员又是谁抢救了"我"呢，就需要诸君去慢慢地、细细地品读了。

白描手法的精髓，不仅在于语言描绘的准确逼真，而且还在于形神兼备，以形写神。在《京华夜谭》中还有一段对于"厕所文学"的描写："我到将军街附近一个公厕里去，趁公厕没有人的时候，在蹲位的板壁上用粉笔画了一个王八。这种在公厕里的板壁上画个王八，写上几句骂人的话，或者发两句牢骚，是常事。当时有个美名叫作'厕所文学'。不过，我画的王八却有点不一样，是没有画尾巴的。这是周武哲和我约好了的。"② 这段描写是关于肖强因为有紧急事情要跟联络人周武哲联系而启用两人事先约好的紧急通知办法，对于肖强"画王八"的整个场景描写，找不出任何浮辞躁语，也没有多少修饰，都是从动作和背景描写出整个过程，几乎每句都描绘出当时的境况，画面感极强，具有立体感和形象感。既写出了采用这种方式是因为厕所画王八之事颇为普遍，不容易引人注意，又表达了此种方式辨认的特殊性所在是因为他画的王八是"没有尾巴"的，通过一个简单的紧急联系方法体现出地下工作的隐蔽性和地下党员们的聪明睿智，更为大家勾勒出当时压抑苦闷、动荡不定的社会背景下人们苦中作乐，以"厕所文学"这种方式来宣泄心中不满的生动图景。

马识途运笔平中见奇，拙中见灵，还在作品中集中体现了白描淡写手法的简练、朴实，展示了作者追求的一种归真返璞的清新自然的艺术境界。这种白描手法又与存在于作品中的幽默感以及讽刺意味相得益彰，达到了很好的艺术效果。如《京华夜谭》中就描写了这样一个看似不起眼的小人物——苟公子。这位公子不会说英语，却非常喜欢赶时髦，别出心裁地想出了新发明，喜欢用汉语拼音为英语注音，然后按照汉语译音来读，因此很多人都听不懂，他还自以为自己此招很高妙。对于英语短句的使用，则用汉语的逻辑思维说出句子后

---

① ② 马识途：《马识途文集4：京华夜谭》，四川文艺出版社，2005年版，第378页，210页。

再逐一翻译成英语单词将之串联起来，不管英语的语法和逻辑，拿今天的话来说就是"中国式"的英语，这成了这位苟公子的标准英语，因此产生了独特的讽刺意味。且不说他在玩桥牌的时候牌兴大发喊出来的："You have two downs（'你有两下子'，即你有一点本事的意思，你看，他连复数's'都没有忘记加上。）……You dog sun!（你狗日的），You mother skin（你妈的皮）。"① 此后一段关于他放暑假回乡下显摆的情形更是将此人不懂装懂、自鸣得意又不学无术的乡间纨绔子弟的形象刻画到淋漓尽致的地步。"他一进门叫他的爸爸为 father，妈妈为 mother，已经弄得他父母瞠目结舌，不知所措。当他叫他的老婆为 darling 时，大家听到的就是'打铃，打铃'。他的老婆莫名其妙，问他：'你为啥一见我，就叫打铃呢，这又不是学校，打铃干什么？'他哈哈大笑，笑这些乡下人的愚蠢。他的爸爸妈妈听了也跟着笑，连眼泪水都笑出来了。"② 相信读到这里的大多数读者也会笑出声来，跟苟公子父母欣慰的笑不同，读者应该更多是嘲讽的笑。

作者在这里仅仅只是寥寥数笔，便达到了出神入化的效果，活脱脱地将一个用汉语来给英文注音，用所谓的"苟式英语"来充时髦的公子哥写得妙趣横生，讽刺意味在这里达到了高潮。之所以能实现这既幽默又具有讽刺性的效果，在于作者平时对于某些日常生活场面中的特定韵味具有敏锐精细的感受能力，并善于在形象的描绘中把它传达给读者，使之缩短了人物同我们的距离，温和中带有刺，给人深长隽永的回味，并在读者对人物和事件的感受中增加一层亲切感，使作品能赢得不同年龄、性别、职业的读者的普遍喜爱。

这种"略具笔墨，意在笔墨之外"的艺术，正是中国美学理论和创作实践的核心所在，归根结底，这也是中国民众几千年来养成的审美趣味和欣赏习惯的具体体现。在当今大多文学作品借鉴诸如"意识流"、"多视角"、"快节奏"等所谓西方现代派的表现手法时，千万不能忘记重视自己的民族形式，要把别人的东西转化为自己的精髓，做到"为我所用"才是正道。"白描"这样的传统手法，因为它的根深深地扎在中华民族文艺的厚实土壤中，而且符合中华艺

---

①② 马识途：《马识途文集4：京华夜谭》，四川文艺出版社，2005 年版，第 104 页。

术欣赏的民族心理，因此它永远不会过时，更不能去否定它。

马识途在《京华夜谭》后记中说，这部小说可能难以被归入雅文学，却也很难定义为一部正宗的通俗小说。对于人们给小说和故事寻找的新的定义和界说以及其他关于小说的社会功能，作者表示无暇理会，相反，马识途表示他乐于"跻身于'说书人'之列"，甚至把自己的作品称为故事或是"龙门阵"也不以为羞，只要仍然在中国老百姓喜闻乐见的中国作风和中国气派这条路子上就足够。与他一直坚持的中国的文学，就应该具备中国的民族风格和民族气派，就应该在作品描绘的内容中反映出中国人的气质性格、审美情感以及语言韵味的观点不谋而合，同时，这恰恰也是值得我们去细致品味析读并反思的。

（原载《当代文坛》2014 年第 6 期）

理论阐发

我追求中国作风和中国气派

马识途

许多年来，我总欢喜在我的创作笔记本的扉页上，写上这么几句话：

> 白描淡写，流利晓畅的语言；
>
> 委婉有致，引人入胜的情节；
>
> 鲜明突出，跃然纸上的形象；
>
> 乐观开朗，生气蓬勃的性格。
>
> 曲折而不隐晦；
>
> 神奇而不古怪；
>
> 幽默而不庸俗；
>
> 讽刺而不谩骂；
>
> 通俗而不鄙陋。

这几句话说不上是我的创作座右铭，但是我在写小说的时候，总是力求这么办，并且作为自己追求的一种风格，我自以为这便是"中国老百姓所喜闻乐见的中国作风和中国气派"了。

我写小说，自然也从西方的文学大师和我国前辈作家的鸿篇巨制中吸取营养，也常常为他们那么寥寥几笔便把人物刻画得栩栩如生，惊叹不已，而为自己费尽笔墨，人物还是描绘得像雾里花一样而生气。但是，如果有人问我，对我影响最大的是哪些作家和什么作品时，我却毋宁说是那些长年漂泊的民间说书人和中国的古典小说，特别是那些经过古代坊间说书人反复锤炼然后被作家整理成书的古典小说和传奇故事。这些民间的无名作家才是我的主要的良师益友，中国的古典小说和传奇才是我主要的学习的榜样。

为什么会是这样，这要从我幼年时代的文化生活说起。

我的幼年是在一个很不开通的偏僻农村里度过的。在那里，一切城市的文化生活当然没有机会享受，从来没有听过戏，看过电影，连那背着破烂衣箱，牵一只干瘦小猴子和一条癞皮狗耍猴戏的人，也只偶尔在乡场上才看得见，还要忍受十几里山路的奔波，才有机会看到那个穿着红色短褂的可怜的猴子，在主人鞭子的威胁和干果的利诱下，战战兢兢地骑上狗背的狼狈样子，人们从这里博取残忍的一笑。至于逢年过节的夜晚，只要听说山村里的业余川剧爱好者要"打围鼓"，就是不吃晚饭，也要打起火把跑十几里路去那破烂的观音阁里通夜站着，欣赏那震耳欲聋的咚咚咣咣的大鼓大锣声和那干燥得像拉锯声的高腔。然而最使我着迷的，却是那些走乡串院长年流落在外的说书人。

那时有一种叫作"讲圣谕"的后来叫作"说善书"的人，他们的地位明明和我们乡下这些泥巴脚杆差不多，其实不过是稍高于"打莲花落"的讨口子的文明乞讨者，却喜欢戴一顶三家村老学究的红顶瓜皮帽，穿上一件真叫作捉襟见肘的褪了色的老蓝布大褂，以表示他到底比这些种田下力人文明一等，因为他是肩负着皇帝的神圣使命，到乡下来宣讲"最高指示"的嘛。你看他装模作样地在供桌上供上"吾皇万岁万岁万万岁"的神牌，然后点上香烛，恭敬地叩三个头，才坐上高凳，在供桌上摆开线装的话本，一面用手指沾点口水翻着书页，一面用一块"惊木"在桌上轻轻拍打，开讲起来。他讲的都是劝善惩恶的因果报应故事。那故事都是那么曲折离奇、生动有趣，总是恶人逞凶、好人受苦，生离死别、百般辛酸，最后不是奉了圣谕，便是遇了清官，好人得救，恶人得报。或者人间无处讲理，便由天神、雷公、鬼怪出来伸张正义，把恶人惩治，揪他到阴间去讲理，下油锅，上刀山，受轮回之苦。这些内容且不管它，使我折服的是他那说书的本领，总是那么委婉有致，引人入胜，语言是那么通俗生动，白描淡写，几句话便传了神。

夏天的夜晚，乘凉时候，我看到他一下把这些泥巴脚杆和农妇小人从周围十几里的地方吸引了来，一个个张着眼睛，咧开大嘴，聚精会神地听着。真是鸦雀无声，只听到树叶摇动和挥蒲扇赶蚊虫的声音。讲到辛酸处，赢得了多少眼泪和叹息；讲到报应到来，又引来多少欢呼和笑颜。以至我们这些不知趣的少年想去搞点小动作，也受到听众们谴责的眼光的禁止，不敢动弹，后来也一样被那故事吸引去了。

　　然而比说善书更叫我着迷的是到乡下来说评书的，"讲古"的，"摆龙门阵"的。他们没有说善书的那么古板，讲的故事也更其生动活泼，更其曲折复杂，更其神奇美妙，更其乐观诙谐，大半是取材于《三国演义》《水浒传》《西游记》《东周列国志》，还有取自《今古奇观》和《聊斋志异》的。但是他们并不照本宣读，而是针对听众，该简就简，该繁就繁，经过心裁的。他们总欢喜在开讲头上说一个小故事或本地的奇闻，叫作"入话"，然后引入正文。他们说的时候，总是那么绘影形声，好似书中人就站在你面前在那里活动和讲话，活生生的。他们从来不像西方文学那样静止地琐细地描写风景，那么大段地纤细地刻画人物的心理和性格。他们说风景总是在人物活动和故事进展中，渲染几句，便有一幅背景立在面前了。他们描绘人物性格也总是在人物的活动中，在人物对话中，在性格冲突和斗争中，采取白描淡写的方法，人物生动，笔墨干净。其实这比用华丽的辞藻，精致的描绘要困难得多。他们十分讲究人物音容笑貌、行为气质的描写，十分注意细节的刻画。需要交代的过场往往是用"一笔带过"、"这且不表"来处理。他们所使用的语言都是本地老百姓通俗的语言，但却并不庸俗和鄙陋。一句方言口语，十分传神，心领神会，妙不可言。他们喜欢用夸张的手法，还时常夹点小幽默。特别是他们发觉有点冷场的时候，很会现场取材，即景生情，说几句幽默话，往往妙趣横生，振作精神。他们说书在故事情节的安排上，力求曲折神奇，扑朔迷离，神龙见首不见尾，决不让你一览无余。在结构上虽然有头有尾，却不平铺直叙，有时前后颠倒，有时左右穿插。至于"扣子"和"包袱"更是他们讲究的。他们说的总是一扣压一扣，不给你解开，包袱丢了一个又背上一个，不给你打开。总是一波未平，一波又起，他们讲到紧要处，比如正在危难中，前面来了一个人，他忽然说："来者何人，放下暂且不表。"又从另外一个情节开关了。他们讲到刀都举起来了，接着却说："一刀砍下，吉凶如何，且听下回分解。"叫你回去，明晚再来。总叫你回去吃不下，睡不着就是了。这种巧妙铺排，真叫我入了迷了。我念念不忘这些故事，也在小同学中或在放牛场上给小伙伴们讲，但是总讲不好。我就去找那些师傅们请教。有一个师傅说的，我至今没有忘记。他说，好比引人游山观景，总不能只是平原大坝，一览无余。总要引他到小桥流水，曲径通幽的去处，一时异峰突出，一时波澜壮阔，一时山穷水尽，一时柳暗花明，这才有个看头。后来在我们乡下，还有演皮灯影戏的，这便是我们的"电影"了。除开《西游记》那九九八十一难的故事吸引了我外，我特别喜欢皮影形象的古拙和夸张，神态活现。从此我知道删繁就简，去芜存菁，抓住特点着力夸张的妙处。

我稍长大，有了一点可怜的阅读能力，便去把那些著名的古典小说搜罗了来，都是一些带着绣像的石印小字本，我如获至宝，废寝忘食地读了起来。大人不让看，便夜深躲在帐子里点着油灯看，差点把帐子点着，引起火灾。午睡时还钻进被单里偷看。我才明白，那些说书的原来是继承了古代小说家和说书人的长处，形成了为老百姓喜闻乐见的特别风格。我以为要给中国老百姓写书的话，就要继承这样的风格。

新中国成立以后，由于偶然的机缘，我开始写起小说来，而且一发而不可止，由一个长胡子的文艺新兵，变成一个作家了。据说一个作家总要有自己独创的风格，那么我追求什么样的风格呢？我忽然想起我幼年时代的那些无名师傅来。他们继承了我国的小说传统，形成独特的中国气派和中国作风，为老百姓喜闻乐见。我要当作家，还去追求什么别的风格呢？我又有什么本事追求别的什么风格呢？于是我便用摆龙门阵的方法写起我的小说来，尽量把民间艺人的长处，吸收到我的作品里去，甚至我乐意把我写的某些革命斗争故事叫作"新评书"或者"新传奇"。我这样做，当然也不是立意要抱残守缺，故步自封，只匍匐在民间艺人和旧小说的面前，依样画葫芦。我当然也尽力吸取西方小说和我国现代小说的长处。

经过二十几年的努力，我不能说我已经开始形成自己的风格，更不能说我已经找到了为中国老百姓喜闻乐见的中国作风和中国气派，但是我到底找到了自己努力的方向和追求的风格，这便是我在文章开头写的那几句话。

使我高兴的是，我的努力受到中国作家协会书记处的同志，特别是邵荃麟同志和侯金镜同志的关心，多次给我鼓励和指教。还有许多读者给我来信，也给我以鼓励。他们除指出我的缺点外，都肯定我努力的方向是正确的。比如喜欢用白描淡写的手法，故事力求引人入胜，人物多有风趣，乐观而诙谐。还有含蓄的幽默和讽刺，四川方言的提炼运用等。这些都是对我的最大鼓舞和鞭策，使我找到了我的文学生涯的前进道路。我一定要努力追求我们的民族形式，要和更多的同时代的作家共同努力，在开拓为中国老百姓喜闻乐见的中国气派和中国作风的文学道路上前进。

　　　　（节选自《文学回忆与思考（1949—1979）》，人民文学出版社，1980 年版）

说　情　节
——复章林义同志的信

马识途

章林义同志：

　　《四川文学》编辑部转来你的信，我读过了。你对我的作品做了不适当的赞誉，我不能接受，但是你谈到我的作品"差不多都有一个比较完成的故事"，"情节曲折"、"有传奇色彩"，这倒真的发现我写作品的一种尝试，一种倾向。你还以为"一篇作品的故事性强是惹人喜欢的"，并为你在写作中故事平淡而"苦恼"，你为"追求故事性""真是为难"了，要我谈谈结构故事，安排情节的经验。然而这却也使我"真是为难"了。

　　告诉你，我直到现在不过是一个业余作家。我的年纪虽然很大，从事文艺创作的时间却不长，可以说是一个"长胡子的文艺新兵"吧。我对于文艺理论很少研究，一篇小说如何结构故事，安排情节，其实说不出一个名堂来。现在《四川文艺》编辑部一定要我"抽空对这封信做一个答复"，我难以推辞，那么勉为其难，谈一点我对情节的理解。

　　我想，有一点文学常识的人都知道，情节是文学的要素之一，高尔基就把情节作为语言、主题之外的文学三大要素之一。他说："文学的第三要素是情节，即人物之间的联系、矛盾、同情、反感和一般的相互关系，某些性格、典型的成长和构成的历史。"所以我们常说"情节是性格的历史"。恩格斯也很赞扬"莎士比亚剧作的情节的生动性和丰富性"。可见情节对于文学作品是很重要的。但是我要问你：情节到底是干什么用的？

我想你知道，文学是以形象来反映社会生活的，而文学的形象必须典型化，必须着力于刻画典型环境中的典型人物。因而典型性是文学创作的本质特征。"革命的文艺，应当根据实际生活创造出各种各样的人物来，帮助群众推动历史的前进。"毫无疑问，小说情节和故事结构都是为塑造典型人物服务的。选取什么样的情节，结构什么样的故事，都以塑造什么样的典型人物为根据，我们显然不能为情节而情节，为故事而故事。情节和故事如果不能借以深刻地刻画出人物的典型性格来，是毫无用处的。这样的作品，即使能取悦读者于一时，甚至成为畅销书，却是没有生命力的，经不起历史考验的。

小说中人物性格的发展是由许多矛盾冲突所决定的。什么样的矛盾冲突就出现什么样的人物行为，构成什么样的事件，出现什么样的情节。理由固然，事所必至，往往不以作家的主观意志为转移。许多作家都有这样的经验，当小说中人物的性格已经形成了，故事往往不照作家开始结构的原样发展下去，而按人物性格的矛盾冲突的必然性发展下去，以致弄得和起初的设想面目全非了。可见故事情节的选择，并不是可以由作家随心所欲，为所欲为的。不能为人物性格的形成和发展服务的情节便是生编硬造的情节，这是会扭曲人物性格从而使作品失败的。

在这里，我还想强调地说，构成情节的细节是更其重要的，它是表现人物性格的根本要素。一个大的情节中如果没有许多像珍珠一般闪光的细节，不管你把情节安排得多么巧妙，人物还是缺乏光彩，形象还是不够鲜明。可以说细节是构成人物性格的细胞，是人物在特定的矛盾冲突中爆发出来的性格的火花，是故事得以推演的契机。我们阅读名著，没有不为那些闪光的细节拍案叫绝的。往往只要一个动作，几句话，有如画龙点睛，一个人物便栩栩如生地在你面前站起来了。这样的细节选择起来并不容易的。只有对于人物的生活有透彻的了解，对于他生活的环境非常熟悉，从复杂的生活巨流中才能淘洗出这样的珍珠来。有些作品，情节安排不能说没有下功夫，但是读起来总是隔靴搔痒、雾里看花之感，这就是由于没有深入了解生活的底蕴，去捕捉和提炼出生活的真实细节来。

从这里来谈谈你的"苦恼"吧。你说在你的"写作中，故事总是显得比较平淡，没有波澜"，"就事写事，平铺直叙"；你说你曾"有意识地追求故事性，结果写出来的东西又有人说是生编硬造，不真实"。因而你为此苦恼了。我想别人的批评是正确的，因为你似乎还不理解结构故事的目的是什么，却一味去追求故事的离奇曲折。这样追求的结果，必然是挖空心思去生编硬造，必然不真实。对了，你的要害恐怕就在"不真实"三个字上。情节必须真实，必须是从生活中提炼出来，而不是凭空想象出来的。情节必须是合于人物性格的形成和发展，而不是歪曲性格去迁就你的"故事性"的。故事如果不表现人物，要故事何用？只要你的人物站起来了，他就会按自己的性格去独立地活动，去斗争，在人物的合理行动中出现情节。我们当然不是自然主义地有闻必录，而是去提取那些最好地表现典型性格的情节和细节，加以精炼成引人入胜的情节和光彩照人的细节来。离开生活，离开人物，编造情节，追求故事，必然事与愿违，走入歧途的。

　　我不同意你把在写作中的"故事平淡，没有波澜"归罪于你"生活在工厂里，每天上班下班，接触的都是那些人和事情，好像不容易发现多少激动人心的故事"。一个作家生活面窄，创作会受到一定的限制，应该走出自己狭小的天地，到更广阔的生活中去扩大视野、汲取素材，当然是对的。但是不能说工厂里就没有多少激动人心的故事。我们正在向"四化"进军，工厂是战斗的前线，在那里有沸腾的生活，有众多的英雄人物，有尖锐复杂的斗争，留心各样的事物，去观察、研究、分析一切人，一切斗争。工厂里总有老中青的领导干部和技术人员，总有各种新老工人。他们都具有不同经历、不同性格、不同思想作风。他们也不是密封在车间里，经常要和广大的社会接触，和各种的人物往来。工作学习，生老病死，恋爱结婚，有矛盾和斗争，欢乐和愁苦，有个人的癖性和爱好，这里多的是激动人心的故事和人物。谁能说你的生活面就是时间：上班八小时；空间：几十平方米的车间呢？关键在于你是不是热爱生活，深入生活，参加进生活斗争中去，在于你是不是留心你生活圈子里的一切人和事。

　　话还是要说回来，我们写小说是为了刻画人物，反映生活，从而帮助别人认识生活，推动生活的前进，选择一个激动人心的故事是必要的，但并非一定要追求离奇曲折的情节。许多老作家，比如沙汀同志，他就并不刻意追求那样的故事和情节，而是截取一个生活面，甚至通过一件小事，着力于刻画栩栩如生的典型人物。我觉得，这是更高级而难能可贵的作品，这是我们某些以故事情节取胜的作品望尘莫及的。我再重复一句，不要单纯追求故事情节，而要认真去刻画生动的典型人物。在这一目的下，去合理地选择和使用情节。

我这样说，并不是想轻视故事情节的安排，我反倒要说，古今中外许多名著，对于结构故事、安排情节都是十分讲究的。特别值得注意，我国的古典小说和传奇，如像《红楼梦》《三国演义》《水浒传》《西游记》《聊斋志异》和唐宋传奇等，都有很曲折复杂、引人入胜的故事。可以说这是我国小说的优良传统。这是我非常喜欢并且努力追求的"为中国老百姓喜闻乐见的中国作风和中国气派"。

你说对了，我写小说，比较注意情节的安排，注意故事性。生活的激流诚然是如此的炫奇，今朝风流人物诚然是如此令我激动，可是如果我还没有找到一个比较好的故事，没有引人入胜的情节，我是不大喜欢动笔的。因为一定的内容总要通过恰当的形式才能表现出来。我的这种倾向甚至发展成为个人癖好，往往用来掩盖自己描绘人物的无能，成为自己的弱点。我大概很难改变我写小说注意故事性和传奇色彩的爱好了，但我也在努力尽量使刻画人物与使用情节浑然地结合起来。我以为中国的小说应该具有民族形式，应该有中国自己的作风和气派。我说过不奇、不险、不俏、不绝，就不成戏。我一直相信"无巧不成书"、"出乎意料之外，合乎情理之中"是必然性一定要通过偶然性来表现的艺术辩证法。我正在探索和追求一种风格，一种为中国老百姓喜闻乐见的中国作风和中国气派。也许这正是你所感兴味的东西，那么，让我们共同为总结和发扬我国固有的小说传统，为建立新的民族形式而贡献自己的一份力量吧。

（原载《四川文学》1980年第3期）

讽刺是永远需要的

——为《刺梨儿》选《马茜表姐，欢迎您!》作序

马识途

《青年作家》编辑部把在刊物《刺梨儿》专栏上发表的讽刺小说选编一集，交四川文艺出版社出版，这无疑是一件好事，然而使我回想起许多事来。

"讽刺是永远需要的。"这是 1942 年毛泽东同志在延安文艺座谈会上讲的话。我相信这是真理。新中国成立后，文学泰斗茅盾不止一次说到要提倡讽刺文学，我也有此同感，并且想用自己的创作实践来响应号召。因为我相信，我们正经历着从一个旧的社会过渡到一个全新的社会的伟大转变。一些陈旧的、落后的，以及反动的事物总不肯自动退出历史舞台，总要和新生事物进行垂死的斗争。由于旧的事物是不合时宜，逆潮流而动的，它们在历史上是不得其所的，已经失去了存在的价值，然而偏偏要把自己的无价值表现为有价值，把被历史扬弃的东西顽固地加以肯定，于是不得不显出其外强中干、色厉内荏的本色，于是不能不在新社会中出现许多啼笑皆非的事件和荒唐可笑的人物。马克思说过："世界历史形式的最后一个阶段就是它的喜剧。"又说"为了使人类能够愉快地同自己的过去诀别"，为了"把陈旧的生活方式送进坟墓"，自然就会出现把历史上已经无价值的东西撕破给人看的喜剧。于是作为"喜剧变简的支流"（鲁迅语）的讽刺文学便应运而生了。讽刺文学家就是把那些在历史上"不得其所"的无价值的东西撕破给人看，将其落后而顽固、色厉内荏，空虚

而自鸣得意的本色揭示给读者，从而肯定新生的事物，肯定历史的前进。

我想从这个关于讽刺文学的马克思主义的定义，可以明显地引申出一个道理来：在一个社会中越是讽刺文学鼎盛，越是显出这个社会对于自己存在的自信和强大，越是敢于把从旧社会中不可避免地带来的种种痼疾和丑陋揭发出来，以求得早日疗治，使自己更健康地成长。越是对自己丧失信心，便越是讳疾忌医，不容许讽刺文学存在，视讽刺文学是洪水猛兽，以为是对自己存在的威胁。我正是相信我们的新社会是强大和健康的，不害怕把无价值的东西从自己身上剔除干净，才满腔热忱地动手写起讽刺小说来的，而且的确也是得到了社会的承认。然而好景不长，"文化大革命"的年代开始了，我因为几篇讽刺小说而犯了弥天大罪，不仅深陷囹圄，而且也忍受那些可怜的"笔杆子"们无穷无尽的"大批判"。于是我们这个泱泱大国变成一片干净乐土，不仅讽刺绝对不需要，而且歌颂太阳的光亮也可以被认为是对于阿Q的癞痢头的影射。他们看来是大权在握，对文化人可以斩尽杀绝，然而对自己存在总是怀着惴惴不可终日的心情，毫无自信。于是在我们的文坛上出现了一种专门的学问和专门家，他们不用理智而是用他们的主人所赋予他们的鼻子去嗅出一切有讽刺痕迹的文学来，于是文学尚且从中国的大陆上消失了，何论使他们恐惧的讽刺文学呢？

然而历史是无情的，他们的倒行逆施，他们的色厉内荏，正给文学提供十分丰富的讽刺文学素材，于是在他们垮台之后，在中国出现了最兴盛的讽刺文学，不仅讽刺了那些讽刺文学的禁止者，流风所蔽，也讽刺了三中全会后一切阻碍历史前进的落后思想、行为和弊端，使讽刺文学达到比较繁荣的境地。

但是，平心而论，就当前讽刺文学的现状来说，还不令人满意。现在写讽刺作品的作家还常常因为笔锋所及，扫到一些缺乏自知自明的当权者脸上的灰尘，从而带来不愉快的后果，心有余悸。使现在某些讽刺作品的作家不得不把笔锋磨得圆钝一些，读起来像看钝刀子割肉一样令人沉闷；或者不得不贴上一些预防性的自卫盾牌式的情节和语言，读起来总觉得吞吞吐吐，不知所云；或者不得不在作品的末尾加上一个扬善惩恶的光明尾巴，至少要加上一些退路话，说这不过是无伤大局的个别现象，相信或但愿这种现象会很快消除云云。有这样的余悸当然是可以理解的，然而这对讽刺文学来说，却是致命的弱点，至少会使讽刺文学大为减色，难以起振聋发聩的社会作用。但是在这同时，不可不注意另外一种倾向，就是那种无实事求是之心，有哗众取宠之嫌，立意在于暴露新社会，以冷嘲热骂来以逞一快的讽刺文学。作者似乎还不懂得鲁迅的话："讽刺的生命是真实，不必是曾有的事实，但必须是会有的实情。所以它不是'捏造'，也不是'污蔑'，既不是'揭发隐私'，又不是专记骇人听闻的所谓'奇闻'或'怪现象'，它所写的事情是公然的，也是常见的。""非写实决不能成为所谓'讽刺'。"并且也不懂得毛泽东同志所说的："有几种讽刺：有对付敌人的，有对付同盟者的，有对付自己队伍的，态度各有不同。我们并不一般地反对讽刺，但是必须废除讽刺的乱用。"这种乱用的讽刺文学，在鲁迅看来，其实不是讽刺文学，他说："如果貌似讽刺的作品，而毫无善意，也毫无热情，只使读者觉得一切世事，一无足取，也一无可为，那就并非讽刺了，这便是所谓'冷嘲'。"归根到底，我们现在的讽刺文学必须：第一，注意立场；第二，注意真实；第三，要有热情。一句话，要实事求是。不然又有陷入乱用讽刺的辙迹中去的危险，而且也给了忌讳讽刺的人以口实。这对于发展讽刺文学也是不利的。

尽管如此，我相信讽刺文学必将因党中央解放思想、实事求是的正确路线而进一步繁荣起来，并日臻完美。讽刺文学作家也终将解除余悸，放手写作，把讽刺文学推到一个前所未有的境地。为什么？因为我们面临着一个伟大的时代，改革之风势不可挡地吹向每一个角落，改革与反改革，因循守旧和锐意革新，传统观念和新颖思想，陈旧的生活方式，落后、愚昧、腐朽的东西和社会主义精神文明的积极的、向上的进取精神之间会展开更加激烈和复杂的斗争。一些啼笑皆非的事情，将要出现，一些荒唐可笑的人物将要出台哦，这给讽刺文学提供了用武之地。讽刺文学必将和其他文学一样，为发展社会生产力，推动历史前进，发挥自己的作用。也将为文苑中一直很不繁荣的讽刺文学，增添新的活力，为百花中这一枝花开得更加鲜艳，开创一个新局面。

《青年作家》从发刊以来，一直坚持开辟《刺梨儿》这个专栏，《现代作家》也开办了讽刺文学专栏，不管它们已经发表的讽刺文学水平怎样，不管这些作品还有多少可以研究的问题，但是它们的存在就是一个胜利。其实我看其中有不少好的苗头。即使还算幼稚吧，那有什么关系？鲁迅说："幼稚尤其没有什么可羞，……幼稚是会生长，会成熟的。只不要衰老腐败，就好。"正因为这样，我乐意为《刺梨儿》的选集作序。

我想还是用鲁迅的一段话来与讽刺文学和一切文学的青年作家共勉，并作为本文的结束："然而时代是在不息地运作，现在新的、年轻的、没有名的作家的作品站在这里了，以清醒的意识和坚强的努力，在榛莽中露出了日见生长的健壮的新芽。"

（原载《青年作家》1985 年第 1 期）

且说我追求的风格

马识途

我对搞我的研究资料专集一直持消极的态度。我反复想，我到底有多少东西，有多少有分量的东西值得搞。我认为没有多少东西。我的作品也不出色。我自己是懵懵懂懂地写，只知辛苦，未计得失。评论我的作品的文章似乎不多，好像也没有什么人认真研究过我的作品，向我指出，我的作品有什么特色或成就，我的创作和发展道路在哪里，还存在什么问题，应该往什么方向努力。在四川尤其如此，足见我的作品似乎还不具有被评论的资格。然而即使一个初学写作的作者吧，他的最大悲哀恐怕就是他的作品、他的劳动成果不值别人一顾，好坏不置一词。我倒没有"不惜歌者苦，但伤知音稀"那样的高格，但的确有"荷戟独彷徨，寂寞旧战场"的心情。我写的这些陈谷子烂芝麻的旧战场的事，到底有多大的价值了然而你们现在想要为我的作品的研究者提供资料，甚至要为我出专集，我是有些惶惶然的。

我写的《夜谭十记》大部分是在《四川文学》连载发表的，刊登已近一年，在刊登中及刊登后，四川似乎未见什么介绍和评论文章。直到人民文学出版社出版了，才在《文艺报》上看到韦君宜同志的一篇评论文章《读〈夜谭十记〉随笔》（《文艺报》1984 年 7 期）。我比较看重这篇文章，这倒不是因为知音稀，而是我感到她把我创作的某些特点抓住了，虽然她没有展开谈，但她给我提示了，我在这部作品中追求的是中国老百姓所喜闻乐见的中国作风和中国气派，她给以肯定和鼓动。当然她也讲到，"这部独特的作品，未必能（甚至肯定不会）成为当代创作的普遍趋向"，但总会给创作园地增添一点特殊的东西——民族形式的东西。

我的创作其实还不能说已经形成一种独特的风格，但是我的确在追求一种独特的风格。我曾经在两篇文章中提到过我追求的一种风格。一篇是《青年作家》发表的《我是怎样写起小说来的》，文章谈到我追求某种风格。不是说我已形成了我的独特风格，而是我正在追求中。在追求中的确有过自己的甘苦，出现过一些问题，有过对自己作品不满意的时候，甚至怕自己走上故步自封、抱残守缺的窄胡同里去，但没有机会把它说出来。《夜谭十记》比较能体现我的创作风格的某些东西，韦君宜同志看出来了，并且给以肯定，我才比较放心了。

我追求的这种风格和我怎么开始写小说的有密切关系，与我个人生活经历也有密切关系，也就是说，与我走向文学之路，以及与我怎么从民族文化中吸取营养有着密切的关系。当然也应该说与中国现代文学作品的熏陶有着密切的关系。我喜欢我国古典文学作品，也喜欢我国现代文学作品。鲁迅、巴金、沙汀等名家的作品我都很喜欢，很崇拜鲁迅的笔法，我却学不了，沙汀的我也喜欢，也学不了。他们那种刻画入微的技巧，那种冷静的幽默和讽刺真难于学习，但我很喜欢。我就是喜欢冷静地，用事实本身进行的讽刺和幽默，而且一直在追求这种东西。我还向许多幽默和讽刺大师学习，外国的如果戈理、契诃夫、马克·吐温、塞万提斯，还有英国的一些讽刺作家的作品，我都读过。但我追求的是我们中国民族的风格，民族的作风，民族的气派。而中国作风和中国气派最主要的一点，就是要为中国老百姓所喜闻乐见。我的作品，只要中国老百姓喜闻乐见就行了，至于说它是"阳春白雪"，还是"下里巴人"，是高雅的还是低级的东西，我就不管。我读了不少中国的传统小说，其中有很多都带幽默、讽刺或者含泪的微笑。无论《三国演义》《水浒传》《西游记》《儒林外史》，我们都可以从中看到许多非常有趣、非常幽默的人物和描写。像张飞这个人，李逸这个人，猪八戒这个人都相当幽默有趣，很有艺术性。这些作品都给我丰富的营养。

幽默有趣，这算不算是中国人民的气质？不说一般城市老百姓，就是文化较低的一般农民，特别是四川的农民，你与他们相处久了就可以发现，他们说话总不是那么平直，不是那么直截了当的，不像我们有些作品写的那种平淡的知识分子腔，而喜欢转个弯，有时喜欢挖苦人，他们的言语中总带有盐味。这说明老百姓说话在追求一个东西，就是使自己的语言更艺术，更形象生动，更有力量。还有农村里春节耍龙灯、狮子，那前面的小丑、大和尚的语言动作也总是很幽默的，其中不乏讽刺。至于中国的旧戏舞台如川剧中的幽默就更多了，味也更深了。这些东西确实给我的创作以营养。说实在的，这些东西都是艺术水平相当高的，可惜没有多少人去研究它。像川剧里的小丑艺术，确实是高水平的。有的外国友人看了对我说，你们剧中的人物、情节不就是莎士比亚式的吗？他是从他的观点这么看的。我说这不是你们的那个东西，而是千百年中国人民自己创造流传下来的艺术。

讽刺中，有一种所谓含泪的微笑，如《拉郎配》是个悲剧，而且是个大悲剧，但这个悲剧是以喜剧的形式来写的。以喜剧的形式写悲剧，这在外国也是比较难的事情，还有一种是辛辣的无情的揭露和刻毒的讽刺，这比较容易些。要运用一种平淡的老实的然而是幽默的手法，深刻地揭露和讽刺社会中落后，丑恶的甚至是反动的东西，必须具有相当高的艺术水平。这些东西对我产生了比较深的影响。鲁迅的小说，曹禺的剧作，有的讽刺得非常有味道，像曹禺《日出》中的那个张乔治就很典型，很有味道。我很喜欢这种讽刺艺术，并努力追求它。

我在另一篇文章《我追求中国作风和中国气派》（见《文艺报》编辑的《回忆与思考》）也谈到我追求的东西。在这篇文章的开头，我说了这样一段话：

我喜欢：

白描淡写，流利晓畅的语言；

委婉有致，引人入胜的情节；

鲜明突出，跃然纸上的形象；

乐观开朗，生气蓬勃的性格。

曲折而不隐晦；

神奇而不古怪；

　　幽默而不庸俗；

　　讽刺而不谩骂；

　　通俗而不鄙陋。

　　这大概可以代表我所追求的东西，也是我对自己创作的要求。我为什么要这样做呢？说实话，对文学的作用我是有自己的看法的。我写东西的目的不是想在艺术殿堂里占一席之地，也不是想藏之名山，传之久远。我是一个简单的革命功利主义者，写作品的动机就是为中国革命服务。这如同我从事其他活动是为中国革命一样。人家向我说，你写的那些作品在群众中有影响，对青年教育有好处。我说，那我就写吧。可以说，我投身于创作不是由于个人的艺术爱好和兴趣，而是人家强迫我上马的，从革命功利主义出发的。我从来没想到我要成为作家，要写多少作品。我是在干完我的正份工作之后加班写作的。当时我想，既然一个人可干两份工作，那我就干两份工作吧！我是搞业余创作的，只有开夜车，抓开会时的会前会尾，抓别人跳舞、打扑克、吹牛皮的时间。我这么干，不是想出点名，图个利。记得开始写了点东西的时候，我被作家协会书记处的邵荃麟、张光年、严文井、郭小川、侯金镜等几位同志发现了。一次，我正在北京开会，他们来找我，把我拉到作协去，说邵荃麟同志请我吃饭。他们的意思主要是动员、鼓励我写作。其中张光年同志，我们40年代就认识，他向另几位同志介绍说："他过去就写过东西，在昆明和我一块办过文艺刊物。他是一个职业革命家，后来大概因为工作忙没有写了。"邵荃麟同志说："看了你写的《老三姐》《找红军》，我们就推断你一定是一位生活经验丰富的老同志，而且认为你的文笔有自己的特色。无论如何你应该写作，应该把你的东西全部写出来，千万不可写两篇后，工作一忙又停了下来。"他们还告诉我说，"我们作协书记处，一致通过接纳你为会员，没有征求四川的意见，我们直接通过批准的，就是想要你写下去，不要因为行政工作忙而停笔，否则就太可惜了。"后来我每次到北京，邵荃麟同志几乎都要找我谈谈，他认为我有自己的特殊风格，而且又有比较深厚的生活基础。侯金镜同志几乎每次都参加了，他是搞评论工作的。他对我说，"你那里有一个生活富矿。你是不应该拒绝我们来开发的。"在四川，沙汀同志给了我不少鼓励和帮助。所以说，实际上我搞文学创作，是人家估倒拖上马的。到现在为止，我虽然写了不少东西，但仍没有成为一个专业作家，还是一位业余作家，而且大概会业余到底。我为什么这么干？就是因为大家说你写的那些东西对人民有好处，而且说我有东西可写，因此我想，既然群众喜欢看，那我就写吧，哪怕是辛苦一点。写作中我经常注意这样一个问题，无论如何要使我的作品为群众喜闻乐见。我把群众能够看，愿意看，喜欢看，作为我追求的主要目标，因此我就追求中国作风和中国气派。

我从少年时代到青年时代，在文艺素养方面，除了阅读过一些现代文学作品外，还阅读了不少古典小说、话本。在乡村听过不少龙门阵、说书，还看川剧。这是我文化生活的主要内容，而这些内容刚好和我喜欢的东西联系起来了，对我产生了一定的影响。我认为古典小说中的长处我一定要吸取。还有一点我必须谈到的是，我是四川人。四川人有四川人的气质。这一点我觉得说它是地域观念也好。外面有的同志说，你们四川人是从茶馆里训练出来的，富于幽默、趣味，摆起龙门阵来，说说笑笑，有条有理。我作为一个四川人，在这种喜欢坐茶馆，喜欢摆龙门阵，在摆龙门阵中，喜欢说些幽默、讽刺话的环境中生活，不能不受影响。这就使我的作品还具有一种"川味"。艺术上的"川味"到底是什么？我说不上来，但有一点我体会到了，我喜欢带一种讽刺幽默的笔调，而形式上往往是采取摆龙门阵的形式。我常采取第一人称"说话"的写法。我的许多作品都是以第一人称的口气写的。《夜谭十记》实际上都是第一人称的口气写的。为什么我喜欢第一人称手法写呢？因为它有一种好处，就是易于以一种委婉有致、引人入胜，一种摆龙门阵的口气来叙述，可以使人看起来不费力气，茶余饭后、睡觉之前都可以看一看。看起来可以消遣，正如韦君宜同志说的那样。假如我的作品能成为大众的消遣品，我非常高兴。我决不想把我的作品放入庙堂，置于艺术高阁，让少数人去欣赏，去赞叹，去摇头、品味。我只希望大多数人茶余酒后看起来觉得有味道，笑一笑，消胀化食，而且不知不觉地受到一点思想影响，这就好了。因为这说明，我写的东西他看进去了，不然他不会笑。这就可以起文艺的潜移默化的功能。我绝不追求高雅，淡淡的哀愁，默默的怨恨的格调；那种转弯抹角，扑朔迷离，故作深奥的作品，决不去追求少数人才懂的高级的作品，或少数人看了也迷迷糊糊的作品。

"文化大革命"前，评论家陈默给我写了一封信，说他很想了解我的作品为什么许多人喜欢看。他说：我喜欢，我的爱人喜欢，我的孩子也喜欢，我的老人也喜欢。文化高的喜欢，文化低的也喜欢。我在捉摸，你的作品里有个什么东西，雅俗共赏，老少咸宜。我还没有回他的信，他给我的信就被抄没了，但他这几句话我还记得，而且给我很大的鼓励。我也在思索他提的问题，我想这恐怕就是中国作风和中国气派吧。

然而我又想，我的作品也决不追求一般市井说书的庸俗的滑稽，或无聊的插科打诨。也不仅仅是为了满足酒醉饭饱的人拿来作为百无聊赖的消遣。我的作品还总是包含一种政治思想倾向，一种革命传统教育的。我追求的不是像一般的市井通俗小说那样，反正看的人多就行了。现在有的刊物不就是那么干的吗？不管三七二十一，反正有人买我的就行，就算我的本事大了。以致胡编滥造一些乱七八糟的东西，一些庸俗的、低级的东西。有的其实完全是为了赚钱，贩卖"港式"的武打加爱情的公式化作品。有的我以为是在制造精神毒品。我决不这么干。我必须在自己的作品中注入特别的思想内容，但是这种思想内容又绝不明显地说出来，而是通过故事和人物的命运自然地流露出来，以情来感人。不注意内容，只研究形式，其实不了解我的作品之所以为作品的有所为而为之的真谛。

就是在形式上，我的作品也不是单纯地在追求中国通俗小说的形式。假如仅仅是单纯地去追求过去小说的形式，什么"且听下回分解"那种套话，那种说书人的口气和笔调，那肯定也是不行的。那种形式，今天的读者看起来的确发展缓慢，而且显得有些陈旧庸俗。这些就不能完全继承，无保留地去模仿，如今天有些通俗小说作品那样。现代文学的一些表现形式必须吸取，糅合进去。所以我是运用了中国的某些传统手法和形式，但我注意我写的是现代文学，要采取现代文学的手法，甚至我的一些幽默讽刺的作品就是用现代文学的笔法写的。但我的作品又确确实实运用了中国传统的话语，中国文言里某些习惯语句。我觉得我们中国古代文言成语、习惯用语，运用熟练了对文艺创作很有好处，所以我也喜欢运用。以至《清江壮歌》出来之后，北京一位教师专门给我写信来，他在我的《清江壮歌》书上画出一大批成语，问我为什么运用这么多汉语成语？说今天的青年读者有些不习惯了。这当然引起我的注意。同时我也想到我们中国过去文学中好些好的东西，简洁、传神、幽默的东西，我们是不能把它丢掉了的。这是民族的传统精华。鲁迅、郭沫若、茅盾的作品中古汉语的词语就不少，看如何运用罢了。现代中国文学是从学习西方文学的创作形式开始的，我们应该接收外国好的、新的文学艺术的结构和表达方式，但是，我们中国毕竟还有自己艺术传统的东西，我们不能把我们自己的好东西丢掉了。就我写的作品的语言来说，一个是有不少中国古汉语的某些词语，一个是有不少民间的口头语，尤其是四川群众的语言。这种还活着的古词语和群众口语很富有表达能力，是文学上很宝贵的财富。这是大家公认的。四川的不少单词往往包含了非常复杂的意义，如"踙""xie""儿""方"等，只要真正懂得这种语言的人，一看就会联想到非常丰富的内容，有许多是只能意会，不能言传的。我的作品中是用了一些四川方言的。我以为写作品是可以用方言的，更概括、更传神的方言为什么不可以用呢？比如"打牙祭"这个四川方言，已经传遍了全国。只是应该用经过提炼、经过净化了的方言，不是那些很生僻、很俗气的方言。

总之，我所追求的中国的民族作风和气派，决不是因袭过去，照搬前人，而是加以提炼净化，取其精华，而且与现代文学融合起来的。这种做法是否成功，我不知道。我还有过担心，我这些东西也许青年人看起来都是些陈谷子、烂芝麻，意识陈旧了，故事陈旧了，谁还看你这些老古板东西。那些高级读者怎么看法，我倒不在乎，如果一般文化程度的人，特别是广大青年不愿看，那就值得我考虑了。有时我也想以一种新形式、新手法来写，还试验过，而且认为改进实有必要，但我与现在某些青年作家的那种处理材料的方法，那种行文的方法简直不一样。他们的手法很大程度上都是学外国小说的。有些是学外国现代派小说的表现形式的。我在想，是不是他们才是合乎潮流的，我那些东西都不行了？我想了又想，固然要尽量吸收一些新鲜东西，也不拒绝用新格调来写作品，对于原有风格的作品呢，我用八个字来自勉，这就是：别开生面，聊备一格。就是说在各种各样的流派中，我姑且算是一格吧。他们是参天大树，是名花芳草，是文坛的主力军，我呢？就算是一株小草吧，总还可以在文艺百花园的角落里增添一点绿色。这总是容许的。这么一想，心里便踏实了。说实在的，我从来没有想在中国文坛上占据一席。我能写一点东西出来，供大家消遣，对大家有点好处就满足了。我希望我写的东西速朽，而不希望永存。我在想，速朽和不朽恐怕也有点辩证法，速朽的东西有时甚至于变成不朽，这在中国文学史上是常见的。我不追求它，听其自然吧。

我在写作时，还常常想到某些信条。我一直在我的本本上写一些文章警句来作为我的写作座右铭，如"有真义，去粉饰，少做作，不卖弄"。我恪守鲁迅先生这个教导。"博观约取，厚积薄发。"苏轼这八个字，我是非常欣赏的。有人对我说，你的《夜谭十记》，如果按现在某些青年作家很细致的写法，加些景物和心理刻画，每一记的故事都可以写成一本书。像《破城记》，前面有很多潜台词，后面的许多情节我都把它隐去了，使读者一直看到最后，才看出事情的眉目，才恍然大悟。我认为这样更有味道。这就是厚积薄发吧。还有人给我说，你的《报销记》拿来搞个电影毫无问题。国民党粮食斗争里官场的阴谋诡计多得很，我较熟悉，可以写许多，但我没有这么写，只写了几千字就算了。我在写作《夜谭十记》时，其实调动了我进行革命活动和在旧社会生活几十年的许多经验和素材。然而即使如此，我知道《夜谭十记》有个很大的弱点，《军训记》那篇原衷不打算收进去，因为它虽然是讽刺，然而是报道或杂记性质，着重点不在塑造人物，和其他九记体例不大一样。当然我也是有意识地把最后一个不第秀才写成这样。他不像其他科员那样没有什么故事可摆，只能摆这样一个东西，从整体观念来看，这样调剂一下也无不可，正如我把《亲仇记》故意说成是念的一本稿子，便采用了现代小说的笔法，把读者的口味调剂一下一样。但《军训记》在十记中，从艺术上看不够协调。我本来是想写另一篇《卖画记》的，情节人物都是有的，说的是为一张假画弄得满城风雨，使大家啼笑皆非的事，讽刺那些既不懂艺术又要附庸风雅的达官贵人和外国人。因为我对古画缺乏知识，如古画的流派、格调、款式、笔法、印章、印泥、纸张、颜料等知识掌握不够，怎么能写？为了几千字的小说，我要去读中国绘画史，去研究古画，我没有这个能力和时间了，而《军训记》的故事是我经历的，比较熟悉，所以最后还是只写了这个故事。我总觉得写作品一定要厚积薄发。要具有丰富的生活经验，历史和社会知识，五花八门的学问，古代文学和外国文学的修养才行。现在我们看到个别中青年作家，手中就是那么一点积累的东西，已写得差不多了，翻过来，炒过去，今天加点酱油，明天加点醋，后天放点麻辣，反正就那么点菜，这样是难以为继的。有的说连"边角余料"都利用了，反正有刊物要用的。这种情况我想你们搞评论工作的恐怕已经注意到了。最近，我看到个别有才华的作家，由于没有下去好好生活，生活之源枯竭了，只好采取炒冷饭的办法，甚至不惜搞移植术，把外国小说改头换面，抄袭过来，上海《文学报》有所批评。为什么会这样？这就是积累贫乏。我认为，本应积十发一，而现在有的是积一发十了，还在继续发。我觉得苏轼这八个字对我们青年作家有现实意义。我们某些青年作者过去之所以写出某一篇好作品，就是由于他对那个生活很熟悉，吃透了。后来写另外的东西，不管文字写得多么花俏，结构处理得多么巧妙，但一看就清楚了，是一种鲁迅先生说的"做作和卖弄"。他不做作不卖弄不行呀。像这样的同志该怎么办？唯一的办法就是走下去开辟新的生活领域。不可满足于成名了，有名望了，有一定的地位了，不管怎么写几篇，总有人要，而且还有人来抢。这样会自己降格的，对于读者也没有什么好处。现在文艺界都在说提高质量的问题，这是很合时宜的，很值得薄积厚发的作家注意。

我曾不止一次地衷心劝告文学青年们最好不要想当作家，认真到生活中去和群众一起摸爬滚打，一起革命和建设，积累烂熟于胸。这样也许有一天倒写出好作品，当成了作家。我自己就有这样的经历。我曾向邵荃麟同志请教："大家都说小说主要是塑造典型，先有人物，然后有情节，为什么我是先有故事然后才有人物？"邵荃麟同志说："你把你酝酿一部作品的经过给我说说看。"我说，我写作品有个毛病，没有一个好的故事我不动笔，而且也没有劲头去写。当我在生活中，突然看到或听到某一个故事，我认为好，有意思，于是产生了冲动，想写它。这样一来，我的脑子就辛苦了，几十年生活里熟悉的人物都跑出来了。他们都吵着我来扮演什么角色吧！都提出了自己的要求。有的人物我名字都忘了，形象还在。一个小说中只有那么几个人物，怎么办呢？我就选择其中最适合的，把其他的人物的某些东西加进去，经过集中、概括，人物形象更鲜明，更典型了。这样写起来，人物就出场了，而且他还要插嘴，对我说"该这么写"，"该那么写"，与我原来的想法不一样了，而且使我非改变原来的想法不可。邵荃麟同志说："这正说明你在生活中积累的人物非常多，而且典型化了的人物不少。但这些人物，你把他存储在脑子里，积压在脑子里，突然被一个偶然的东西（大家叫灵感）触发后，这些人物都被带出来了，看来还是先有人物。"他讲后，我明白了。必须在生活中积累大量的人物，没有生活，仅靠编造故事来写作是搞不好的。有的作品太淡太薄，人物模糊不清，看起来如皮影一般，虽然也在那里晃来晃去，似乎很活跃的样子，而终归是平面的薄块，没有厚度。

还有几条对我的风格也是很有影响的。比如"不准于曲，而难于直，不难于巧，而难于拙，不难于细，而难于粗"。这是李涂说的几句话，我觉得很好，尽力追求。我不喜欢搞花花草草，哗众取宠的东西，而要求实实在在，平淡和自然，而且使别人看起来毫不费力，以为我写得也很平淡，毫不费力。韦君宜同志是看出了我这一点的。李涂这几句话的意思，在苏轼另外两句话中早有表现："发纤秾于简古，寄至味于淡泊。"纤细浓厚的东西写出来要简古，非常深、非常好的味道要淡白无味地表现出来。袁枚在他的《随园诗话》里也说过："诗宜朴，不宜巧，然必须大巧如细，诗宜淡，不宜浓，然必须浓后而知淡。"就是说，诗要朴实，但那是大巧如细的朴。诗要淡，但那是浓厚而后的淡。这真有点像川菜中的"白开水"，名字虽叫"白开水"，却是用十多种原料做成，最后成了一盆清汤，吃起来真有味道。能做到这点，那才是真功夫。大油大味好办，唯有这"白开水"可不容易做到啊！

还有一条信条是齐白石说的，"作画妙在似与不似间，太似为媚俗，不似为欺世。"有的作品太似，带有一点自然主义的味道。我以为自然主义有两种倾向：一种是过去的教条主义的自然主义，一种是现代的新的自然主义。新的自然主义认为，到处都有生活，只要直观地把生活如实描写下来，就是很好的作品。这实际上是外国某些作家提倡的东西，而又为我国某些作家所崇拜模仿过。生活直接转化为文学作品，而不须表现任何主题，也不须加任何剪裁，照生活原样摆上去，就是很高级的作品，我是不相信的。一个作家的脑子到底不是一个平板镜子，而是有思想倾向的，有主观能动性的，总是有所为而为，总是有所取有所不取。作品不能没有作者的思想烙印。现在有的同志想无所为而为，想写什么就写什么，想怎么写就怎么写，照生活原样写，对生活不要加工。我认为这是新的自然主义，未免"太似"了。"不似"生活的作品也并非没有，用自己的理念、感觉或下意识来写作，云里雾里，隔凡人的世界太远，太抽象，太理想化，凡人不理解，岂非"欺世盗名"？所以我觉得我们还是要按照马克思的典型化的方法进行创作。

严沧浪的几句话我也比较喜欢。"语忌直，意忌浅，脉忌露，味忌短，音韵忌散缓，亦忌迫促。"这也是我写文章注意和追求的。同时，我喜欢朴实无华、白描淡写的文风。白描淡写的手法在中国传统小说中表现得非常高明。《水浒传》刻画人物都不像外国小说那样一大串、一大串的心理描写，或者景物描写。它就是那样明白如画地将情节、过程、斗争一直写下去，人物非常鲜明。林冲那种复杂的性格及其性格的发展，是通过故事逐步展示的，最后通过走投无路才上了梁山。试想，如果由我们某些作家来写，林冲心理刻画要写多少？林冲与林娘子告别一段要写多少？草料场一节写了风暴，但仅仅几笔，就把外界景物及林冲的思想、心理刻画清楚了。我觉得这比上千字的描写和刻画还高明得多。我是喜欢继承这种写法的，只是老学不好。

在文字语言功夫上，我记起"文有七戒"之说："旨戒杂，气戒破，局戒乱，语戒刁，字戒僻，详略戒失宜，是非戒失实。"写文章应有这"七戒"。

我以为，这些都是我们中国的风格，中国的气派，也是我终生追求的，但我知道我一辈子也做不到，所以我有时对自己的作品生气，埋怨自己怎么搞的，总是写得不如意。尽管我一辈子也做不到其中的几分，但我认为这是中国的，所以我还是要努力追求它。现在一般的作者已不去追求这些东西了，我想这不可勉强，而且我感到我的东西只是大花园中的一株小草，只能是聊备一格。我从来不想说创作都必须讲求民族风格。我想创作应该允许各种不同的风格存在，就是民族形式也会是百花齐放，各色各样的。

我现在甚至在想，我是不是也改变一下自己的风格，也试一试别的艺术表现形式。我学鲁迅、沙汀学不来。我非常喜欢契诃夫的那种幽默讽刺，但也学不好。我的行文看来好似委婉有致，其实有些啰哩啰唆，有点像果戈理《死魂灵》那种写法，却又没有学会。老用摆龙门阵的笔法恐怕不行了，应当简练些，变化多一些，速度快一些。最近想试写几篇短篇，其中大半是讽刺小说，一篇只写几千字，做到名符其实的"短篇"。现在有一种袖珍小说，其实能算什么袖珍呀，现在短篇不短，长篇更长，成了风气了。有的中篇容量远远超过了中篇，动辄搞它十万八万字，是短一点的长篇小说了。我以为一般长篇最好像屠格涅夫的《父与子》《罗亭》《贵族之家》那样，二十万字左右，最多三十万字行了。中篇一两万字、三四万字即可。真正的短篇应是生活的某一横断面，把某一方面的生活作为截面让大家看一下就行了。而现在的短篇，有的不能叫短篇，它有干，有枝，有叶，有根，还有各种各样的果实以致累赘在上面。短篇应是生活的一个横切面，这么切开也好，那么切开也好，总之是个切面。最好的短篇通过一点场景，一两个人物来表现，然而生活容量却非常大，意思却很深刻。欧·亨利的《麦琪的礼物》，他就仅写了那么点，事情就发生在那么几分钟内，然而它却反映了美国当时的社会面貌，那些小人物的命运。

我的龙门阵还想摆下去，传奇还想写下去，但是，我也准备写一点新的短篇小说，写生活中的某个人物、某些场景、某一侧面生活。我写《学习会纪实》就是用的这种方法，我借某局的一次学习会的场景，展示了八个局领导者的群象，有点讽刺意味。

说到讽刺，我喜欢追求比较淡的讽刺，也就是以一种幽默的方式来进行讽刺，但绝不谩骂，说你看这个人多混蛋。鲁迅说"讽刺的要义是真实"，我就是把喜剧因素的社会真实冷静地写出来，让人们看了可笑，引起鉴戒。我喜欢冷讽，不大喜欢热嘲，我不赞成明显的辛辣的热骂。我的小说中的被讽刺者，虽然多么不合时宜，不合潮流，扭着历史车轮在反其道而行之，十分可笑，然而他硬是在那里认真地干，认真地生活，按照他的人生哲学、他的世界观在干，不管是多么可笑。要做到冷静的幽默讽刺较难，热骂热嘲容易。不能把讽刺变成低级挖苦，流于油腔滑调。我要求自己"讽刺而不谩骂，幽默而不庸俗"（原来我提的是幽默而不滑稽）。

讽刺要把社会上不应该存在的东西展示给人看，引起人们思索。喜剧不一定逗人笑，有的还引人哭。我写的东西不希望大家看后哈哈大笑，希望大家抿嘴微笑，在微笑中感到有点意思就行了。

我写的东西，有人说富于趣味性和有传奇色彩，这也许是长处，但是也可能成为累赘。我力求故事的引人入胜，其目的是在抓住读者读下去。文辞上我要求明白如话，布局上要求有扣子，尽力做到"在情理之中，出乎意料之外"。要"藏而不露"，像说书人"丢包袱"那样，不能一下丢完，要一步一步地把包袱解开来。故事要求委婉有致，节奏不要求跳得太厉害，教人读起来摸不清楚线索，很费力气。我很喜欢欧·亨利的《麦琪的礼物》、莫泊桑的《项链》，情节发展到最后突然出人意外地揭开，这样的结尾可以使文章分外增辉。

这些只是我的想法和追求，我的创作实践与自己想达到的目标差得很远。

拉杂地谈了这么多，不知道是不是对你们搞研究工作的同志有什么用处。

（原载《青年作家》1985 年第 1 期）

马识途论诗

——《未悔斋诗抄·跋》

马识途

这一卷《未悔斋诗抄》需要做点说明。

这是我把已出版的传统诗词、短诗、长诗三本书混编在一起的。一本是重庆出版社出版的《焚余残稿》，是我写的一部新诗。一本是四川人民出版社出版的《路》，是我写的一部叙事长诗，一本是天地出版社出版的《马识途诗词钞》，是我写的传统诗词或叫古体诗词。

我曾经年轻过，因此我也写过很多的新诗。但是由于工作流动频繁，多已散失，只保留了一本草稿，从不示人。谁知"文革"一来，这本诗稿作为罪证被抄没了，且在他们消灭"毒草"时加以焚毁。我在他们的文化火葬场里，偶然捡拾到部分残稿。敝帚自珍，加以整理，才有这本幸存的《焚余残稿》。但是我在大学时写的两部长诗，却已化为灰烬。我对于根据抗战时期流传在滇缅公路上的一件美丽动人的异族青年抗战恋爱故事而写的那首叙事长诗，不甘心听其湮灭，便凭记忆重新写了出来。这便是四川人民出版社为我出版的小册子《路》。

现在的青年诗人读到我们那个时候写的新诗，一定以为是"革命诗"，一无可观，形式更是陈旧吧？但我却并不妄自菲薄，一个时代有一个时代的诗歌思想和形式，我在闻一多老师的影响下，想在新诗中尝试追求格律化，不管成功与失败，在今天未必不是问题。而在革命精神的激扬下，发自内心的呐喊，未必比那苍白的无病呻吟，更无足观吧。

在这一卷里占有很大篇幅的是我的《马识途诗词钞》。这是一部传统诗词集，也就是新诗对照而言的旧体诗或古体诗。我这决不是如某些老人说的那样，说几乎"五四"以来所有出色的写新诗的诗人，到晚年都写起传统诗词来，并以证明新诗的不行来宽慰自己。新诗在它的发展过程中有自己的问题，毋庸讳言，但新诗总是诗歌发展的主流。传统诗词也并没有已经走到绝路，应该送进棺材了。传统诗词仍然有表现生活的发展余地。我看还是二者各取所长，相辅相成，并行不悖，以更多的形式发展祖国的诗歌吧。

至于我呢，并不是在晚年才写传统诗的。我在幼年读私学时，便开始学写诗词了。我曾经写过很多传统诗词，科协解放以前都已散失，只有很少的几首还保留在这本《诗抄》里，其余都是写于"文革"中和以后的，于是看起来我是老年才写传统诗词的。我写传统诗词，一开始就坚持主张传统诗词必须改革，不仅要表现新生活新思想，并且要进行形式的改革。不改革，传统诗词是没有生命力的。所以这本《诗抄》里还附录了我对改革传统诗词的几篇文章。

在我的《文集》里编入这么多的传统诗词，并非我想复古，发思古之幽情。虽然我也不免敝帚自珍，主要还是因为我通过这些诗词，可以从一个侧面反映我的思想和感情，和编入这部文集的其他作品，并无二致。所以要啰嗦地说这些话。

还要啰唆几句。在这一卷里除开编进我撰写的若干楹联外，还附录了我取名《文言杂俎》的几篇文言，因为不愿割舍又无处可放，便勉强附录于此。这些文章文采如何，我不敢说，但都是有可读内容，大多已被镌刻于石或印入书中的。有的文章如《祭李白文》，曾费我两个多月的推敲，有的如《忠州赋》，我修订了几个月才完稿的，因为曾耗费过我不少精力时间，所以敝帚自珍编入此卷。不愿读的弃之如敝履可也。

（选自《马识途文集》，四川文艺出版社，2005 年版）

文学创作要追求真善美

马识途

  去年，我在四川省作协全委会上，做过一篇《文学三问》的讲话，没有想到这篇讲话经新华社发了通稿，《人民日报》又加以报道，产生了一些共鸣，大概是反映了文学界的心声吧？其实我只提出了三问，关于文学创作中的终极关怀，美学边疆和主流意识，并没有加以展开申论，现在我想在这一次的作协全委会上加以申论，向作家们请教。

  我当时提出三问，虽是就当时我所见文学创作的某些情况而发的，其实还是我对文学创作的根本追求而说的。人文终极关怀，就是追求至善，美学边疆就是追求至美，主流意识就是追求至真。文学的至真至善至美就是达到文学的极致，就是一切文学创作所追求的最高境界，终极目的。

  不仅文学创作，其他方面何尝不是如此？人类自从直立行走，能思考和用语言交流，能制造工具成为人类以来，便一直在发展中企求提升自己，达到更真更善更美的境界，更具有人格、人道，更体现作为人的本质，发扬人性，远离兽性。

  古往今来，无分中外，一切至圣先哲，一切大仁大勇，无不以追求人类能发展到至真至善至美的境界，建立一个人与自己，人与人，人与社会，社会群体与社会群体，人与自然和睦相处的和谐社会。以反映人类的生活，净化人的灵魂，从事文学创作的作家，当然也是在自己文学创作中追求至真至善至美，以之作为出发点和归宿点。这便是人之道，这便是人道主义。人道主义是几乎全世界的作家都认同的文学所追求的宗旨。但是在中国却曾引起过一场争论，在全国文学界以至在全国发展成为全国性的大批判。周扬因此付出的代价是人所共知的。这个有关人道主义和人的异化的争论直到现在没有结论。

这种争论我不想涉足其间。但是我想，人类总是想提升自己到至真至善至美的境界并作为人类的永远追求的理想，这总该是人所共识的吧。准此，反映人类生活，净化人的灵魂的文学，自然也应该以追求至真至善至美作为自己神圣职责。这样的提法应该是作家们的共识吧？

但是我们知道，一切生物都有与生俱来的本性，那就是——一要生存，要摄取食物；二要发展，繁衍后代。以至想把自己的族类扩展到地球的所有空间，延续至无限的时间。而生物品类繁多，地球空间有限，可以提供生存和发展的资源有限，于是出现物竞天择，适者生存的自然规律，动物之间更是出现了互相残杀以致自相残杀的所谓兽性。人类作为高等动物，在演化成为人以后的发展过程中，在其争取生存和更好生活以及繁衍后代中，也自然具有兽性的本能。于是兽性与人性共生于一体。当社会生产的产品有了富余，人剥削人成为可能时，在人和社会中就具有既要发展人性，体现人的本质，追求理想的至真至善至美，人人具有高尚道德和遵守法律和公共秩序，人人能自由地全面发展，人类社会成自由人的联合体的和谐社会，这就是马克思主义的共产主义社会理想。但是与此同时，在出现阶级社会以后的历史长河中，就必然出现阶级压迫和剥削，因而出现阶级斗争，自然就会出现奴役、欺诈、吞并、残杀的兽性，贪婪无已的侵略野心和种种丑恶的无耻行为，出现假恶丑以至极假极恶极丑的行为，出现民族和国家间的侵略、征服和战争，以致出现大规模屠杀人类的原子弹和生物武器，出现独裁、暴君和法西斯，甚至出现波兰奥斯维辛犹太人集中营和南京大屠杀这种惨剧。同时也出现恐怖主义活动及因此以武力威胁和入侵别国屠杀别国人民等种种浩劫，这都是人类自私贪婪的兽性的表现，这是人类的自作孽。直到现在，人类仍然存在着人性与兽性的斗争及其消长，真善美与假恶丑的斗争及其消长，和谐与争斗，剥削、奴役与反抗，战争与和平的斗争及其消长，这就是人类的历史。人类一直陷于人与自己，人与人，人与社会，群体与群体，人与自然的矛盾和争斗中，于是出现至圣先哲，出现宗教救世主，他们提出种种治理假恶丑，弘扬真善美的理想主义，企图解救人类免于沉沦与毁灭。这就是人类人性与兽性，真善美和假恶丑斗争的历史。使我们欣慰的是，在历史发展的长河中，总是不断地出现具有睿智和理想的圣贤和先知，创造出表现人类本性的真善美的思想和理论，以消除兽性和假恶丑现象为志向的主义和宗教。与此同时，还出现许多诗人、作家、艺术家，他们创作出表现人类真善美的艺术作品和活动，以挽救人类精神的堕落，铸造出高尚的灵魂，揭露和抨击一切假恶丑。可以说一切文学好作品，特别是小说和戏剧，都是描述真善美与假恶丑的斗争的，都是弘扬真善美，批判假恶丑的，这便是一切文学作品的评判标准，也是作为一个所谓灵魂工程师的作家的唯一的神圣职责。所以我们现在的文学提倡以高尚的精神鼓舞人，以崇高的形象感染人。我们的文学仍然是在人与自身，人与人，人与社会，人与自然的种种矛盾中，描绘真善美与假恶丑，人性与兽性的斗争景象，从中弘扬真善美，张扬人性，揭露假恶丑，批判兽性，以求人类能在精神上提升自己，净化自己的灵魂，以帮助构建一个和谐社会。可以说，这仍旧是我们今天文学的主题。无论表现什么题材、体裁，无论用什么形式，无论采取什么创作方法，归根到底，我们的文学，就是为了净化人们的灵魂，提高人们的思想，构建一个和谐的充满真善美的理想社会而存在的，这也是作家的神圣使命。

关于文学创作的出发点和归宿点都是追求真善美的观点，十几年前我就和艾芜老人讨论过，我还发表过文章《文学的目的——真善美》，人微言轻，没人注意。我现在仍然坚持这个观点。如果我的观点能够成立，那么以之考察今天的文学作品，就可知优劣了。如果我们作家都在追求真善美，那么文学的人文终极关怀，美学边疆，主流意识的问题也就解决了。

我之所以在这一次大概是我的告别讲话的全委会讲话中特别强调作家创作要追求真善美，我是想告诉作家们，作为一个以灵魂工程师自命的作家，无论在什么时候，在什么环境中，做什么事情，面对任何威胁或诱惑，都不要动摇自己在人间追求真善美反对假恶丑的决心，哪怕像我在巴金老人灵前所说的要付出生命的代价。我想鲁迅先生说的"横眉冷对千夫指，俯首甘为孺子牛"，也就是这个意思吧。

（原载《当代文坛》2006 年第 4 期）

与传苇论诗

马识途

漫道清辞费剪裁，浇完心血待花开。

华章有骨直须写，诗赋无情究可哀。

沙里藏金淘始出，石中蓄火击方来。

芙蓉出水香千古，吟到无声似默雷。

［选自中华诗词研究院编，《中国诗词年鉴》（2011），中华书局，2012 年版］

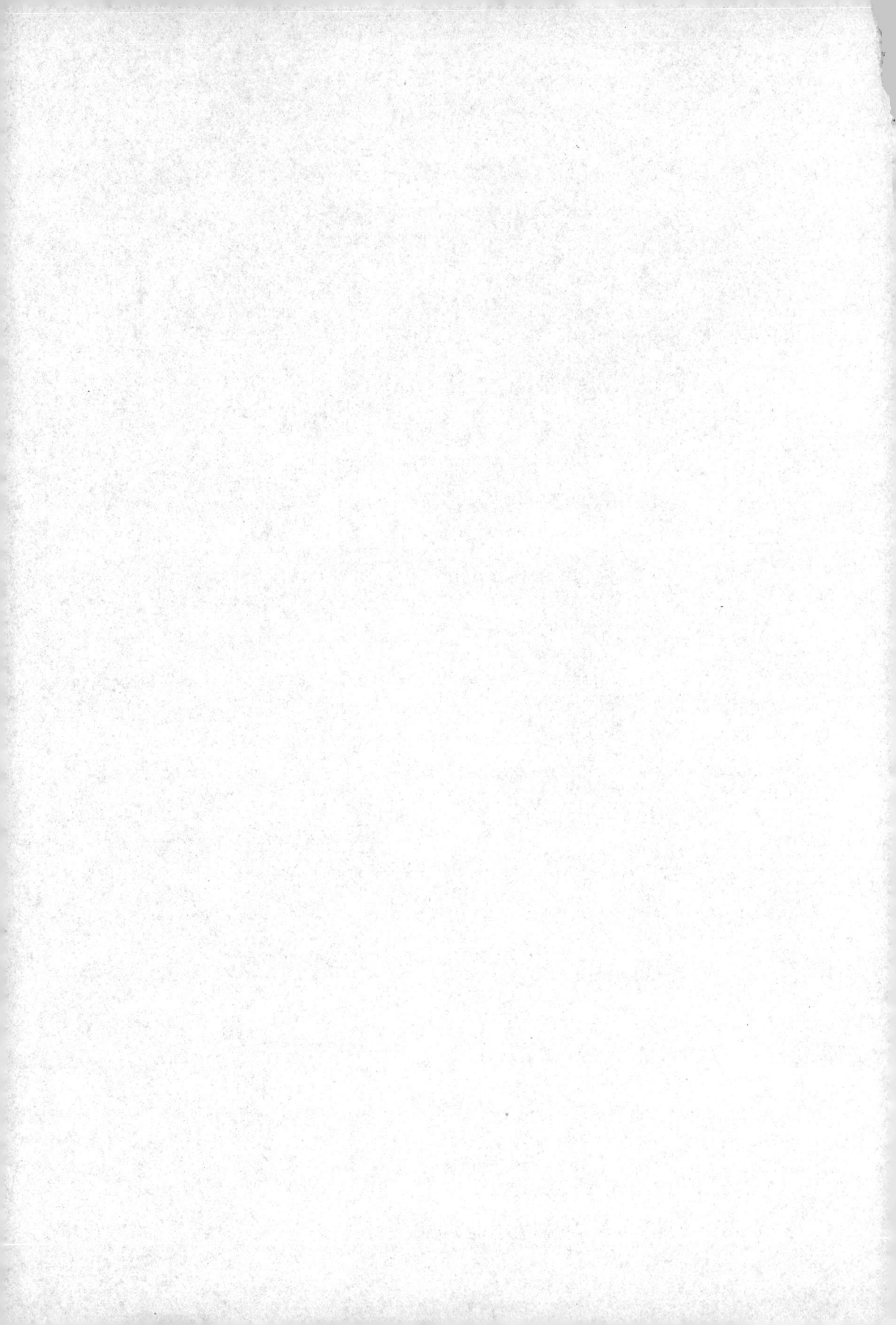